整形术

ZHENGXINGSHU

张苏逸◎著

时代出版传媒股份有限公司
安 徽 文 艺 出 版 社

图书在版编目（CIP）数据

整形术/张苏逸著. —合肥：安徽文艺出版社，2020.5（2023.4 重印）
ISBN 978-7-5396-6856-7

Ⅰ. ①整… Ⅱ. ①张… Ⅲ. ①长篇小说—中国—当代
Ⅳ. ①I247.5

中国版本图书馆 CIP 数据核字(2020)第 008578 号

出 版 人：姚　巍
责任编辑：张星航　　　　装帧设计：褚　琦

出版发行：安徽文艺出版社　www.awpub.com
地　　址：合肥市翡翠路 1118 号　邮政编码：230071
营 销 部：(0551)63533889
印　　制：阳谷毕升印务有限公司　(0635)6173567

开本：880×1230　1/32　印张：11.375　字数：200 千字
版次：2020 年 5 月第 1 版
印次：2023 年 4 月第 2 次印刷
定价：39.80 元

目录

contents

目录

contents

01

难缠客

胡晓艺快下班的时候，被咨询师佩佩叫进咨询室。胡晓艺一进门，佩佩微笑着对顾客介绍说，这是我们医院的负责人，你要讲价得跟他商量。

佩佩转脸说：胡主管，这位美女的项目都定好了，价格你来谈吧！

说完佩佩走出办公室，并悄悄使了个眼色，胡晓艺从佩佩眼神里知道，这女人又是个难缠的角色。佩佩走后，胡晓艺拿起项目单，看了一眼女顾客的五官，简单来说就是一言难尽。再看了看佩佩开的项目综合，光一个鼻子愣是开了十个项目，并且没有一个是多余的。胡晓艺仔细看了一眼女顾客的鼻子，短而扁平，肥而宽厚，鼻基底塌陷严重，像是地里没有拔起来的萝卜，一个鼻子可以有的缺陷都占了。女顾客看着胡晓艺，像钻进一条地缝的眼睛看不全里面的眼珠，胡晓艺本来想说你五官基础太差，光做鼻子估计改变不会特别大，眼睛和下巴也得一起弄，但是想着女朋友李艾迪约好了晚上吃饭看电影正等着自己，把一大堆想说的建议变成一句话：您还有什么问题吗？

女顾客摇晃着大脸说：问题没了，佩佩医生说的我都认可，我也相信你们是专业的，就是价格，能便宜多少？我可是没钱的，要最低价给我才行。

胡晓艺委婉地说：恕我冒昧，美女，您的基础确实不太好，但是做了以后改变会很大。您的基础项目比较多，七万多的价格，对于您的鼻子可能少不了。

女顾客惊讶地说：一分钱都不少？刚才佩佩医生说跟您这能有折扣呢！说你有打折权限。

胡晓艺一听，知道佩佩今天肯定也要跟老公约会，遇上这难缠的顾客就给自己使绊子，但是胡晓艺也着急走，实在不想跟女顾客慢慢上套路浪费时间，直接说：这样吧，我的权限是少三千块，等于给您减免了麻醉和假体的成本，您看行吗？

本来胡晓艺抱着爱行行不行拉到的态度,心想反正佩佩这个月的业绩已经差不多了,自己放跑这一单也不会让佩佩不高兴,何况一看这女顾客就不是个省油灯。胡晓艺刚这么一想,女顾客马上就表现出了一个不省油灯的态度。

女顾客噘噘嘴巴说:胡医生,我是因为信任你才来你们医院,你这个态度很敷衍我啊,佩佩医生说,要是你都少不下来,那我就没得做了,只有你有这个权限的！哎！胡医生啊,你真的要帮帮我,你是不知道我的情况,这个钱对我来说,一千块都是特别重要的!

女顾客开始滔滔不绝地讲起了自己的难处,说自己如何被男朋友抛弃,工作如何不顺心,最终鼓起勇气来整形就是为了能让自己后半生有点希望,说自己快三十的人了,曾经还想过一了百了,说到伤心处,眼角竟然滑落了泪水。胡晓艺在听女顾客悲惨凄凉的自我讲述时,偷偷看了一下手机,已经到下班时间,胡晓艺惦记着跟李艾迪的晚饭,还有李艾迪一直期待的电影,再看了一眼完全停不下来的女顾客,又不好赶人家走,心里着急却不好表达。胡晓艺一皱眉,女顾客抓住了胡晓艺这一表情,以为自己的言语打动了他的心,更加使劲讲述自己的不幸,胡晓艺在微信上给佩佩发了一个愤怒的表情,佩佩开车堵在路上,开心地回了一个笑脸。

胡晓艺回:我还被缠着!

佩佩回了个顽皮的表情:丑人都爱缠你!

胡晓艺回了一个:滚蛋!

回完微信之后,胡晓艺打断喋喋不休的女顾客:好了！好了!

女顾客被胡晓艺高声打断,惊愕地看着胡晓艺。

胡晓艺说:再少三千,你给我们做个案例展示,这是底线了!

女顾客轻轻地说:不能再少了吗?

胡晓艺坚定地摇摇头说:不能了,这是我的权限,不可能更少了,您回去好好考虑考虑吧,或者多去其他医院看看。

女顾客从挎包里掏出一个 LV 的小包,说:我现在就交钱,啥时候能做手术?

02

胡医生

胡晓艺高考那年本来是奔着跟医学完全不相干的专业去的。胡晓艺父亲胡世德是渝州市里有名的中医,父亲一心想要儿子,母亲一心想要女儿,结果胡晓艺出生以后,母亲失望了,在户口本上仍然保留了自己准备已久的女孩名字。父亲从小培养胡晓艺诗词曲赋,让胡晓艺自幼充满文艺气息,他小学就是班里的文艺骨干,画画、写字都是佼佼者。后来胡晓艺爱上了文学,立志当一名作家或导演,高考那年,胡晓艺本来想报考北影或者中戏,孰料胡世德某天突然想通,觉得自己盖世医术不能后继无人,逼着胡晓艺报考中医专业。为此父子俩还差点闹僵。胡世德当时狠狠地说:就算你考个医学专科,也不许给老子去北京学导演!

在胡世德和妈妈的软硬兼施下,胡晓艺最终长叹一声,流着泪改了志愿。但是他不肯完全屈服于父亲的强权,也没有学中医内科,私自改成了整形外科。胡世德知道以后,愤怒之余,心想好歹也进了医学的门,也就作罢。

胡晓艺在医学院苦苦熬了几年,走出校门后就被家里走关系安排进了渝州最大的整形机构——美亚整形,跟着机构的第一把刀田院长修行。胡晓艺一直跟田院长搭台,工作踏踏实实,但也没有什么上进之心。胡晓艺第一次在田院长的指导下给顾客做双眼皮,看着那女顾客肥胖满是皱纹的脸,心想就你长成这样,做了眼睛,无非是从一只鬼变成另外的一只鬼。然后又想到了自己看过的一部恐怖片,一下走了神,在做全线切口时候手一滑差点给顾客上眼皮毁掉,田院长吓得差点叫出声来,顾客却在手术床上不断叮嘱田院长千万不要切得太宽,要自然,特别自然,田院长赶紧接过手,狠狠瞪了胡晓艺一眼。

晚上,田院长跟胡晓艺吃饭,把胡晓艺严肃批评了一番,教育完胡晓艺后顺便说起自己的奋斗历史,从最累的全身抽脂到脂肪填充,再到攻克无痕双眼皮综合项目,最后到肋软骨隆鼻和全肋鼻修复,说自己曾经像工人一样做吸脂手术,每天差点把手给累断,但就是靠着自己的踏实和刻苦上进,得到了老院长的认可,不遗余力地把技术全教给自己。等老院长拿刀手抖无奈退休的时候,自己又自费去首尔和达拉斯学习更牛的精细分层隆鼻技术,最后终于成为渝州市最大整形机构的第一把刀。田院长长篇大论说了四十来分钟,杯子里的酒没喝几口,唾沫费了不少,想以此打动胡晓艺,让其沉下心来好好做,成为优秀的整形医生。胡晓艺听着田院长语重心长的话语,看着田院长满目期待的面孔,心里对整形漫长道路彻底没了底气,幽幽地说了一句:田院长,我就先好好给你搭台吧,操刀等以后再说,我还是没这方面天赋,需要多磨炼。

虽然胡晓艺自暴自弃放弃了整形医生的远大前程,但是天生喜爱文艺的性格让他对医院的广告包装产生了极大兴趣,没手术的时候他就跑到运营策划部门跟企划总监老奚学习品牌文案策划,竟然半年时间写出的文字远远超越了公司里的专职文案。一次手术完成后,田院长看见老奚等在办公室门口,以为老奚来找自己,客气地问:奚总监,来找我啥事?

老奚笑着说:我找胡晓艺,昨天的文案还要他再改改,下周就出街了,那几个专职文案都写不出这种感觉。

田院长听了气不打一处来,胡晓艺清洗完器具从手术室里走出来,急忙跟老奚使了眼色,老奚知趣地说:忙完来找我,有点事。

老奚走后,田院长盯着胡晓艺,苦笑一声:你呀,唉!正道走不好,歪道跑飞快!我不知道该怎么说你!

胡晓艺像小媳妇做错事一样害羞地笑笑,换了衣服,帮田院长填好病例基本信息后溜走了。

从那以后,田院长彻底放弃了对胡晓艺的栽培,想起跟自己搭台的这两年对胡晓艺的期许和鼓励,那些话都成了废话,一提起胡晓艺,田院长说得最多的话是:我本将心向明月,奈何这小子缺根筋!

03

精美整形

田院长在美亚提出离职的时候实在是掀起了不小波澜，当田院长决定要自己创业的时候，美亚的几个大股东带着怨气憋气和叹气苦口婆心劝了田院长一个星期，心想田院长刚刚成长为渝州的一个整形明星就要自立门户，成为自己的敌人对手，毫无疑问这是一种叛徒的行为。几个股东开会提到此事纷纷皱眉，说田院长不地道，一个股东说：这完全是董卓培养出了吕布。

另一个股东说：这简直是东郭先生和狼！

第三个股东还比较现实：这个其实也不奇怪，本来老田的技术就是到哪里都可以横着走了，换另一个人可能早就走了，人家也给咱们打工十五年了，不错了，换个人你试试，能做这么久？

几个股东觉得有道理，但还是觉得现实寒气逼人。

最后，第四个股东学了一句伟人的话：天要下雨，娘要嫁人，随他去吧！

田院长提出离职后的第二个月才顺利离开，但医院的条件是，前三个月内，如果有专门点名找田院长手术的高价顾客，田院长还得回来完成任务，直接拿手术提成。田院长不好推托，心想反正就三个月，干脆一口答应，毕竟同行同城市，相互都得给面子。田院长前脚离开医院，老奚也提出了离职。股东们又一次觉得不可思议，心想这整形第一刀刚走，策划部老大怎么又出幺蛾子？股东们派出总经理跟老奚谈了几天，觉得老奚去意已决，只能赶紧再发英雄帖，毕竟渝州是个大城市，待遇到位不怕人不来。

其实老奚早就和田院长合谋一处，田院长提出离职之前，询问过老奚的意见，田院长深知现在这个年代和过去不一样，做一个整形医院离不开运营策划，老奚知道田院长技术了得，觉得自己干了这么多年企划总监，对行业轻车熟路，早就有过自己联合某个医生开医院的打算。老奚和田院长经过两次彻夜长谈，最终敲定了方案，事不宜迟说干就干，田院长联络熟人帮忙办证申请执照，老奚工作之外开始做起了新医院的方案。那晚，田院长和老奚畅谈甚欢，唯一一点让田院长意外的是，老奚说还要带一个人走，田院长问谁？老奚说：你的搭档胡晓艺。

田院长一听蒙了，皱眉说：我们开医院就是给自己打工了，胡晓艺这辈子都自己做不了手术，他跟我两年还没有跟你学到的东西多，找他来顶个屁用。

老奚一笑跟田院长解释：胡晓艺人不简单，不是没用，而是用错了地方。他每次到策划部，不但能出点创意点子，还能帮网络咨询沟通顾客，比他们这些干了两年的员工还老到，咱们开医院，胡晓艺一定得用！他的耐性一般人真比不了，我们小医院这种能说会道又有耐性的人尤其难得。大医院啥事有上面顶着，小医院还真缺少不了这样擅长文字又乐于沟通的人。

田院长听了觉得有道理，心想自己以为胡晓艺是废物，没想到废物再利用竟然能变宝。加上想到胡晓艺父亲跟自己也有交情，也算是照顾自己老友的儿子。但田院长对胡晓艺还是不能完全放心，对老奚伸出三根手指头说：三个月，给他三个月期限，如果真能担当起来，那一起干；如果不行，咱们可不能养闲人。

田院长和老奚筹备了三个月，新医院开起来了。老奚去算了一卦，算命的老头纠结了半天，取名叫"精美整形"。老奚把这个名字拿回来，大家觉得没什么不好，也没什么好，也想不出更好的，既然算了卦，就别改了。精美整形满打满算大概五百平方米，名副其实的小医院。田院长和老奚花了一周时间就集齐了前台和护士，此外两人还挖空心思找来了两个顶级咨询师，一个佩佩，一个苏医生。佩佩三十六岁，人漂亮，显年轻，不仅嘴皮子厉害，注射肉毒素和玻尿酸也熟练，手法快而稳，经手的顾客少说有上千个。苏医生年近六十，提拉、填充过几次脸，看上去要比同龄人年轻十岁，田院长还在玩命给顾客抽脂的时候，就知道苏医生的咨询简直出神入化，轻松就能找到顾客的缺陷和痛点。苏医生本来提前退休在家闲了一段时间，一个晚上接到田院长电话约出来喝茶，到了茶楼见到了田院长和老奚，才知道想请自己再出山，毕竟在整形行业姜是老的辣。苏医生正在家闲得难受，再加上有个不争气的儿子，已经三十岁了，浑浑噩噩几年工作还没稳定，结婚更没影儿，苏医生心想干脆再干上几年，多给儿子留点钱，再不成器也是自己的儿子，摊上了没办法。可怜天下父母心，苏医生想到儿子就坚定地跟田院长说：田院长，难得你还能想到我，虽然我不比那些小姑娘形象好，但是经验肯定比她们足，这样，我们先试一段时间，如果你觉得我没问题，咱们就一起干到底。

精美整形就这样操持起来了，田院长作为医院的大老板，主要负责高精尖手术，老奚当二把手做策划和管理。苏医生和佩佩负责咨询，顺便也监督现场。

精美整形成立之初，业绩上升得光溜顺滑，第一个月就突破了五十万，第二个月六十万，对于一个小医院来说尤其难得。得益于田院长的影响力，离开以后带了一大批顾客追随而至。再加上老奚的运营策划，前两个月挑选了好多个想做手术又资金紧张的模特网红，超低价引导来医院手术，为精美做模特，迅速在几个 APP 平台上曝光精品案例，让精美的形象在 APP 全国用户里很快引起关注，许多顾客看了田院长的案例后立刻动心，从不同城市飞到渝州。苏医生也是个老江湖，开单又稳又狠，全部命中顾客的要害，顾客们忍痛刷卡或者分期贷款，做完以后又觉得特别满意，觉得苏医生并没有坑自己，对苏医生感恩戴德。佩佩本来就美，加上嘴巴能说会道，很多来面诊的女孩很快就跟佩佩成了姐妹，爽快下单。还有曾经鼻子做坏过一次或者两次的女孩，带着最后的希望坐着早班机或夜班机赶来渝州找田院长救命。

曾有个女孩从青岛戴着口罩来到精美，见到田院长第一句话就是：田院长，多少钱我都认，鼻子给我修复好了，修复不好田院长我就赖上你了，这辈子都跟着你，你必须对我负责。

那台手术田院长做得惶恐不安，不成功就纳妾的压力让本来已经毁掉的鼻子在田院长的刀下焕然一新，好在之前两次手术最多破坏了鼻中隔，鼻腔内疤痕增生并不算太严重，女顾客的肋软骨却发育得相当好，几乎没有钙化，田院长修复起来难度没有想象中的大。手术完后女顾客回到休息室慢慢从麻醉中醒来，田院长立即让胡晓艺拿出手术前后对比照片给她看，女顾客看了兴奋得差点哭起来，嘴里不断念叨：替我谢谢田院长！谢谢田院长！真是我的恩人！太好看了！

胡晓艺把女孩的反应告诉给田院长后，田院长才放松下来，靠在休息室沙发上喝了口茶说：现在女孩太吓人了，以前要是不满意，动不动就赔钱，现在动不动就赔人。

胡晓艺笑着说：整形医生干一年等于普通人干十年，跟着整形医生又能花钱还不怕老。现在女孩都精了，以后整形医生更吃香，估计女孩都要抢。

田院长眯起眼看着胡晓艺：你知道这些道理，自己还吊儿郎当不走正道？

胡晓艺不好意思地说：人各有志，不干医生，我现在这个干得不也挺好嘛！

04

夜场金腰带

胡晓艺能到精美整形实在是跟老奚建立起了良好的关系，如果不是老奚，胡晓艺自己都不知道自己的特长竟然是做合作推广沟通。田院长和老奚的离职，让胡晓艺有了一丝的不安，毕竟田院长罩着自己，让自己工作不至于被大家忽略；老奚又以伯乐和兄弟的心态来对待自己，就算不务正业也能得到认可。但是两人一走，胡晓艺才发现自己啥也不是，就好比是两座大山中间的一朵云，有两座大山陪衬着，自己怎么着也算一道风景，现在两座大山没了，随便一阵风来，估计自己都不知道会被吹到何方。胡晓艺投出了几个自己写的剧本，半年过去杳无音信，早已认清梦想艰难，靠整形生活还能有个底，现在两个靠山一离开恐怕连底都没有了。

正在胡晓艺愁眉苦脸之时，老奚找到胡晓艺，在一个江湖菜排档里，两人倒满酒，老奚语重心长地跟胡晓艺说：昨晚我跟田院长说了一整晚，田院长终于决定把你带上，前提是要我保证你一定能胜任啊！

胡晓艺如同看见密布乌云里的一道曙光，感恩戴德地问：既然不让我继续搭台，我能干什么？

老奚说：以后，医院的合作就交给你了，你自己要牢牢地抓着一批高质量的顾客在手里。现在的女孩，只要在这里做得满意，她就会带身边的姐妹来。我算过了，平均一个高质量的顾客背后潜藏的顾客是 25 个左右。

胡晓艺点点头。

老奚说：但是，你得把老顾客介绍新顾客的奖励制度，新顾客的咨询解答和开发、术后关系维护和专业解答全部抓起来，完成自己的一条龙服务，这样才会源源不断地有新顾客来找你。

胡晓艺说：沟通顾客我倒是没问题，术后跟踪，顾客转介绍再开发都不是大事，关键是，现在我手里没有这么高质量的人，第一批人从哪里找？

老奚神秘一笑：一看就缺乏市场经验，你是在手术室里待太久了，这瓶酒喝完咱们就走，带你去个地方！

胡晓艺和老奚喝完剩下的酒，叫了个代驾，来到一个名为“锦瑟”的会所，两人走进 KTV 包房，一个高挑美女经理走进来，看到老奚热情地叫起来：奚哥来啦！好久没看到你啦！

老奚摆摆手示意美女坐到自己面前，美女坐下以后，亲切地给老奚点烟。老奚对胡晓艺说：这是经理安安。安安，这是我们医院的主管，胡晓艺。

安安立即起身给胡晓艺点烟，胡晓艺急忙用手接住，两人寒暄问好。

安安点完烟站起来对老奚说：等下把能喝的姑娘都叫进来，好好陪陪你们。

老奚熟练地说：性格不开朗的不要！

安安一笑：有两个新来的俄罗斯姑娘要吗？

胡晓艺一听兴奋了，竟然陪酒还有外国妞，本来暗自心动，想看老奚的意思，老奚却一个摆手让胡晓艺梦想破灭。

老奚说：算了算了，那个喝不过，我们就娱乐开心为主！

安安跳着走出门去。老奚问胡晓艺：这个美女可以吧？

胡晓艺说：长得还行，鼻子应该是几年前做的，假体可能是用的国产货，鼻梁太硬了。

老奚一脸懊恼：那都不重要，我告诉你，她手里好几组姑娘，等下好好跟她喝一个，加个微信，顺便把事儿给聊了，这种事得趁热打铁！

胡晓艺点点头，对俄罗斯的姑娘还不死心：明白，放心。哎，有俄罗斯的姑娘怎么不叫啊？

老奚恨铁不成钢地说：俄罗斯的中文都不会，就知道喝，完全无法沟通，你还能指望俄罗斯人给你带顾客来？

胡晓艺对老奚伸出了大拇指：老奚，牛啊，这个真得向你学习，你啥时候跟这些人混熟的？

老奚哼了一声:老子五年前在酒吧里就是夜场金腰带,跟几个哥们儿喝一群姑娘。现在是年龄大了,喝不了啦,只能在这里跟姑娘喝点小酒唱唱歌消遣,第二天有事喝多了扛不住。

胡晓艺心想自己是没喝酒的本事,酒量最多也就老奚的一半,难怪没几个女孩青睐过自己。所以有些人喝酒就是天生的本领,女人能喝,男人就爱惹;男人能喝,女人就没法躲。物竞天择,生活都有道。正想着,安安领了八九个美女进门,清一色黑色礼服,飘然而至。几位姑娘一起点头喊:先生晚上好!

胡晓艺和老奚两人在姑娘身上来回扫视,老奚选了一个骨瘦如柴的长发美女,胡晓艺看了一眼这美女,竟然没有一点胸,心想老奚的口味也太奇怪了,找一根竿子陪自己喝酒,自己就在剩下的姑娘里挑选了一个乳沟最深的,往上一看脸,长得也还行。伸出手指了指那姑娘,姑娘一下子飘到胡晓艺面前,给胡晓艺倒上酒,举起酒杯说:来,帅哥,干一杯!

姑娘来到胡晓艺面前,胡晓艺才发现这姑娘好像有点体味,类似有点狐臭的味道,胡晓艺想换人却来不及,只能硬着头皮把酒喝下去。

老奚和胡晓艺跟两个姑娘外加一个像狐狸一样时不时串进门敬酒的安安,一晚上一共喝了三打啤酒,胡晓艺酒量不如老奚,加上身边大胸姑娘的体味,第一打酒喝完之后就招架不住,喝第二打的时候就去厕所哇哇吐了两次,回来擦干了眼泪继续喝。两个姑娘边喝边唱歌,唱得全不在调子上,胡晓艺本来想唱两首,可一听这俩姑娘的歌声,就完全失去了唱歌的兴趣,觉得看老奚喝酒都比听姑娘唱歌精彩。老奚酒到兴头上,唱了两首薛之谦,又唱了两首谭咏麟。每首歌唱完,姑娘都拍手叫好,说老奚简直是原音重现,非要倒满酒跟老奚干杯不可。

这一晚,老奚喝多了,嘴里一直说胡话,非要送姑娘回家,或者让姑娘陪自己回家,胡晓艺被那姑娘的体味一直熏着倒是清醒,结完账赶紧带着老奚离开，老奚神志不清走出门，一吹风才清醒过来发现身边的胡晓艺。

老奚一愣神：哎？陪我那姑娘呢？

胡晓艺回答：走了，你喝成这样还想怎么样？

老奚失落地说：刚才我都聊热了，她都说要送我回家了。

胡晓艺说：算啦，你那就是一个晾衣竿，我这个还不如你那个。

老奚说：你这个可以啊，你刚才有没有偷偷动手？

胡晓艺回：我去，咋可能！你不知道她有狐臭吗？我选完就后悔了。

老奚叹口气点点头，走几步，忽然问：微信加了吗？她们三个？

胡晓艺说：加了加了，该聊的也都聊了。

老奚点点头：接下来这关系就得好好维护了，以后就按这个套路来！

接下来的一个月时间，胡晓艺在老奚的带领下跑了好几个场子，认识了不少经理和陪唱的姑娘，并且也发挥聪明才智，跟模特演艺公司的一个朋友搭上线，请了一个模特“打板”了一个鼻子，那模特高挑有型，化完妆以后竟然有点像杨幂，但是鼻子是脸上的败笔。女模特听说过田院长的名声，得知有“打板”的机会，高兴得不亦乐乎，对胡晓艺说：你放心，你这么低价格给我“打板”，做完后绝对给你带一群姐妹来。

这名女模特本来就有基础，加上鼻中隔和耳软骨发育极好，根本用不着取肋软骨，做了鼻梁延长和软骨鼻尖抬高之后，没有做其余的项目就已经美得不可方物。女模特说到做到，一口气连推了七八个模特给胡晓艺，这几个模特纷纷跑来咨询胡晓艺鼻子、眼睛、下巴和面部轮廓该怎么整，胡晓艺也顺水推舟给出了相应的优惠，一下子业务就开展了起来。

精美整形业务开始变得红火，那晚，田院长跟老奚、胡晓艺吃饭，说这事感觉比想象的要顺利一些，老奚说这只是开始，问题是肯定会有的，以后各种问题来了，也得保持冷静，自己开医院跟在大医院打工真不一样。田院长问胡晓艺跟着自己和老奚出来以后有什么感触，胡晓艺想了想，看了一眼老奚饱经世事的脸，认真地说：人在二十来岁的时候还是得在夜场走走，这年头没点酒量还真是不行的。

05

闺密

那晚，胡晓艺因为给那个缠人的顾客办手续，前台妹妹已经下班，她还非得今天交钱不可，说这钱今天不收，可能自己就改主意了，必须得逼自己一把。胡晓艺觉得这女的简直就在克自己，只能忍着性子，打电话让前台妹妹张敏赶紧回来收钱，因为医院成立之初就定下规定，任何时候私人不得收顾客的款。张敏刚下了地铁3号线，接到胡晓艺电话后愤愤不平地重新挤了回去，打电话给自己的闺密抱怨，说真的是有病！倒没说胡晓艺有病，而是骂了一通这个女顾客，张敏心想这个女顾客到底长什么样子要这么着急交钱，多丑一晚上又能怎么着？

李艾迪给胡晓艺打了几个电话，胡晓艺都解释说有顾客，实在走不开，得再等一等，李艾迪不高兴地说：你说要提前出来，错开堵车高峰，现在都已经高峰期了，什么顾客你就不能让她明天交钱吗？

胡晓艺都懒得再一次解释，说：哎呀，我能走不会早走吗？真的是没办法！

李艾迪说：行吧，你忙完直接来电影院吧，吃饭是肯定来不及了！

胡晓艺听李艾迪的口气就知道李艾迪心里的怨气开始发酵了，这也没有办法，毕竟李艾迪比胡晓艺小六岁，刚大学毕业参加工作，还是个小孩子的脾气。李艾迪曾经是学校出了名的乖乖女，老师喜欢同学爱，小脸蛋尤其可爱，像个漂亮的洋娃娃，当时李艾迪的生活老师想尽办法给李艾迪介绍男朋友，介绍来介绍去都是自己亲戚家里的小孩，那生活老师说自己看宿舍看了这么多年，就没见过李艾迪这么乖的女孩子。后来李艾迪实在被生活老师缠得不行了，跟生活老师说自己家里规定了，大学里不准谈恋爱，并且自己毕业了肯定不会留在这里，生活老师才不情愿地放弃。外人看李艾迪是完美的，什么都好，胡晓艺也觉得什么都好，就是性格上，情绪来了怎么都控制不住，不管自己有多重要的事儿，只要李艾迪来了情绪，一定得先发泄完自己的情绪才放过你。胡晓艺跟李艾迪刚在一起的时候还挺喜欢她的性格,但是两个人恋爱住一块儿,天天磕磕碰碰,渐渐对这种小情绪感到无奈。李艾迪出了社会有了工作性格稍稍转变了一些,一方面是体会到混职场的不易,一方面是跟胡晓艺吵了几次后,发现跟胡晓艺真的还能往下走,于是也尽量调整情绪。胡晓艺知道,女孩的情绪来得快去得快,只是让人心烦的是来的时候你真不知道它到底有多快。

胡晓艺心急如焚地看着墙上的时间,像盼神仙降临一样好不容易等来了张敏,女顾客交了钱之后拿到收据欢欢喜喜出门,顺便问胡晓艺要不要一起吃晚饭,胡晓艺说不用了,女顾客又问胡晓艺要不要开车送他,胡晓艺一听,想到今天车被李艾迪开走了,这个点打车又难,急忙答应,说我去中心广场,女顾客说刚好顺路。

两人来到停车库,胡晓艺看到女顾客的小宝马,顿时心里升起了火,上车后胡晓艺酸酸地问一句:你不是说你条件不好?这小宝马开着还跟我这哭穷。

女顾客笑着说:哎呀,我知道,你们价格肯定是有底线的,我就是想再少点。帅哥,我确实是有困难,这车我还还着贷款呢!家里房子也有房贷,压力真不小。

胡晓艺懒得再说话,反正价格也定了。宝马开往中心广场,女顾客像是故意想跟胡晓艺多待一会儿似的,不仅开得慢,还专门挑最堵车的路走,中间还开错了一个路口,胡晓艺心里叫苦不迭,又不好对女顾客发作,只好委婉地说:太堵了,要不我下车打个车吧,我怕耽误你时间。

女顾客却通情达理地回答:没事没事,我刚好也走那边。你别自己打车,今天你帮我这么大一个忙,我不送送你太过意不去了。

等女顾客把胡晓艺送到了中心广场,胡晓艺说了声谢谢,飞一样跑到电影院,电影已经开始了四十分钟,李艾迪说给胡晓艺把票放在了检票口,胡晓艺一路连滚带爬跑到检票口,工作人员都把这个事儿给忘了,胡晓艺提醒了半天才想起刚才是有个女孩给了自己一张票,找了一会找到了,胡晓艺跑进影院,摸黑踩了一个人的脚,踢了一个人的腿,气喘吁吁坐下后却发现旁边的座位是空的,李艾迪已经走了。

李艾迪是在胡晓艺来之前五分钟走的,本来两人很早就约好了看这场电影,李艾迪中午没怎么吃饱,留着肚子就想早点碰面吃个晚饭,再舒舒服服把电影看了,回去好好睡个觉,第二天好给学生上课。

李艾迪是培训学校里最受欢迎的老师,人漂亮,有亲和力,说起韩语来跟韩国人没两样,用胡晓艺的话说,李艾迪把最优秀的一面给了学生,把最情绪化的一面给了自己。李艾迪也有话说,说胡晓艺自从进了精美整形医院,天天都跟不同的女顾客"谈恋爱",把最旺盛的精力给了一群女人,回到家把最疲惫的一面留给了自己。

李艾迪离开了中心广场,胡晓艺打了一通电话,李艾迪没接,接着微信给李艾迪发了一串问号,李艾迪回了一句:闺密有约,你自己先忙。胡晓艺不知道李艾迪是赌气还是真的跟闺密有约了,心想估计今晚回去不是冷战就是被李艾迪没完没了责备一通,只好找个地方胡乱吃晚饭。

胡晓艺猜得没错,李艾迪在赌气,但是同时也约了闺密,段依依和薄羽本来都抛弃了男友准备晚上跟李艾迪一起聚聚,没想到李艾迪一口拒绝说要跟胡晓艺看电影,两人边吃饭边说李艾迪重色轻友不够意思,饭快吃完了,突然接到李艾迪的电话,问两人还在吃饭没,自己快饿死了,段依依和薄羽听了李艾迪的遭遇,两人嘲笑了李艾迪一番,说这就是不跟闺密聚会的下场,天注定。又加了几个菜让李艾迪赶紧过来。

李艾迪来到新光天地里的一家泰国菜餐厅,在段依依和薄羽的注视下,狼吞虎咽吃完了一整盘菜才开口说话,说话前先打了一个饱嗝。

薄羽说:哎呀妈呀,姐,你这是在家受虐呀,在家没给你吃饭啊他?

段依依问:要不要再点点儿啥?我看桌上的菜不够你吃的。

李艾迪说:今天真的气死我了,你不知道,我现在彻底看明白了,像胡晓艺这样的男人,哪个女的跟了他,真要倒八辈子霉。早知道做整形是这样,我就不该跟他在一起。

薄羽说:行了吧,知足吧,我们家老秦单位比他忙多了,一到上面有任务的时候,领导就带着他到处跑,至少胡晓艺每晚还能回家吧?

李艾迪说:回来也是一脸疲惫,自己在那玩儿手机,看着就烦,跟他说个话也爱理不理的,我心里真是后悔了,一想到他就是气。

段依依说:你们都知足吧,不管怎么说你们还有人让你们生气,看看我行么两位,我还单着呢。

李艾迪问:上次你不是去相亲了吗,那个人条件不是挺好的吗,现在有下文吗?

段依依说:哎哟可别提了,我就被我妈押着去的,不知道怎么找的,条件是不错,一见面我的天哪,是个秃顶的大叔。

薄羽说:那人家愿意对你好也行啊!

段依依说:你站着说话不腰疼,你咋不去找个这样的?

薄羽说:老秦也迟早变成那样的,结婚嘛,就为了过日子。

段依依说:得,我父爱够了,不想再多一个。

李艾迪说:像你这样的大美人,哪儿能只看条件?颜值也一样不能少。

段依依说:对,像咱们这样的人,那么优秀,不能委屈了自己!

李艾迪说:行,今晚回去就跟他分手。

薄羽急忙打住:行了啊,不就是人家加个班嘛,不至于!分啥手,让他明天补回来就行!再说,要分也得让我找时间去填充点脂肪,他们医院不是还有那个轮廓针吗?我还没打呢!你分了我找谁变美去。

李艾迪白了一眼薄羽。

段依依问:胡晓艺现在做整形应该赚得不少吧?现在听说一个最初级的整形医生月薪也不低于六万。

段依依的话再次引起了李艾迪对胡晓艺的不悦,恨铁不成钢地说:你说到这儿我又气不打一处来!你说他一个学整形的,好好的工作不干,跟他们医院田院长那么好的机会不做,人家可是渝州顶级的医生了,韩国人都找他做。结果他非要去写什么策划什么剧本,现在田院长也不管他了,让他去跑市场,他整天在外面喝酒,一个月多的时候就两万,少的时候就六千多,真的,你说吧,他有毛病没有?

薄羽替胡晓艺圆场:不能这样说,人都是有梦想的,胡晓艺还能追求喜欢的东西,我们家老秦,一辈子就陷他们单位了。

李艾迪说:上次他给人家广告片写了一个脚本,人家给了五千块报酬,他高兴了一晚上,跟我说以后要坚定不移朝着梦想努力,我一听吓坏了,我跟你说,胡晓艺真就没有三十岁人的成熟,完全不考虑以后的生活,真的,要是哪个大导演让他去写剧本,我敢说,他绝对的,肯定抛下我直接就走了。

段依依说:那咋可能?我看胡晓艺就挺靠谱的,至少跟你在一块儿的时候你还没工作,人家没亏待过你,我跟薄羽在外面风吹日晒找工作的时候,他带着你到处旅游,我们当时都觉得人生不公平。

李艾迪说:关键是旅游就那么一两天,过日子是一辈子,他现在的状态真让人不放心。

三个女孩讨论了半天胡晓艺,大家最后总结一句话,都是站着说话不腰疼,都羡慕对方生活中的另一半,都觉得自己生活里有最烦心的一堆事。胡晓艺在三个女孩的观点里成了一次次作比较的炮灰。

最后薄羽说:好了好了,咱别说他了,人家又不是罪人。接下来安排点儿啥?咱们现在聚一下可不容易。

段依依说:看电影呗,反正咱们都没看,艾迪也只看了半小时。

李艾迪想起来自己只看了半小时的电影,还想把后面的看完,附和说:行,看电影,看完回去我再好好教育教育他。

06

惠导

李艾迪在跟薄羽和段依依聊天的时候，胡晓艺在街头漫无目的地散步。一是李艾迪肯定是生气了，但是胡晓艺觉得这完全不是自己的错，反而觉得李艾迪太小气，想了一大堆回去如何应付李艾迪甚至要反过来教育李艾迪的话，想着想着又想到了自己前不久投出去的剧本。胡晓艺想了想，犹豫再三打电话给了北京的一个姓惠的导演。

惠导全名叫惠导言，听名字就知道是为电影和文化而生的，惠导快满五十，前半辈子都在跟摄像机和镜头耗着，拍过不少广告，也认识不少演员。这几年导演过几部连续剧和网剧，慢慢地找惠导拍戏的人多了，去年又谈了一部电影，惠导本来想通过这部电影提升自己的知名度，成为一个院线导演。可惜电影中间因为资金问题夭折了，惠导垂头丧气了一段时间，重新调整了心态继续在院线以外的影视空间里折腾着。

胡晓艺本来以为这辈子都不会跟惠导这样的人碰上，恰好之前有个叫潘悦的女模特跟惠导认识，一下子让胡晓艺看到了一丝不一样的曙光。潘悦因为全脸打造得非常成功，就加了田院长和胡晓艺微信，田院长没时间聊微信，潘悦在鼻子和眼睛恢复期间，有啥问题都不分白天黑夜地问胡晓艺，胡晓艺也都耐心解答。潘悦知道自己有机会做演员，非常介意别人知道自己鼻子做过，死活不用假体，更接受不了异体骨。田院长只好做了一个全肋手术，用潘悦的肋软骨造鼻梁和鼻头鼻尖，犹如神来之手，让潘悦美得锦上添花。

有一次潘悦带了个美女来医院找田院长做手术，胡晓艺跟潘悦聊天得知潘悦已经被选上了一部网剧的女二号，胡晓艺敏锐地捕捉到这个契机，急忙告诉潘悦，如果见到惠导一定让惠导看看自己的剧本，这个故事是自己平时在工作之余一点点累积写完的，如果惠导觉得好，自己可以马上去北京面谈。可是潘悦到了北京后一个月没有跟胡晓艺再联系过，胡晓艺委婉地问了几次，潘悦终于在一天晚上回信息，让胡晓艺不要着急，说自己可能会升为女一号了，到时候再跟惠导说这个事，还说自己一定帮胡晓艺这个忙。

后来，胡晓艺在朋友圈里看到潘悦发了一篇文章，说是他们剧组的女一号得了急性脑炎，因为坚持工作导致病症发作，抢救无效去世。胡晓艺这才知道女一号没了，顿时觉得人生多磨难，世事难料，有的人有这个运却没这个命，而自己没这个命也没这个运，虽然现在跟北京那边能有机会搭上关系了，自己怎么也不能放松。

女一号驾鹤西去，潘悦不知以悲伤还是庆幸的心情晋升成女一号以后，很靠谱地主动请惠导吃了一次晚饭，在给惠导敬酒之前，把胡晓艺的大纲给了惠导。惠导拿着大纲回去，过了几天跟潘悦说，看过胡晓艺的故事大纲了，本来觉得只能算说得过去，但是一听写的人是个整形医生，顿时增加了对这个故事的好感，说一个整形医生能写出这样的故事，很不错，至少比很多专业编剧要强，很多编剧别看干了那么多年，写的东西也就比小学生强一点。潘悦吃完饭把这事告诉了胡晓艺，并说惠导答应了，等这部戏拍完，有空跟胡晓艺见个面，好好聊聊这个事儿。胡晓艺兴奋得一晚上没睡着，翻来覆去几次，直接引出了李艾迪的噩梦，在梦里李艾迪梦见自己被骗去拍戏试镜，进屋以后一个导演要非礼自己，李艾迪在梦中狠狠踹了那个导演几脚，却踹醒了身旁的胡晓艺。

胡晓艺打通了惠导的电话，礼貌地问惠导在做什么。

惠导疑似喝多了，说：喂，是晓艺啊，你好你好。

胡晓艺问：惠导打扰你了吗？

惠导说：没有呢！跟圈里几个哥们儿吃饭呢，噢对了，刚还聊到你那个事儿了。我说你写得还行，要是有机会得弄弄。

胡晓艺一听，之前对李艾迪的情绪顿时烟消云散，急忙说：行，谢谢惠导，有需要随时听你召唤！随时去北京！您喝着，不打扰您，就是想问候一下您。

挂电话后，胡晓艺心情好到了极点，觉得自己那么多年的梦想终于孵化出了翅膀，胡晓艺回想起来自己写过的诗歌小说加起来要比做过的手术多。皇天不负有心人，这下终于有点眉目了。但是转念又一想，刚才惠导喝成那样，好像隔着电话都能闻到酒气，谁知道他还能不能记得自己的事儿？可不管怎么说，惠导确实对自己态度不错，并且能主动聊起这个事儿，至少他本人是上心了。胡晓艺突然明白了一个道理，人活着需要点儿盼头和希望，哪怕这个希望不那么真实，甚至是个泡沫，但只要让你看见一点点，你就会由衷地快乐。最怕的是人眼前灰蒙蒙什么画面都没有，看不到一点希望才是最痛苦的。

惠导在北京跟几个影视公司的哥们儿吃饭，其实也没谈起胡晓艺的剧本，只是提到了胡晓艺。跟惠导吃饭的一个叫史总，一个宗制片，他们说起一个网剧项目正想多加一个编剧，惠导想起了胡晓艺，说自己认识一个小伙子不错，挺有想法，写的东西还挺有亮点，关键还不是专业出身，职业是整形医生。史总和宗制片听了说这还有点奇葩，刚说到这里，胡晓艺打来电话，惠导笑笑说：你看，这人不经说，奇葩来电话了。

惠导挂下电话，三个人接着聊，史总提出了公司的发展计划，说今年到明年，至少要有一部院线电影和一部网剧。有可能的话，院线电影的题材就直接改成网剧，目前定的是一部悬疑片。惠导说：行，到时候看看，把这小子弄进来，网剧拿给他搞搞，我看他行。这个整形医生我还真想见见，顺便问问我这张老脸能不能划一刀，以后跟小姑娘合影的时候能显得年轻点儿。

史总和宗制片听了哈哈笑起来。

胡晓艺回到家，李艾迪还没有回来，胡晓艺心情极好，心想只要李艾迪不动手打人，说什么都行。李艾迪不一会儿也到家了，李艾迪看完了电影后面部分,被电影情节感动,跟薄羽和段依依一起在电影结尾抹眼泪,三个人相互递纸巾。电影艺术感染了三个女孩,走出电影院,段依依说:这电影拍得太好了,感觉自己要是里面的女主角肯定得幸福死。

薄羽说:就是,哎,艾迪,让胡晓艺赶紧努力,以后真写出一部电影让我们也去当个路人甲路人乙。

李艾迪笑说:那他能拍电影我真的就烧高香了。

段依依说:回去也别骂人家了,说不定人家以后真能成个导演编剧啥的,那我们也跟着你沾光。

李艾迪跟闺密分开以后,慢慢从电影情绪里回到现实,心想胡晓艺这就是个兴趣爱好,不务正业就算了,还拍电影?就算他变成鬼都成不了导演。不过经过一部电影的稀释,之前的那点愤怒也消散得差不多了。回到家李艾迪没打算跟胡晓艺生气,胡晓艺却做好了充足的准备等着李艾迪数落自己。李艾迪进门之后只简单地问一句:你什么时候回来的?

胡晓艺一听李艾迪的语气,好像没有想跟自己闹的意思,就说:回来有一会儿了。

李艾迪说:哦,我也刚跟段依依和薄羽聚会完。

胡晓艺见李艾迪还没有找事,主动问:你想说啥就说呗?

李艾迪问:我想说啥?

胡晓艺问:你不想说啥吗?

李艾迪说:我懒得跟你说,你自己做了什么自己反省去,我累了,洗澡去了。

李艾迪走进卫生间,胡晓艺诧异地站在客厅里,本来准备好要吵一架,结果竟然如此平静,胡晓艺甚至想李艾迪骂自己几句,要不然都对不起惠导今天的电话,胡晓艺现在心情好得李艾迪怎么说自己都不会觉得委屈。

晚上,胡晓艺去抱李艾迪,李艾迪拒绝跟胡晓艺亲热,一把把胡晓艺给推开了。李艾迪本来想跟胡晓艺说几句话,但是觉得胡晓艺毕竟让自己不高兴了,哪有那么容易就跟没事一样。现在不理胡晓艺,这家伙肯定知道为什么,好好想想明天怎么表现。但是李艾迪不知道现在胡晓艺躺在身边满脑子都是惠导的声音,心想要是自己的剧能拍出来,自己顺利弃医从文走上影视剧的道路,那未来不可估量。并且胡晓艺觉得今天状态舒服极了,李艾迪竟然没有半点唠叨,在自己身边不知不觉睡着了。胡晓艺手机震动了一下,是网络咨询传来今天的顾客报表,时间一点整。手机又震动了一下,胡晓艺一看是潘悦发来的消息,以为又是啥好事,急忙打开微信对话框:明天我好朋友来院面诊,想做鼻子,直接找你,帮我照顾好她哦!

胡晓艺本着对潘悦的感谢,回复道:没问题,放心!

07

特殊鼻子

第二天,潘悦的朋友来医院,走进医院的时候,前台张敏都忍不住多看了几眼。潘悦的朋友叫莫女,一听就不是本名,但长得非常好看,进医院后脱掉外衣,露出凹凸有致的身材,后背隐约的彩色文身一看就知道这女的不好惹。莫女五官精致,鼻子也非常高挑,刚好不挨着肩膀的银褐色短发,让莫女的长耳环甩动起来尤其迷人。

胡晓艺一看莫女就知道她的鼻子以前用的假体太硬,肯定是来修复的,胡晓艺跟莫女打招呼,莫女微微点头,并没有表现得很热情,只是说:谁给我看?

胡晓艺一听就知道莫女是什么性格,回答说:先面诊吧,等下我直接给你打折,潘悦的朋友咱就不客套了。

莫女说:行,听你安排。

胡晓艺把莫女带给佩佩,佩佩问莫女有什么要求,莫女简单说了几个字:鼻子有点假,想再自然点。

佩佩开始跟莫女聊天,交流如何调整才能更好看,并且建议莫女现在的硅胶一定要换成膨体,重新雕刻塑形,取肋软骨打造鼻头,鼻翼不宽做个内切即可。佩佩看了看莫女的鼻孔,鼻中隔轻微偏曲,得做个矫正。捏了捏鼻子,皮肤张力不好,换了膨体恐怕还是会显得不完全自然,最好包裹一点筋膜。佩佩说话时候,莫女一直盯着佩佩看,佩佩也感觉有点不自在。面诊完以后,莫女问多少钱,佩佩把方案给莫女看,说:加修复一共七万五。

莫女问:有折扣没?

佩佩看着胡晓艺,莫女也扭头看了一眼胡晓艺。

胡晓艺对佩佩说:把修复费去了吧,再把麻醉和鼻背筋膜项目的钱也去了,她是我姐们儿的闺密,就……六万块。

佩佩笑着说:我知道是你裙带关系,你的朋友来哪个不是走后门?说降价就降价,我的业绩都被你坑了。

胡晓艺不好意思地一笑。

莫女有点不相信地说:六万,可我听说潘悦的鼻子花了八万?

胡晓艺说:那是田院长还没从美亚出来的时候,现在田院长自己开医院了,价格门槛得放低一点,再说你又是潘悦的朋友,就再低一点。

莫女觉得胡晓艺挺直爽,露出一丝笑说:什么时候能手术?

胡晓艺问:你想什么时候?

莫女说:越快越好。

胡晓艺看了看手术排期:最快三天后第二台。

莫女说:不,我要做第一台,你们协调下。

胡晓艺看看佩佩,佩佩说:那我去看看能不能协调,如果不能也没办法。

莫女说:我只做第一台,第一台是院长状态最好的时候,其他时候不做。

佩佩给顾客打了电话协调手术时间调整的事,最后送了一支玻尿酸,让原来第一台的顾客答应调整到第二台。莫女走后,佩佩问胡晓艺:她为什么刚才一直看着我?

胡晓艺说:我也不知道,因为你美吧。

佩佩说:狗屁,她肯定在看我脸上哪里是做的。

胡晓艺说:美女通常都会欣赏美女吧?

佩佩说:才不是,美女都会看别的美女脸上哪些是做的,丑女才会真正欣赏美女。

胡晓艺说:我感觉这莫女应该不是个省油的灯,人狠话不多的角色。

佩佩问:她是做什么的?

胡晓艺说:模特,估计不止干模特,可能也有哪个男的养着她吧?

佩佩说:别以貌取人,没准别人就靠自己呢?现在有姿色有能力有个性的女孩多得很。

胡晓艺说:我看着不像。

第三天一早,莫女的手术进行了四个半小时,胡晓艺也消毒进了手术室关注着手术的进展,毕竟莫女对胡晓艺来说,不但是顾客,还是潘悦的朋友,这台手术做好了,那潘悦的人情就还了一半。胡晓艺看着跟田院长搭台的护士美玲,心想自己跟田院长搭台的时候好像都没这么默契,说明自己不干这行是对的,免得坑了别人,还影响了田院长的声誉。

但世上偏偏无巧不成书,莫女因为第一次鼻子假体垫得太高,鼻腔里被破坏得太严重,疤痕增生得厉害,重新插肋软骨做鼻头的时候田院长好容易才把鼻尖塑形做好,接着鼻翼内切又遇到了更大的问题,缺乏张力的皮肤无论如何也拉不下来,田院长额头上渗出了汗珠,试了几次还是不行,嘴里开始抱怨:该死,她第一次到底找谁做的,怎么把鼻子破坏成这样!这下麻烦了。

胡晓艺在旁边,目睹着田院长下拉鼻翼边缘几次不成功,心想这下不妙了,这要是不行怎么整,潘悦那边怎么交代?胡晓艺想提醒田院长,干脆降低一点鼻尖高度,放松一些皮肤把皮肤拉下来,但是这样鼻尖就无法达到更完美的样子,模特对于自己的鼻子是很看重的。胡晓艺心里有点气,心想有的医生技术差就别瞎弄,你这不是给下一个医生添麻烦吗?该学学自己,明知道自己当医生以后肯定是坑人,坚持下去不知道要毁灭多少年轻的脸,所以干脆就放弃,就算辛苦两年考的医师资格证都可以说扔就扔,为啥有的医生就非要害人不可呢?

田院长不愧是田院长,在休息了片刻之后,重新下拉鼻翼,这一次竟然成功了,鼻子缝合之后,田院长重重地叹了口气,眼泪都累出来了。这时候莫女醒过来,迷迷糊糊问:鼻子好了吗?

等田院长全部缝合完之后，护士扶着莫女慢慢坐起来，拿出镜子让莫女看，莫女瞪大了眼睛对着镜子，不敢相信似的：哎呀，好好看，好好看！比之前好看太多了！谢谢你田院长，太谢谢你了！

莫女转头看见戴口罩的胡晓艺，对胡晓艺笑了一下，胡晓艺也笑了一下。莫女被扶出了手术室，进入病房休息。田院长再三叮嘱，现在一定不能碰鼻子，现在伤口很紧，再多住两天医院，随时观察。莫女出去后，田院长累瘫在了手术台上，疲惫地擦了擦汗水。胡晓艺说：其实刚才降低点鼻尖也可以缝合好，她本来鼻尖就不矮，改变山根到鼻尖的弧度就已经很好看了。

田院长说：你小子的顾客，要是不做好一点，以后你业绩下滑了就会说是我的问题，我还不了解你？什么事儿都给自己找理由。

胡晓艺嘿嘿笑起来。

田院长说：这模特一看身边就一大群模特姐妹，你都攻下来！

胡晓艺说：明白，回头我就跟她说，以后她朋友来一律在我这走优惠价，把量做起来，介绍和转介绍都送轮廓针。

田院长想睡一会儿，胡晓艺走出手术室换了衣服，来到病房，莫女迷迷糊糊又睡着了，胡晓艺没打扰莫女。莫女因为麻药反应一直睡到了晚上，晚上醒来，莫女也不知道是什么时间了，有了饿的感觉，费力地爬起来按铃，没想到进来的人除了护士还有胡晓艺。莫女惊讶地看着胡晓艺，因为她没想到胡晓艺给自己准备了晚餐。胡晓艺先给莫女倒了一杯水，让莫女漱口，让莫女吐在桶里，然后把晚餐给莫女打开依次摆好，一盒白粥，一个煎蛋，六个小蒸饺，还有一碗冬瓜汤放在莫女面前。

胡晓艺说：快点吃吧，这是我给你定的晚餐，你接下来一个月都只能吃清淡的食物，烟酒都不能碰，三十天之内都是感染高峰期，你自己必须得注意，听见没？

莫女一改平时的高傲,对着胡晓艺点点头。

胡晓艺接着说:回去以后尽量每天喝冬瓜汤,输液五天后可以吃口服的云南白药,有助于消肿。还有,你的鼻子皮肤张力很差,缝合很困难,前三个月都必须谨慎,别被撞着,等三个月伤口长好了就安全了。

莫女吃着饭,听着胡晓艺的叮嘱,眼里泛起了泪光。胡晓艺看到以为莫女还不舒服,问她:你还难受吗?

莫女指了指鼻子:有点喘不上气。

胡晓艺说:现在你鼻子里有创口,必须得塞棉条消毒,只能用嘴呼吸,等两天摘了就舒服了,稍微忍忍。

莫女点点头。胡晓艺对护士说,一定要好好照看莫女,莫女有任何情况跟医生反映。看到莫女没啥事也放心了,胡晓艺说自己要回去了,并且跟莫女说把术后照片给潘悦发过去,也让她安心,潘悦一直惦记着莫女。莫女说好,马上就发。胡晓艺走后,莫女问护士:你们胡主管对人都是这么细心吗?

护士很会说话:不是呀,只有胡主管的重要朋友才会这么负责。医院的顾客这么多,他每个人都关心怎么忙得过来。

莫女听了,思索着吃了两口粥,又问护士:他全名叫什么?

护士意外地说:你还不知道他名字?我看他对你这么用心,以为你们很熟悉呢。

莫女恢复了高冷姿态,说:我真不知道,你告诉我他叫什么名字?

护士回答:胡晓艺。古月胡,破晓的晓,艺术的艺。

莫女点点头,说:行,我没啥事了,你去忙你的吧,有事我叫你。

护士出去后,莫女喃喃地念叨:胡晓艺,胡晓艺。

胡晓艺回到家里以后,一脸疲惫靠在沙发上,李艾迪在客厅里玩小霸王游戏机。这个游戏机是胡晓艺的一个女顾客送的,当时那女顾客在多家整形医院的诱导消费中左右为难，后来认识了胡晓艺，胡晓艺耐心地跟这个女顾客分析了她的鼻形和适合的术式，让女顾客豁然开朗，立即决定要田院长手术，胡晓艺也给了女顾客非常不错的折扣。女顾客的鼻子在田院长的刀下重生，术后满意地离开。没想到过了几天，医院收到一个游戏机，是女顾客送给胡晓艺的，这让胡晓艺又惊又喜，拿回去以后玩了差不多一个通宵，把童年回忆又挨个重温了一遍。

李艾迪跟胡晓艺说：你晚饭吃了没？

胡晓艺说：随便吃了一点。哎哟，今天的手术差点出事，来了一个模特，要不是田院长可能真就玩砸了。

李艾迪按下暂停，转脸看着胡晓艺笑。

胡晓艺莫名其妙看着李艾迪：干吗？

李艾迪：亲爱的，你怎么这么好？

胡晓艺更加莫名其妙：我好什么了？

李艾迪温柔地说：亲爱的，我知道你对我好，但是以后别买那么贵的东西好吗？我们挣那点钱，还不够装修房子和给车加油的。以后等我这边挣得更多了，你的事业也上升了，再给我买好东西……

胡晓艺彻底蒙了：等等！你在说什么，我没给你买什么啊。

李艾迪说：你装，你再装。

胡晓艺举起手：我发誓，我真没给你买任何东西。

李艾迪一脸疑惑地看着胡晓艺：真不是你买的？

胡晓艺：什么东西，你收到什么了？

李艾迪：哎奇怪了，我今天收到一个古驰包。

胡晓艺眼睛一瞪：啥！两万多吧！谁送的！

李艾迪解释：哎呀，不是，就四千多的那种钱包，没有署名，就直接给我送到学校了。

胡晓艺说:拿我看看。

李艾迪把钱包递给胡晓艺,胡晓艺看到了盒子和里面的发票:哇,居然是正品。

李艾迪问:真不是你送的? 你别逗我。

胡晓艺点点头:不是,真不是,要是我花这钱,肯定带你自驾游一圈,才不会给你买这包,再说今天也不是节日啊。

李艾迪听了,觉得有道理,两人相互看了一眼。

李艾迪说:那我得弄清楚谁送的,把这包还回去。

胡晓艺说:别啊,送你的人肯定不差这点钱,你就收下吧。

李艾迪说:凭啥要收下? 我都不知道是谁送的,这东西能随便收吗? 又不是几块钱的东西。

胡晓艺说:那你也不知道还给谁啊。

李艾迪说:肯定能查到,我明天问一下那个同城快递。

胡晓艺说:哎呀,你别问了,送你东西的人不会白送,除非你对别人有恩,那也得留名。你等着吧,早晚会出现的。

李艾迪有点气:哎? 我听你这意思是谁送的你都不在乎是吧? 你一点都不在意是吧?

胡晓艺说:有人送你东西那是好事啊,说明什么,说明我女朋友有魅力,要是你长得猪不叼狗不啃的,谁还送你东西?

李艾迪真气了:你怎么这么没脸,我现在被人送这么贵重的东西,那明摆着是对我有意思,你这是啥态度,你一点都不担心是吧?

胡晓艺说:没有啊? 我不是不担心,我是相信你,你被人喜欢,只能说明我女朋友优秀。

李艾迪说:你就是觉得我不重要,你没长心。你随便收别人女孩送的东西习惯了,我可不像你,我没那么随便。

胡晓艺说:我什么时候随便收别人的东西了?

李艾迪指了指游戏机:这个谁送给你的?

胡晓艺说:顾客啊,你不是知道吗?

李艾迪:对啊,随便送你什么你都收,我跟你不一样,我没那习惯随便收别人的东西。

胡晓艺一下子察觉到事情变味了,本来有人匿名送李艾迪东西,自己可以好好盘问李艾迪一番,但是由于自己出言不慎,现在风向一下子全变了,自己倒还吃了亏,李艾迪却占了上风。

胡晓艺说:这样吧,咱们先不讨论这个,你明天先问清楚谁送你的,好吧?

李艾迪说:现在你要想知道了,刚才你咋不说,谁送的你都不会在意。

胡晓艺:刚才我不是怕说出来让你尴尬么。

李艾迪说:行了吧你,你就是冷漠。别的女孩被匿名送了东西,我敢说她男朋友肯定要查到底,要是薄羽的男朋友知道有人匿名送了她这么贵的包,那肯定非找出这人不可。你看看你!你是什么态度。

胡晓艺说:他男朋友是公安,那叫职业病。我真的是充分信任你。

李艾迪冷冷地哼了一声:切,懒得跟你说。

李艾迪去卫生间洗澡,洗完直接走进卧室,胡晓艺收拾好游戏机,也去洗澡,李艾迪躺着玩手机,胡晓艺抱着李艾迪,李艾迪把胡晓艺狠狠推开,胡晓艺还是紧紧抱着李艾迪,李艾迪转过脸问胡晓艺:你错了没有?

胡晓艺说:错了,我错了。

李艾迪问:哪错了?

胡晓艺说:我太冷漠,让你感觉不到关心。

李艾迪说:其实我不是想生气,我担心太多。你对这件事没有反应恰好说明这个事对于你来讲不重要,即便有人追我,你也可以看得很平淡。

但是我就不一样，有人追你我就会很紧张，会特别有危机感。

胡晓艺心想，要是有人追李艾迪，自己真不会有那么强的危机感，因为自己了解李艾迪，她绝对不会做出任何出格的事。但是李艾迪对自己的担心确实也对，毕竟接触的女孩太多，有时候李艾迪觉得跟胡晓艺聊天的女孩太漂亮而不悦的时候，胡晓艺要解释半天，这是在聊业务，对方在询问你整形问题；要是李艾迪还不高兴，胡晓艺只能拿出对方的术前照给李艾迪看，李艾迪一看就放心了，感触地说：你们整形医院也太可怕了，我看术前照觉得她还不如当个男的。

胡晓艺说：也不全是，还是有一部分人是已经很好看，但是还想更美。

李艾迪说：哼，这类人你就主动离远点，别去招惹人家。

胡晓艺说：我哪里去招惹了，是人家要整形所以主动来招惹我，不，来咨询我好不好。

李艾迪说：那，你就主动往后退，别让她们靠近。

胡晓艺和李艾迪睡着的时候，医院病床上的莫女却因为白天睡得多现在清醒得很。莫女甚至有点兴奋，第一，是因为自己确实变美了不少。第二，觉得心里有那么一点触动，感受到了一些久违的东西，让她心里有那么一丝情感波动，莫女没想到，自己习惯高冷后，在这里竟然会遇到一个让自己心里如此舒服的男人。

08

恋情

莫女在模特圈里，算是有特殊经历的一个人。圈里的大多数模特都二十岁出头，还处于青春期。而莫女已经二十八岁了，并且还离过一次婚，再加上曾经跟前夫的种种纠葛，感觉自己已经提前二十年到了更年期。其实莫女条件并不差，父亲是个电器厂的二把手，因为不听父亲劝阻，早年为了爱情结婚，气得父亲跟她决裂。现在莫女想起来，当年父亲是对的，那男的也就看上自己的外表和身材，结婚以后就露出了混混的本来面目，好逸恶劳，对自己更是随意辱骂从来不尊重。莫女离婚后对男人有了很深的戒备，所以把自己伪装得很高冷，其实是害怕，害怕被男人再次伤害。

莫女的父亲毕竟还是心疼自己女儿，觉得女儿受伤了，不能看着不管，但是又放不下面子主动哄女儿回家，毕竟女儿没听自己的话，只能平时没事就多给妻子钱，让妻子用，妻子明白老伴意思，把钱都打给了莫女。莫女一个人租着房子，时不时也有比自己年纪小的模特妹妹来自己家过夜，听着别人你侬我侬，莫女心里挺不是滋味的，但是一个人的时候，莫女更不是滋味，会想起以前的事来，心里难受。

这个晚上，莫女因为胡晓艺而内心无法平静，当胡晓艺给莫女把饭菜摆好在面前时，当胡晓艺温柔地叮嘱莫女要注意这注意那时，莫女竟然一瞬间有种被大哥哥照顾的感觉。莫女失眠了，一晚上脑子里都是胡晓艺的声音，并且很想第二天能见到胡晓艺。晚上莫女借着护士妹妹来给自己清除引流管瘀血的机会问：你们胡主管明天来不来？

护士说：不知道，胡主管不是每天来，他工作主要是出去谈合作，不经常在医院待。

莫女听了心里有点失落，但是心想自己在这里还要住两天，应该还能碰上。

护士问：怎么，你找他有事吗？

莫女急忙回答:哦,没事没事,我想问问我鼻子的事。

护士说:哦,那他没来也没关系,明天早上田院长会来查房,你有什么事可以直接问他。

莫女点点头说:好的,我知道了。

护士换完引流管关灯出门,莫女又陷入了黑暗中,突然对自己的想法感到不可思议,自己竟然会因为一个医院员工的正常关心而动心,太可笑了吧? 莫女安慰自己,劝自己不要多想,但是天蒙蒙亮的时候,她开始期待着再过几个小时就能听到胡晓艺的声音。

念念不忘,竟然还真有回响。

胡晓艺十点的时候来了,不是因为胡晓艺非要来医院看莫女,而是因为早上李艾迪起来以后接了个同事电话声音大了一点,接着进卫生间洗漱,让胡晓艺醒了就没办法再睡着,胡晓艺因为医院的事情和自己的剧本梦,大脑比较混乱,有些失眠,早上睡醒了也难以再去享受回笼觉,但只要一想到惠导对自己说的话,立马觉得人生还是充满希望,于是打起精神,起来好好洗漱整理,意气风发地走向医院。

胡晓艺来到医院的时候,病房的门打开着,胡晓艺问张敏:那个莫女的早餐给她买了没? 张敏说:已经送了,但是她难受,好像没吃。

胡晓艺来到莫女的房间,莫女听到胡晓艺声音,内心不由自主地出现了一点点喜悦,但是还是假装睡着,她也不知道自己为什么要这样。胡晓艺来看了一眼莫女,又看了看旁边放着的早餐,莫女恰到好处地睁开眼。

胡晓艺笑着说:哟,你醒了?

莫女点点头。

胡晓艺指了指早餐:怎么不吃早饭啊。

莫女缓缓地说:有点不舒服,没胃口。

胡晓艺说:那不行,做了鼻子都不舒服,你必须吃。鼻子不通是因为里面有消毒棉条,要塞两天,现在吃饭就大口大口吞,你赶紧起来吃了,要不等下凉了。

莫女说:我现在起不来,有点无力,好像发烧了。

胡晓艺笑着说:做完鼻子前三天体温都会比较高,创伤引起的症状,多喝水就行,没有发烧,别担心。

胡晓艺走到莫女床前,摇动着床底的栓子,一点点把莫女给摇起来,又把早饭放到床上小餐桌上。莫女在胡晓艺的看护下一口一口吃起早饭来,胡晓艺站在旁边,让莫女觉得有种安全感,早饭也顺利吃完了。

胡晓艺帮莫女把餐盒丢掉,说:今晚瘀血就引得差不多了,明天输完液你就可以出院了,但是五天内都得来输液,这个费用是给你都算进去的。

莫女点点头说:好。

胡晓艺对莫女礼貌地笑了笑,让莫女休息,自己走出门去。

莫女今天见到胡晓艺,觉得胡晓艺样子变了,变得有点帅,这种帅不是身边小鲜肉模特那种帅,而是种亲切的好看。下午莫女发信息给潘悦,说自己明天出院不知道怎么办,这个样子包着纱布怎么好意思出门?潘悦说这好办,我让胡晓艺送送你。莫女听了心里挺高兴,又说这样是不是不好,毕竟自己跟胡晓艺不是特别熟,潘悦说:这有啥不好的,我跟他是老铁,再说他还欠我一人情呢,必须送。

潘悦拍完戏给胡晓艺发信息,说要麻烦他送送自己朋友,顺便提了一下跟惠导吃饭时候又问起胡晓艺的事,说惠导可能会让胡晓艺今年去写另外一个剧本,现在这个事正在筹备中。潘悦说完,胡晓艺高兴地赶忙说没问题,一定把莫女送到家里。胡晓艺听到自己的戏有希望了,别说开车送莫女,把她背回家都没问题。

第二天中午,胡晓艺开车到医院楼下,给莫女发信息,说就在楼下车库等她,莫女刚输完液收拾好东西下楼,钻进了胡晓艺车里。莫女不好意思地说:真的过意不去,还要你送我。

胡晓艺说:没事,潘悦的朋友就是我朋友。

莫女说:潘悦运气真好,有你这样的朋友,靠谱。

胡晓艺说:潘悦也帮了我不少,朋友都是相互帮助的。

莫女说:那要是没有潘悦,你估计是不会送我的了。

胡晓艺听了一时不知道咋回答,支支吾吾地说:这个……也不会,你毕竟是顾客,肯定得关照你,刚做完手术我们都会很担心,毕竟……这个……啊,反正肯定会送你。

莫女笑了,觉得胡晓艺还很可爱,莫女问胡晓艺:你结婚了吗?

胡晓艺一听蒙了,莫女也后悔自己问这个问题,觉得太唐突。

胡晓艺说:还没有,可能明年吧。

莫女说:哦。

一路上,莫女总觉得气氛尴尬,因为胡晓艺并不是很健谈,自己反而很反常地想跟胡晓艺搭讪,觉得自己在胡晓艺面前连性格都变了,不像自己了。胡晓艺问莫女怎么跟潘悦关系那么好,莫女说:之前我出来得早啊,出了点事,潘悦像妹妹一样陪我,后来事儿过去了,我就把潘悦推荐给我朋友,让她去竞选演员,没想到选上了。我们俩属于患难之交。

胡晓艺一听,心想竟然是莫女把潘悦引上了这条路,原来莫女才是背后的"大老板"。胡晓艺问莫女朋友是干吗的,莫女说以前在北京演出走秀时候认识的一个导演,姓惠,本来好久没联系,没想到一个电话去人家真帮忙,还真让潘悦来演女二号。胡晓艺心想潘悦运气确实好,自己不知道有没有潘悦那么好的运气,或者有潘悦运气一半那么好也行。但不管怎么说,都值得自己对莫女好点,起码这事儿成了,也是自己恩人的恩人。

送到家门口,胡晓艺把背包拿下来递给莫女,莫女看着胡晓艺,说:真是太麻烦你了,谢谢你。

胡晓艺笑笑:都是朋友了就别这么客气了,老说谢谢干吗?你自己记好,一定要特别小心,千万别碰着鼻子,拆线那天得让田院长好好给你看看。

莫女说:好,我拆线以后请你吃饭吧?

胡晓艺说:不用不用,别客气了。

莫女说:不给面子,那好吧,不请了。

胡晓艺一看自己客气得不对,赶忙纠正:不是不是,我不是这个意思,我的意思是不让你请,要请也得我请。

莫女说:不行,你送我,肯定得我请你,这是礼貌。

胡晓艺也觉得莫女变得不高冷了,心想女人怎么都那么善于伪装自己,这样随意温和一点不挺好嘛,为啥一开始要装高冷?

胡晓艺说:行行,到时候谁请谁都行,你得先把鼻子养好。有啥事给我电话就行,别客气。

莫女说:行,拆线那天我等你。

胡晓艺笑笑,转身离开。

莫女回到家里,坐在小屋子沙发上发了一阵子呆,觉得自己好像谈恋爱了一样。但是又一下清醒,想想其实什么事儿也没有发生,是自己神经质了。莫女忍不住给自己的朋友,一个叫萱萱的美女打了一个电话,说下周要在萱萱家开的餐厅里订一个位子,要好好吃顿饭,全部要清淡的菜,但是要弄得精致一点。萱萱电话里听出莫女声音有点不对劲,问莫女:怎么了?你得罪谁了要搞那么大动静?你要吃饭来就行了,多大点儿事儿。

莫女说:这个事儿还真不是一个简单的事儿。

萱萱问莫女到底怎么了,莫女支支吾吾了半天,萱萱不耐烦地说:哎呀,你到底出什么事儿了,你说不说?平时你不都挺横的嘛,难道你又交男朋友了？

莫女急忙说：没有没有，不是的。

萱萱说：那到底怎么了？

莫女吞吞吐吐地说：我……好像有点喜欢上一个人了。

李艾迪昨天刚收到莫名其妙的贵重礼物，今天又收到了一条短信，当时李艾迪正准备给学生上课，突然收到一个陌生电话号码的短信：礼物你喜欢吗？

李艾迪一愣，赶忙发信息问：请问你是谁？

对方回信息：你很熟悉但又很久没联系的人。

李艾迪皱了皱眉，回：请问你到底是谁？！

对方没有回应，李艾迪去上课了，上完课以后看对方还没有回信息，李艾迪不高兴了，如果是一个恶作剧或者送个花儿什么的就算了，但是对方是实实在在送了一个四千块钱的包，李艾迪虽然知道男生送女生包很正常，但是毕竟自己现在才毕业出来工作半年，工资全勤满算才五千块，四千块还真不是小数目。李艾迪打电话过去，响了几声对方把电话挂掉，李艾迪心想这人有病吧！本来想发信息去骂人，结果对方打过来了，李艾迪接听，是一个男人的声音，李艾迪一听对方说了声喂，心就不安起来，对方再说了一句：李艾迪，好久不见，知道我是谁吗？

李艾迪再熟悉不过的声音，这声音的熟悉程度仅次于胡晓艺。李艾迪心扑通扑通地跳起来，心里念叨着那个名字，忍不住脱口而出：唐宇正！

09

两处恋情

唐宇正是李艾迪的高中不同班的同学，高中的时候李艾迪属于学霸型的人物，但是唐宇正却是个偏才，数学物理好，文科特别差。李艾迪本来是文科班的，跟唐宇正不同班，只是一次放学太迟错过了回家的公交车，在回家路上被几个混混骚扰，混混倒没做什么出格的事，只是跟在李艾迪身后一直吹流氓哨，后来变成了言语挑衅，嘴里说着下流的话。好强的李艾迪不愿意跑，因为这样会显得自己懦弱，但是平生第一次被人这么直接侮辱，还是感觉到莫大的委屈，一边走一边眼泪不停地掉。刚好唐宇正骑车从后跟上，看到几个混混在欺负本校同学，本来已经骑走了，又绕回来停下义正词严地问混混到底要干吗。李艾迪心想这人是怎么了，难道还帮自己出气不成，正想着唐宇正就跟这几个混混大骂起来，然后迅速演变成一场恶斗，顺理成章地被揍趴下了。混混揍完唐宇正骂骂咧咧走了，被吓坏的李艾迪看唐宇正一动不动，以为这人被打死了，结果发现唐宇正还活着，赶忙扶起唐宇正，唐宇正鼻青脸肿地问李艾迪：你没事儿吧？

李艾迪心想你都被打成这样了还问我有没有事，你也真是心大。唐宇正明明被揍了却像把别人揍了一样说：这次是给他们点教训，下次再欺负你我一定弄死他们。

李艾迪潜意识里觉得唐宇正有点缺心眼，是不是数学好的人都这么奇怪，但心里是非常感动的，平生第一次被骚扰，平生第一次被英雄路见不平拔刀相助，竟然都发生在同一个时候。李艾迪看着唐宇正青肿的脸，问唐宇正疼不疼？唐宇正说不疼。李艾迪说我给你买点药吧？唐宇正说又没病吃啥药，脸上也没血往哪里涂。李艾迪说那回去你爸妈看见怎么办？唐宇正想了想说，晚归路上，英雄救美，恶战一场，身负轻伤。两人说着说着笑起来，唐宇正说自己是第一次见李艾迪，李艾迪说自己听说过唐宇正的名字，理科班出了名的怪人，数学竟然没事儿总考满分，可语文历史从来没及格过。走到岔路口时，唐宇正说：以后放学我送你，免得你又被欺负。

李艾迪说:不用,以后我都坐公交。

李艾迪和唐宇正这一认识,在学校里碰面次数也多起来。李艾迪发现自己有时候不想坐公交车了,跟唐宇正走路回去也挺开心。李艾迪从来没想过自己对唐宇正的感情,但是一段时间以后,从薄羽和段依依的嘴里听说自己早就谈恋爱的消息,对象是唐宇正。李艾迪不惧怕这些流言蜚语,轻描淡写地说:没有的事,我们只是好朋友,他帮过我一次,后来我们就成朋友了。

后来班主任也捕风捉影,把李艾迪叫到办公室,让李艾迪千万别早恋,说李艾迪可是考重点大学的苗子,不能荒废了自己。李艾迪也淡淡解释说自己没有,放了学照样跟唐宇正一起走。班主任亲眼看到几回,再一次找李艾迪说:李艾迪,我不管你谈没谈恋爱,你一个女孩得要自重,你天天放学跟一个理科班的男生一起回家算怎么回事?这么多同学在背后说你,羞不羞?

李艾迪被彻底惹怒了,晚上放学跟唐宇正一起回家的时候赌气说:以后要是别人问我们是不是在谈恋爱,你就说是,我也说是,这样他们就没有话说了。太气人了!幼稚狭隘!

全校师生果然继续说了下去,并且愈演愈烈。学校里喜欢李艾迪暗恋李艾迪的男生不在少数,唐宇正竟然就这么不明不白地成了李艾迪的“男朋友”。既然当了男朋友,那也该有个男朋友的样子。放学后,唐宇正会给李艾迪买奶茶,李艾迪推托了几次,就接受了。等发现自己已经习惯每天晚上放学喝奶茶的时候,已经跟唐宇正手牵手了。别人都说唐宇正是踩了狗屎才有那么好的运气能跟李艾迪在一起,唐宇正心想那也是我有这个运气,凡事得讲缘分,你们别说踩了狗屎,就是吃了狗屎也不可能跟李艾迪在一起。

唐宇正因为李艾迪的事,被几位老师联合打压,大家觉得唐宇正虽然是个人才,但是是个“瘸子”,你就算数学每次考满分也不可能考出两百分来,英语和语文呢,你难道不考?李艾迪则是每科都好,所以从学校的利益出发,老师们一定要保全李艾迪,不能让这个重点大学的苗子毁了。几名老师的奋力打压,让唐宇正怒不可遏,在老师的围攻劝说下,唐宇正开始不说话,后来是憋不住地反驳,再后来是控制不住地对骂,“舌战群儒”之后直接冲出办公室,冲回教室,在安安静静的课堂上当着老师的面一脚踹翻了桌子,大吼:什么狗屁学校!老子就谈女朋友怎么了?老子不念了!

唐宇正大闹教室的事传遍了学校,李艾迪赶紧去找唐宇正,唐宇正已经冲破了保安的阻拦,离开了学校。那保安后来添油加醋地说,自己在这里干了那么多年,没见过这么混账的学生,完全是不要命地往外冲,差点把自己的保安制服都扯坏了。那一年学校的学生一辈子都记得因为爱情而轰轰烈烈走出校门的唐宇正。话题既然是唐宇正,也离不开李艾迪,李艾迪听着风言风语,难过地流下眼泪来,去班主任那里说自己也不念了,不想再来学校了。班主任一听被吓个半死,心想这个苗子要是毁了,自己得算白干一年,于是挖空心思地给李艾迪讲了半天道理,待李艾迪走后又给李艾迪妈妈打了个电话,让妈妈一定要好好安慰李艾迪,千万别让她想不开而放弃自己的大好前途。

唐宇正后来为自己的行为感到后悔,但是毕竟自己家庭有背景,父亲有这么大一个公司,不害怕以后没工作。唐宇正跟父亲说必须要那几个老师一起给自己道歉,自己才会回学校继续上学。父亲西装革履来到学校,客气地跟老师交涉了一下,本来想让老师安抚一下孩子的情绪,好好沟通,但是老师们纷纷说唐宇正各种不好,对唐宇正各种嫌弃指责,一步一步把唐宇正父亲也激怒了,跟唐宇正一样踢翻了桌子,朝着老师们吼叫:你们算个屁,你们这种人有什么资格当老师? 老子儿子就是不读书,以后也比你们这种虚伪的老师有前途! 比你们有钱有地位!

唐父气冲冲走后,老师们一致认为这是上梁不正下梁歪,有其父必有其子。这种学生离开学校可能还是件好事,免得败坏校风。唐父跟自己儿子一样,又气又恼,心想现在的老师师德哪里去了? 儿子其实什么也没做,但就这样好端端竟然被开除了,无奈之下,只有一条路,把唐宇正送去当兵,对儿子说回来以后就进公司,老子当你老师,教你成才,以后绝对混成人上人。

唐宇正去当兵之前的晚上,跟李艾迪见了个面,李艾迪哭得很伤心,唐宇正拿着准备好的纸巾给李艾迪擦了眼泪。平生第一次有人骚扰李艾迪,平生第一次有人救李艾迪,平生第一次有人因为救李艾迪而跟李艾迪恋爱,平生第一次有人因为跟李艾迪恋爱而被迫改变人生轨迹,这个晚上,这个人又平生第一次抚摸李艾迪的脸。李艾迪平生好多第一次,都跟这个唐宇正有关。都是唐宇正,李艾迪泪光闪闪地看着唐宇正说:以后你当兵回来,我大学毕业,我们就结婚好不好? 我们给他们看看,他们这么逼我们都没有分开。

唐宇正顿时觉得自己为她做这一切是对的,自己冲冠一怒为红颜,没想到红颜如此领情。唐宇正情不自禁吻了李艾迪,李艾迪没有躲避,平生第一次接吻也给李艾迪留下了难以忘记的印象。李艾迪和唐宇正告别之后,两人再也没见过面。

那一年,李艾迪的考试让所有师生大跌眼镜,本来名校水平的李艾迪最终只勉强上了个很普通的大学,班主任看到李艾迪的成绩当场差点哭出来,跟其他老师说这不可能,这肯定是李艾迪故意考砸报复学校。几个老师都想劝李艾迪复读一年,李艾迪却头也不回地永远告别了高中。

唐宇正在部队里和考上大学的李艾迪通过几次电话,但是没有机会相见。时间久了关系渐渐变淡。退伍后,唐宇正在父亲的公司里打磨了两年,更加成熟,很多女孩知道唐宇正的身份,再加上唐宇正人帅气,当过兵又有男人味,让女生们趋之若鹜。唐宇正后来几年经历了好多女人,比自己大的,跟自己同龄的和比自己小的,可之后,最让他怀念的味道还是初恋,那个夜晚李艾迪的话,那个夜晚的初吻,那个夜晚的约定又重新记起来。唐宇正终于知道,爱情像奶茶,各种味道都不如原味好,自己年纪轻轻已经被父亲训练成了一个世故老成的社会油子,只有李艾迪这样的人能够让他重新回到那种最纯真的状态。唐宇正决定找李艾迪,两天后,拿到了李艾迪的联系方式和工作地址。但唐宇正觉得自己这样出现太唐突了,于是给李艾迪先买了一个钱包,让助理给李艾迪寄过去。

李艾迪接到唐宇正的电话,身体颤抖起来,当时唐宇正当兵回来,李艾迪满以为唐宇正会来找自己,结果后来竟然不了了之了。唐宇正跟父亲做事业,身边各种女人的魅力已经超过了与李艾迪的誓言,后来,李艾迪也渐渐明白小时候的话千万不能当回事,就像小孩说长大当科学家和飞行员是一个道理,不能放心上。

但此刻,李艾迪拿着电话不知道说什么好,往事翻涌起来,让李艾迪真的不知所措,办公室里另外一个英语老师在放着《往后余生》这首歌,旋律飘扬出来让李艾迪心里涌上说不出的滋味,赶紧走出办公室。

唐宇正说:李艾迪,怎么了,接到我电话很意外吗?

李艾迪说:嗯,好意外,真不知道你会给我打电话。

唐宇正说:我其实回渝州很多年了,一直没时间见你,因为我一个人扛下了一个公司的事业,但是,我还是有时候想去找你,你知道吗?我为了找你的联系方式,问了一圈人,把以前同学都找遍了。

李艾迪口不择言地说:那你现在找我是有什么事吗?

唐宇正说:想见你呗,这么多年没见了。

李艾迪又语无伦次地说：那……有时间可以见，但是见面你想跟我说什么呀？

唐宇正说：嘿，看你说的，曾经放学路上为了你被混混打了一顿，你不请我吃个饭？

李艾迪笑了起来，唐宇正这话让她轻松了，毕竟唐宇正只是在说往事，没有提两人的感情，听着口气，应该也不是冲着自己什么目的来的，可能就单纯想见见。

李艾迪说：好啊，有空的时候见见，一起吃个饭，我请你吃。

唐宇正说：行，一言为定，我抽空约你。

唐宇正挂下电话，李艾迪又心里不安起来，见唐宇正，对自己来说真的是一件意外的惊喜，或者惊吓。不知道，到时候唐宇正会不会提起自己以前说过的话？李艾迪突然在想，为什么唐宇正不问问自己的个人情况呢？如果问了，就如实回答自己已经有男朋友了，这样更自然。

李艾迪确实把唐宇正想得过于简单了，唐宇正早就猜到李艾迪不是单身。但是唐宇正很有自信，心想，现在的大学毕业生，经济条件都不行，这个年龄段的人走出校门认识到社会的残酷和冷漠，会被各种事影响情绪，情侣很容易闹崩，他不相信李艾迪能找个条件比自己还好的同龄人。唐宇正不知道李艾迪找了个比自己大这么多，但是条件依然没他好的男人。唐宇正心想，要是见面以后还能从李艾迪身上找到那种初恋的感觉，就一定要把李艾迪拿下，哪怕时间长一点也没有关系。

唐宇正挂下电话，助理刚好进来送资料，说：唐总，麻烦您看一下，这些单子需要您签字。

助理放下文件往外走，唐宇正叫住助理：你等下。

助理转头问：唐总还有什么吩咐吗？

唐宇正问：我想问问啊，你们女人在成家之前，更看重男人的感情呢，还是更看重男人的条件呢?

助理想了想:人和人不一样吧,每个人要的东西不一样。

唐宇正沉思了一下说:如果这么个情况,你面对一个你喜欢的人和一个特别喜欢你的人,但是喜欢你的人经济条件比你喜欢的人好很多,你会怎么选?

助理想了想笑着回答:我身边没有出现这样的人,我真不知道。但是如果出现了,我觉得,一个有条件又有心的人喜欢我,多少我都会动心吧。

唐宇正很满意这个回答,对助理说:行了,我觉得你说得靠谱。

10

赴宴

李艾迪下班没有直接回家,而是在微信群里约了段依依和薄羽,说发生了一件大事,无论如何也要见个面。胡晓艺下班回家见李艾迪没回来,到楼下餐馆里吃个饭,吃完给李艾迪打电话。李艾迪接到胡晓艺电话,感觉像做错事一样,问:怎么了?

胡晓艺:你晚上还回来吃饭吗?

李艾迪说:不回去吃了,我约了段依依和薄羽,我们小聚一下。

胡晓艺说:行,那我知道了。

李艾迪多问一句:那你怎么办?

胡晓艺说:什么怎么办,我吃过了,就问你要不要给你带点吃的?

李艾迪说:不用不用,你晚上好好玩,要不你去洗个脚吧?

胡晓艺莫名其妙地说:我没事洗脚干什么?

李艾迪说:如果你累的话,可以去洗洗。

胡晓艺没趣地说:算了,就这样吧,我去小区门口网吧玩儿一会游戏,你忙你的去。

李艾迪带着忐忑的心情跟薄羽和段依依坐在一家韩国料理店,薄羽和段依依听完李艾迪说完事情的经过,两个人面面相觑,低头思考起来。

短暂沉默后,薄羽先开口:我觉得这事儿没那么复杂,虽然对你来说是挺意外的,但是可能也真就想叙叙旧,毕竟是同学,感情也挺纯洁的,你不用那么紧张。

李艾迪听了点点头,说:对,可能是我想多了,我就是怕他有别的想法。

段依依则不认可:天哪,你们咋那么单纯,哪有那么简单?你想啊,当年他因为你直接退学了,当时你还说要嫁给他,现在过了这么多年来找你,你觉得就只是找你叙叙旧吗?

薄羽说:那很正常啊,我还想跟我以前同桌见一面呢,还跟同学打听过他情况,老秦都知道。再说当时人李艾迪不懂事,随便一句话能当真么?过了这么多年他也没联系李艾迪。

段依依又说:如果只是打个电话约见面想叙旧我相信,但是你见过叙旧之前先送一个四千块的钱包的吗?

段依依这句话一说出口,薄羽和李艾迪就不说话了,心想忘了还有钱包这事,一个四千的钱包随随便便送给一个人,对这个人一点没心思谁信?

薄羽想了想说:那……万一是人家有钱不在乎这点儿呢?

薄羽觉得这话自己也不能认可,于是又修正说:在不在乎都不可能这么送东西,确实不正常。

李艾迪不觉紧张起来:那怎么办?我没有拒绝跟他见面。要是他真有什么想法怎么办?

薄羽说:那还能吃了你啊?见面就见面呗,能怎么样?

段依依说:就是啊,即便对你有想法也正常,当时那么纯真的感情现在哪儿找去?你们当时发生了那么轰动的事儿,他现在肯定是想回来看看你现在到底过得好不好,人家也算是重情义了。

薄羽说:嗯!我也觉得,该见。

李艾迪还是忐忑不安。

薄羽问:你在担心啥?

李艾迪说:我跟胡晓艺在一起了以后,就没想过会遇到这样的事,也没想过他会出现。

段依依说:你这话,说得跟你出轨了一样,你不就是跟人吃个饭么,你觉得胡晓艺会生气吗?

李艾迪说:换咱们男朋友跟初恋去吃饭,咱们能接受么?

薄羽说:话是这么个话,但是事儿不是这么个事儿,要是初恋找上门来，非要吃个饭，礼节性的赴约，相互尊重，彼此祝福，我觉得没啥，身正不怕影子歪。

李艾迪还是心里不安，说：要不这样吧，你们看行不行？咱们三个一块儿去，反正都是同学，这样就变成同学会了，我就不会尴尬了。

段依依说：人家是想约你，又不是约我们，我们去才尴尬。

李艾迪说：那我一个人就不去了。

薄羽说：这样吧，你呢就跟唐宇正说，你要去吃饭，说我们都想见他，看他啥反应，要是他表现出特别热情，咱们就去；如果他表现出一点不情愿，我们都不去，或者你自己去。

李艾迪说：行，那他如果约我我就这么说。哎对了，那这个包用不用还给他？

段依依和薄羽一起摇头说：当然不用还。

第二天唐宇正又给李艾迪打来电话，说时间定在周末，自己定了地方。李艾迪把事儿一说，唐宇正显得有些意外，但是是高兴的意外，说：好啊，她俩我也好久没见了，一定要一起来！

李艾迪把唐宇正的态度一传达，三个女生毅然决定赴宴。赴宴的时间刚好是莫女跟胡晓艺吃饭的那个晚上。莫女在拆线前的这几天里每天都会给胡晓艺发一条信息，其实有的问题已经问过了很多遍了，胡晓艺还是不厌其烦地耐心解答。有一天晚上突然有点鼻血流出来，吓得莫女赶紧打电话给胡晓艺求救。那时候已经凌晨三点，胡晓艺被吵醒后一点没有生气，反而平和地跟莫女解释：鼻子在手术完后都有没有流完的瘀血，不要紧张，很多顾客在做完之后一个月都会突然流鼻血，不要担心，甚至在一段时间后之前鼻腔里没有清理干净夹杂在肉里的线都会自己代谢出来。拆线的时候好好让田院长复诊一下，只要软骨没有歪斜就让它自然生长，放心吧！

莫女听了胡晓艺的解答才安心入睡,睡前温习了一下胡晓艺的声音,觉得如此有耐性的男人真是少之又少,于是特别期盼能跟胡晓艺一起吃饭。在拆线的前一天,莫女特地给朋友萱萱发微信,再三叮嘱明天要留一个安静的角落,两个人的餐,千万别出纰漏。

萱萱说:你怎么变得那么啰唆了?

莫女说:这个男的不一样,我想起要见他心里就怦怦直跳。

萱萱说:三个人吧,另一半饭钱算我的。我真想看看是什么人给你迷成这个样子?好像以前都是别人这么追你的吧,这世道怎么变了?

莫女说:哎,你来更好,我怕到时候我不自在。

周末下午,胡晓艺跟李艾迪分别在家里打扮。胡晓艺很简单,无非就是洗个头吹干后蓬松一点让自己感觉帅气点完事。李艾迪则精挑细选换了几件衣服,细心地化了个淡妆,非常可爱又乖巧,让胡晓艺都觉得像变了一个人。

胡晓艺好奇地问:你晚上干吗?感觉是去约会。

李艾迪内心不安,像是被看穿了一样小声说:同学会,跟薄羽和段依依她们一起,去见以前一个同学,很久没见了。之前我们关系都很好,但是他提前离开学校了,高考都没有参加……

胡晓艺懒得听李艾迪的往事,说:行行,你开车去吧,顺便先把我送到医院,等会儿晚上我坐别人的车。

李艾迪问:你去哪里?

胡晓艺说:先去医院办点事,晚上也是吃个饭,跟一个顾客,之前给她优惠了价格,等会儿来拆了线非要请我吃个饭。

胡晓艺跟女顾客吃饭不是第一次,要搁平时,李艾迪肯定会不高兴,发几句牢骚,但是今天李艾迪一句话都没说,面对接下来要发生的事充满了奇怪的紧张感。李艾迪甚至觉得还好胡晓艺今天不是自己待在家里吃饭,不然自己心里可能真的会像犯错一样不能安宁。

胡晓艺不知道因为自己的原因竟然让莫女回家了,莫女回家的那一刻,莫女父亲都差点激动得哭出来,心想自己女儿到底出了啥状况,咋就突然回来了?莫女回家,确实是因为胡晓艺的刺激,她再也不想住在冷冰冰的出租房里,每天都是无聊的男人晚上发微信问自己喝不喝酒,唱不唱歌,游不游戏。莫女突然对喝酒唱歌没了兴趣,突然想回家了。在家里同父母吃了两顿饭,莫女觉得舒服极了,第一次觉得家那么好,那么给人依恋感。莫女把这种感觉告诉了萱萱,萱萱说:我的天哪,你竟然都被感化得回去见你爸了,我真得看看这个人是什么样子。这顿饭我请算了!

莫女的父亲问莫女最近过得怎么样,莫女说挺好的,离婚之后就自己一个人工作生活。父亲试探性问有没有再谈对象,莫女说没有,要是再谈肯定会更慎重,之前有教训了。父亲深感欣慰,心想人果然都如此,年轻的时候不吃点亏干点冲动的事情来还真不能成熟长大,女儿既然懂事了,以后自己就没那么多烦恼了。莫女周末时候要借父亲的汉兰达,说跟好朋友吃个饭,肯定不会喝酒,父亲一口答应,问莫女什么时候搬回来,莫女说房租一到期就回来。

拆线的时候胡晓艺守在莫女旁边,也仔细观察着莫女的恢复情况,陪莫女在田院长那复查,伤口恢复得很好,缝合的地方已经明显地有愈合,鼻子虽然肿胀但是弧度优美,鼻尖也精致好看,莫女照着镜子忍不住夸赞田院长:田院长,你真是太神了!

来到车库里,胡晓艺看到莫女开一辆白色汉兰达,心想这女人真是有个性,车都是个大越野。上车后,胡晓艺问去哪里?莫女说定好了地方,自己朋友开的餐厅,今晚虽然不能喝酒,但是一定要让胡晓艺好好吃顿饭,报答关照恩情。

11

都是高大上

萱萱等来了莫女和胡晓艺,当萱萱和胡晓艺在莫女介绍下互相认识的时候,两人对对方印象都不错。萱萱心想莫女平时带来吃饭的不是那种嘻嘻哈哈一看就不靠谱的小鲜肉,就是那种西装革履装酷到极致,吃个饭都不停显摆的油腻大叔,今天来的这个男人眉清目秀年龄正好,感觉挺干净斯文,长得也不差。胡晓艺心想怎么美女身边都是这种美女,身材长相都好得没话说,心里想萱萱这样的女孩对男人要求一定很高。

吃饭的时候,萱萱主动给胡晓艺盛汤,跟胡晓艺说自己餐厅里的牛骨汤是全城第一,渝州找不到第二家,十几年了顾客不断,胡晓艺一喝还真的胃口大开。胡晓艺说自己以后也带朋友来这里吃饭,感谢萱萱招待。萱萱说莫女是自己的好姐妹,你第一次来肯定要特别关照,以后你也好好好关照我们莫女。胡晓艺一听,觉得这话听起来怪怪的,于是说:以后,以后就不用我关照了,她最难受的时候已经过了,伤口好得很快,以后慢慢就自然了。

萱萱一听蒙了,心想胡晓艺怎么这么说话,难道没明白自己的意思?于是加了一句:慢慢好起来也要靠人关心啊,人家伤口那么深,全部愈合肯定不那么容易。

胡晓艺认真地说:是不容易,至少得等三个月到半年,并且最好不要去人多的地方,也不要剧烈运动。

萱萱听了更不理解了,心想胡晓艺咋那么奇怪,继续说:有人保护去了人多地方也没啥,不是有你吗?至于剧烈运动,那你们两个人在一起还不能亲热了,那多难受。

胡晓艺一听也蒙了,不知道萱萱是重度文艺青年还是话里有话,不知所措地看着她。萱萱也看着胡晓艺。莫女一看气氛尴尬了,知道两个人话题都不在一个空间里,急忙打圆场说:吃饭吧,咱们先好好吃,别聊这个。萱萱,你倒是好好看看我鼻子呀,好不好看?

唐宇正请客吃饭的地方比萱萱家里的馆子高档得多,甚至有点不像吃饭的地方。这里是渝州市里较隐蔽价格很贵的一个私房餐厅,开在南山上的一个小别墅里,最出名的菜是鹿肉。李艾迪开车跟段依依和薄羽导航来到别墅面前,刚好远处泛着红晕的云霞和夕阳在茂密的层林上空勾勒成一幅自然之画,三个女孩忍不住拿出手机拍了几张。接待生彬彬有礼地走出来,礼貌地鞠躬,然后问:请问是李女士、段女士和薄女士吧?

三个人带着新奇的感觉来到后院,打扮绅士的唐宇正立即起身迎接,大家熟悉又陌生地寒暄了一阵。坐下以后,唐宇正让上菜,很快就摆满了一桌惹人口水香气扑鼻的菜肴。四个人本来一开始都比较矜持,后来往事聊开了,就不那么顾忌,放开吃起来。在交谈中,三个女孩得知唐宇正当了三年兵,回来以后就开始跟父亲做事业,现在父亲已经把公司里的几个项目都交给他在做。这两年地产势头比较好,重心都放在一个养生项目上,说国人现在的健康意识强了,以后都会对养生盘感兴趣。段依依问:你经常来这里吃饭吗?

唐宇正说:觉得怎么样?

段依依说:特别好,环境太好了。

正说着一头小鹿从房子的另一侧走出来,三个女孩看见了呀呀地叫起来,立即拿起手机拍照。

唐宇正说:要是你们喜欢这里,没事儿就可以来,吃什么随便点,就说是我好朋友就行。

薄羽问:你跟这老板很熟?

唐宇正笑着说:我有一半股份在里面。

三个女孩称赞唐宇正了不起,混得是真不错。唐宇正则谦虚地说:没有没有,还不是爹妈打下了基础,要不然啥都不是的。我自己几斤几两心里清楚。

接着唐宇正又说:其实这样也不好,过早进入社会,把很多以前的东西都丢失了,还是纯真的东西好,让人觉得轻松。

三个女孩面面相觑,觉得唐宇正话里有话。

唐宇正见冷场,急忙说:那时候我走了,学校里怎么看我的?

段依依说:大家都觉得你是英雄呗,都觉得那些老师太过分了。

薄羽此刻说了句不该说的话:你走了,人家李艾迪可惨了,被人议论了半年呢。

李艾迪心一下子紧了起来,目光跟唐宇正对上。唐宇正在一瞬间发现,李艾迪的目光还是和以前一样清澈无瑕,从李艾迪的目光里,唐宇正能透彻地看到李艾迪目前的生活也波澜不惊,简单明了。李艾迪躲避了唐宇正的眼神,急忙对薄羽说:别瞎说,当时大家都忙着冲名次,后来就没几个人想这事儿了。

唐宇正说:是吗?我这壮举这么快就烟消云散了?走得太不值了。

大家一起笑起来。

一顿饭大概吃了两个半小时,唐宇正觉得三个女孩有点没话题了,立即结束了聚会。唐宇正是个老手,知道对女孩任何时候都只能意犹未尽而千万不可以让对方觉得乏味或者尴尬,并且三个女孩的微信都加了,接下来就好办了。

胡晓艺跟莫女吃完饭,萱萱把两人送到门口,胡晓艺坐上副驾驶,跟萱萱挥手告别。在路上,莫女忐忑不安地想自己要不要跟胡晓艺吐露一下心扉,于是把车开到滨江路旁停下,说要跟胡晓艺沟通一件事。

莫女盯着胡晓艺,有点难为情,但是知道自己今天不说点啥回去得难受死,于是镇定了一下,深吸一口气说:晓艺,有个事儿我特别想问问你。

胡晓艺凝视着莫女问:啥事?

莫女说:嗯,我呢其实是一个很独立很独立的人,之前我有过一段……比较……失败的婚姻吧。

胡晓艺暗暗惊讶,这么漂亮的女孩竟然离过婚,不过想想离婚也是正常事儿,继续听莫女说。

莫女说:离婚以后,这么长的时间,我都觉得自己是不需要男性来帮助自己任何事情的,直到我认识了你……觉得……有人帮助是件特别好的事儿。

胡晓艺客气回答:潘悦是我朋友,你也是我朋友,这个帮助真的太小了。就算普通顾客我也会有关心的,你千万别当个事儿记着。

莫女看着胡晓艺,把胡晓艺看得有点不自在。

莫女问:你跟我在一块儿会觉得别扭吗?

胡晓艺尴尬地回答:不会啊,当然不会。

莫女问:跟女朋友在一起多久了?

胡晓艺想了想,差不多两年了。

莫女问:你女朋友应该觉得特别幸福吧?

胡晓艺笑说:没有没有,别人看我俩都觉得一定很幸福,其实在一起还真没有那种每天幸福得要死的感觉,但是就是觉得踏实。

莫女点点头:我现在深有体会,幸福不幸福那个真不好体会,踏实是特别重要的,踏实才会有安全感,才会放心走下去。

胡晓艺点点头,不知道该说什么。

莫女笑着说:我问你一个问题啊,你要是单身的话,我是说假如啊,你会不会选择跟我这样的女人在一起?

胡晓艺觉得车内气氛十分不对劲,不知道该怎么回答,问莫女:你……属于哪样的人?

莫女说:你看见了,常人眼里,不务正业,比较叛逆高冷,然后……离过婚。

胡晓艺摇摇头:这些都不重要,如果双方都喜欢,又特别能包容,并且,能相互支持的话,应该都不是问题。至少我是这么想的,我跟我女朋友差不多也是这样的,就觉得对方好,想为对方多付出一点,其他的还真没考虑太多。

莫女不甘心地问一句:那,你会喜欢我这样的人吗? 如果你现在单身。

胡晓艺已经心知肚明莫女的意思,虽然有些难以启齿,但是认真看了一下莫女,妩媚的面庞,凹凸有致的修长身材,甚至能想象到莫女走秀时迷人的样子。在灯光昏暗的车内,难得不让人有隐隐的冲动,还好,这点克制力对见惯美女的胡晓艺来说不是问题。莫女在与胡晓艺对视时望着胡晓艺的脸庞,忍不住想拉过胡晓艺来狠狠深吻一次,但是也用平和的表情压制住自己的想法,等待胡晓艺回答。

胡晓艺突然换了一种轻松的语调说:会啊,当然会,你这样的女孩估计正常男人都会动心,所以你一定要小心了,反正我是见了太多的人面兽心的男人。

莫女说:如果我再遇见怎么办?

胡晓艺说:所以看人得用心,任何事都不能操之过急,更不能只看表面。

莫女笑着说:你是在提醒我不要被你的表面迷惑吗?

胡晓艺急忙说:没有没有,我没有那个意思。

莫女说:好啦,逗你的,我开玩笑的。时间不早了,我送你回家。

在回去的路上,莫女和胡晓艺两个人都沉默了,两个人都看着窗外景色陷入自己的思维里。胡晓艺心里想这种事儿要是碰上老奚这样的江湖高手,估计莫女早就沦陷了,自己却有太多心理障碍。而莫女心里想这下胡晓艺已经彻底明白了自己的意思,接下来如果胡晓艺愿意的话,自己真的可以跟他再进一步，如果不行，现在的朋友关系就维持着，但是肯定会渐渐疏远，毕竟自己动了情。

李艾迪和薄羽、段依依三人也在滨江路的另一端坐在车里非常热烈地讨论着有关唐宇正今天的表现以及他对李艾迪的情愫。

女人的直觉很准，虽然唐宇正只字未提，都在聊过去的同学往事，表现得也非常绅士和随和，但是几个对李艾迪的眼神，投射在李艾迪脸上是如此真挚和情不自禁。刚好这几个瞬间，都被薄羽和段依依看在眼里。

薄羽和段依依此刻同时产生了一点跟李艾迪不一样的想法，虽然李艾迪跟胡晓艺已经走到一起，但是胡晓艺的各个方面都让李艾迪产生诸多抱怨，胡晓艺比李艾迪大六岁，有时候却还不如李艾迪成熟，更何况胡晓艺作为一个医生不好好干本职工作，现在还抱着做编剧导演的梦，最重要的是，胡晓艺目前的情况跟唐宇正相比相去甚远，若是李艾迪跟唐宇正重新走到一起，会不会更好？当然这些想法只是基于人的内心，当面对差别很大的两个人难免会去比较，话却不能随便乱说。薄羽说：真的想不到，唐宇正现在那么高大上，都一样大，咱们才工作，人家就自己管理一个公司了。

段依依说：对啊，当时那些老师要是知道了唐宇正现在的情况，你说会不会特别打脸。

李艾迪说：那是因为他家里给他提供了条件，他的起点就是很多人的终点。只是可能他确实也比较努力，至少不是一个只知道花钱不会挣钱的花花公子。

薄羽问李艾迪：你今天吃饭的时候觉得尴尬吗？

李艾迪说：一开始很紧张，后来聊到以前的事就慢慢自然了。

段依依接着问：那你看到唐宇正有什么感觉？

李艾迪说：没什么感觉啊，挺好的，比以前更成熟了，并且也很绅士。

薄羽说:以前你俩好歹恋爱过,现在见面了一点感觉都没有?

李艾迪想了想,觉得好的感觉肯定在,但是并不会往下再想,所以自己的好感其实是种非常单纯的好印象。

于是李艾迪说:有好印象,也觉得很亲切,但是没有那种喜欢的感觉,现在我也不可能喜欢他呀,过的事儿都过去了。

薄羽忍不住了,说:哎,你是没感觉了,你不喜欢人家,但是人家对你还旧情未了呢。

李艾迪说:别瞎说,刚才咱们吃饭人家也没表示什么,就是好朋友聚会叙旧嘛。

薄羽和段依依一起摇头。

李艾迪问:你们什么意思啊?

薄羽和段依依一起说:他喜欢你。

李艾迪立即摇头:不可能。

薄羽和段依依一起点头说:真的。

李艾迪一下子不自然起来。

段依依说:你醒醒吧,送你包,请你吃饭难道真的就是为了叙旧,今天是我跟薄羽在才让他克制住自己,要是我们不在,估计他就对你表白了。

李艾迪:那不可能,再说他也没问我的情况啊。

薄羽说:你的情况对他不重要,以他的条件能给你更好的生活,你看他今天多自信,所以我觉得你可能要考虑一下了,假如唐宇正现在来追你,你怎么办?

李艾迪说:什么怎么办,我有男朋友,说清楚就行了。

段依依问:那你就不考虑一下?他对你一点吸引力都没有?

李艾迪说:这有什么可考虑的?这是原则问题,要是来一个有钱的我就跟着走了,那我以后是嫁人还是嫁钱呢?

薄羽说:你现在还没结婚,对感情肯定要忠贞这没得说,但是胡晓艺是不是你最终能走到一起的人,我觉得通过这个事儿你可以想想,不是说你一定要考虑唐宇正或者选择胡晓艺,而是你应该知道这一辈子哪种人最适合自己。

薄羽的话让李艾迪陷入了沉默,的确,自己不会为了唐宇正的条件而放弃胡晓艺,这种事都不用想,但是跟胡晓艺在一起确实也让李艾迪考虑过两人到底合适不合适,胡晓艺虽然比自己年龄大,但有时候感觉不到他对自己有一点在乎。可是李艾迪毫不在意的地方,胡晓艺却做得很好,是别人眼中的标准男友。

李艾迪想了想说:我知道了,反正不管我跟胡晓艺怎么样有什么矛盾,我是肯定不会因为唐宇正而变心的。

晚上回到家里,胡晓艺洗了澡躺在床上玩手机,李艾迪躺下以后也看起手机来,双方各有心事,但是都没有说出口,都回忆着今晚发生的事情。胡晓艺转脸看着李艾迪说:今天吃饭怎么样?

李艾迪问:什么怎么样?

胡晓艺说:同学聚会啊,你们老同学见面热闹不?

李艾迪说:还行吧,开始还很拘束,聊开了就没有隔阂了。

胡晓艺说:没有人攀比炫富啥的?

李艾迪说:没有,现在哪儿有这么俗气的人?

胡晓艺说:有啊,我同学会就有,所以同学会我从来都不去。

李艾迪说:你不有车有房吗?你怕啥?

胡晓艺说:前两年还没有啊,那两年开同学会我就是最丢人的一个,大家都聊车聊房子聊旅游,我就天天在手术室里泡着,只能聊面部五官和身体脂肪,感觉谁看我都在笑话我!

李艾迪说:这是你的问题,你穷的时候也没让别人来救济你,谁也没看不起你。

胡晓艺说:我同学家里都有关系,我就没啥背景,我一直觉得,总有一种东西在等待着我,这个社会每个人都有自己的一张凳子,我还没找到那个属于我的。

李艾迪问:你觉得你的凳子在哪里?

胡晓艺深沉地说:未来的影视圈里。

李艾迪一下子转过身去背对着他说:睡觉!

12

男人心计

胡晓艺刚到医院，正好碰上那个缠人的女人来复查，跟胡晓艺打招呼，胡晓艺已经忘记了她的名字，那女的拍了一下胡晓艺说：你记性真差，我啊，何星星！

胡晓艺想起来，急忙说：哦哦，对不起对不起，记起来了。

何星星后面跟了一个男的，长得挺帅，走上前跟胡晓艺握手。

何星星说：这是我男朋友。

胡晓艺想起来，当时何星星一把鼻涕一把泪说自己被男朋友无情抛弃的事，单身很久了才来做手术。那这个到底是那个无情的还是后面来的有情的？并且长得这么帅，怎么会看上何星星的，感觉何星星跟这个男的在一起简直就不像是一个世界的人，一个像电视里的高富帅，一个就是永远变不成公主的丑女人。

胡晓艺问何星星：复查没问题吧？

何星星说：哎呀，就是有点问题，我总觉得吧，这张脸和我的鼻子不搭调，你看，以前是鼻子短，现在鼻子太高太俏了，太夸张了，完全不像我自己了，面部的比例都失调了。

胡晓艺心想当然失调了，你这脸上的问题又不是鼻子一个，你这张脸哪里都需要整，光一个鼻子做那么成功，现在是脸配不上这个鼻子了。

胡晓艺当然不会把心里话说出来，笑着说：没关系，现在还早，恢复期至少要半年，你鼻梁的宽度会因为消肿而变窄，鼻尖的高度也会因为软骨吸收而降低，所以到时候你就会觉得越来越好看。现在还是感染的风险期，一定要忌口。

何星星说：行，我肯定相信田院长的技术，也相信你，到时候好看了我给你发照片。

何星星和男朋友走了，胡晓艺进入了佩佩办公室，佩佩也好奇何星星的男朋友怎么会看上她，说这天下奇怪的人真多。胡晓艺说这个世界有很多东西没法讲道理,大家觉得粪便是恶心的东西,偏偏屎壳郎就对它情有独钟。再丑的人也会有人喜欢,再美的人也可能孤独终老,你看林志玲都四十多了不也刚脱离单身吗?

佩佩说,怎么觉得你现在感慨那么多。胡晓艺说还不是整形行业做久了,见到的各种人多了,发现每个人的命运还真都挺不简单的,每一个手术背后都藏着人的欲望和渴望,每一次变美之后都是生活轨迹的改变。上次有个年轻的女孩苦苦哀求胡晓艺能给个特价并且愿意给医院做案例,因为实在没钱,又不愿意做分期。胡晓艺动了恻隐之心给她做案例特价,说好必须发满半年的照片,那女孩说发三十年都行。做完鼻子,女孩又苦苦哀求胡晓艺优惠两百块给自己下巴打一针玻尿酸,胡晓艺好人做到底也答应了。结果呢,术后才两个月,那女孩坐着跑车来医院,要求把自己的案例全部下了,说自己谈了男朋友,非常介意自己案例曝光。胡晓艺说那不行,你这享受了优惠又签了协议,怎么可能给你下了?女孩不屑地说:多少钱,我原价给,钱补给你们,案例给我下了。

胡晓艺在窗户边亲眼看见女孩下楼坐上了跑车轰轰烈烈离开的场景,跟之前来做手术苦苦哀求自己的女孩判若两人,跟胡晓艺说话的时候眼神里满是鄙视和敌意。

佩佩感慨地说:人们说世道变了,笑贫不笑娼。现在想想,这有什么不对的,时代在变,娼的形式也千变万化,让人不知是真是假。可是贫就是贫,永远都不会有第二种样子。所以,整形对很多人来说,真就是改变命运的唯一方式。毕竟一个没有背景和颜值的人,靠自己能过上体面生活太难了。

胡晓艺认可地说:拿过去的伦理道德来看,现在的人情世故确实会让人想不通,以前我就觉得吧,女人干点什么主播啊,靠出卖色相挣钱挺奇葩的,但现在你还真不能看不起别人,别人一个月的收入可能抵得上你一两年的收入。你还有什么资格看不起别人,别人能正眼看你就不错了。

佩佩笑着问:要是李艾迪去做主播你愿意吗?

胡晓艺说:换成以前一万个不愿意,现在我真愿意。如果是要陪吃陪睡那免谈,但是如果就是正正经经对着电脑唱歌然后叫两声哥哥,跟这帮人也永远碰不上一面每个月就能挣几万十几万,那有啥不愿意的?有人愿意看我,我都能干主播。

佩佩说:你看,这就是问题了,你的观念已经被这个时代的消费性改变了。如果你愿意你的女朋友去做主播,但是你要知道,这一段时间她是不可能有任何生活经验增长的,反而可能会迷失自己,如果你希望这个人能跟你好好过日子,那这个行为可能就是危险的,因为太轻松地挣钱真的会让一个人向往不劳而获。

胡晓艺想了想:道理是对的,我没想过,可能是我变俗气了。

佩佩又问:那要是一个特别有钱的人追李艾迪,你会紧张吗?

胡晓艺说:不会,至少现在不会,我还是相信李艾迪对物质没那么在意,主要是感情。再说哪儿会有什么有钱人来追她。

第三天,胡晓艺没想到自己的话一语成谶,竟然真有一个富二代从天而降来到了李艾迪的面前。唐宇正再次跟李艾迪碰面之后心里久久不能平静。唐宇正晚上在办公室里坐到深夜,好久没有一个女人能让他如此着迷了。今年唐宇正二十五岁,从二十二岁开始就跟着父亲接触社会各种女人,无论层次高的还是低的,一开始那种妩媚类型的女人让唐宇正躁动不安,迅速经历了几个以后突然觉得有点乏味。唐宇正的女朋友从来没有带回家给父亲看过,知道父亲也不会看上自己谈的女孩,甚至自己都有点看不上她们,因为唐宇正在真正疲惫不堪的时候,这些女孩总是发信息问你在干什么,什么时候出去玩儿。唐宇正慢慢变成了“人精”,又被父亲时刻叮嘱不要相信任何女人,父亲给唐宇正讲了很多女人的事,让唐宇正觉得女人是生活的调味剂，但绝对不是主食。可是李艾迪让唐宇正真正地感觉到饥饿了，那些没有了结的纯情缘分多年之后再次在唐宇正心里泛起。

唐宇正找了个晚上回到家跟父亲喝茶，两人坐在豪华的茶室里，唐宇正一杯杯喝下去，父亲一眼便看出唐宇正有心事，并且跟工作无关。

父亲开门见山：说吧，最近是遇到什么人了，让你这么内心躁动。

唐宇正问父亲：你怎么知道是我感情出现了波动，而不是我工作上的问题呢？

父亲一笑，稳重地说：如果是公司的事，以你的性格肯定不会坐在这里跟我喝茶，你应该是在办公室里熬夜，或者给我打电话。作为一个领导，你的年龄和能力都不可估量，但是唯一的软肋是感情，你还是不够成熟，这个是你年龄无法达到的层次，只能去经历。

唐宇正问父亲：那我想问问，假如有一个你特别爱的女人，但是现在不属于你，你愿意用多大的代价把她得到？

父亲问：这个女人对你这么有吸引力吗？生意场上你见过的女人应该不少了吧？

唐宇正说：之所以对我有吸引力，并不是因为这个女人有多少钱。您知道我现在也不是小孩了，不会用钱去衡量一个女人，问题就在于，可能我用钱也得不到这个人，我才觉得她对我来说特别重要。关键是，她在我的人生经历里占据着很重要的位置。

父亲脸色微微严肃了一点，喝了一口茶，缓缓放下杯子轻轻说了声：李艾迪。

唐宇正意外地看着父亲说：你竟然记得她。

父亲说：我怎么会不记得，这个女孩改变了你的命运，可以说也改变了我们家的命运。当年你为她离开学校，我虽然觉得你傻，但是尊重你的选择。现在你还想为她付出,就一定得想清楚了,因为你现在已经不能意气用事了。

唐宇正说:这个我知道。虽然我明白我的身份和现在最重要的事,但是有一点,我是个人,有感情的人,这个是无论多有阅历的人都逃避不开的问题,甚至很多比我成功无数倍的人都不能逃避。

父亲说:听出来了,你想得到她。

唐宇正点点头。

父亲说:过去这么久了,人是会变的。

唐宇正说:过去这么多年,我变了,她应该还没变。

父亲说:那就试试吧,如果她是个能持家的好女孩,我同意。现在的女孩浮躁势利的太多。

唐宇正说:行,如果我真的把她拿下,我会尽快跟她结婚。

父亲一笑:哼哼,小情小爱而已,原以为你长大了,今天一看还是个孩子。你去吧,带回来让我看看!

第二天在公司里,唐宇正趁着休息时间发了个信息给李艾迪,说,不对呀,明明是你请我吃饭,怎么变成了我请你吃饭?李艾迪收到信息后不知道怎么回,又在薄羽和段依依的三人群里问怎么办?商量以后,大家一致认为,如果唐宇正不把话说明白,估计都不会完,所以李艾迪还是得单独赴约一次,把话全部说开,以后能做朋友就做,不能也留个好印象。况且李艾迪确实在多年以前的事情上欠人家一个人情,出于尊重也应该单独谈谈。李艾迪渐渐被说服,觉得应该去,但是有个问题是,这事该不该对胡晓艺说。段依依和薄羽说这个事你又没做错啥,也没任何对不起胡晓艺的想法,可说可不说,说了可能还会节外生枝,所以暂且不说。李艾迪听了觉得也有理,唐宇正出现后自己跟胡晓艺说话声音都放低了,凭什么,自己光明正大的啥事没有,胡晓艺整天跟女顾客聊得火热自己还没生气。末了李艾迪越想越觉得自己太委屈,也想通了没必要跟胡晓艺说。

唐宇正跟李艾迪第二次见面是在一个小餐馆里,餐馆精致,但价格便宜。李艾迪对唐宇正说实在是不好意思,自己工资低,只能请他吃稍微差一点的地方。唐宇正觉得李艾迪还真是可爱,一点没变,自己会介意跟她在哪里吃饭吗?唐宇正介意的是李艾迪的男朋友到底是个什么样的人。对于这顿饭,唐宇正已经设计好了套路。

唐宇正问:什么时候结婚呢?

李艾迪说:还不知道,可能是明年。

唐宇正说:感情挺好的吧,婚期都定了。

李艾迪说:还行吧,主要现在我男朋友还挺忙。

唐宇正问:他是做什么职业的。

李艾迪说:是医生。

唐宇正说:医生?医生非常好啊,家里有个医生会特别方便。

李艾迪说:不是,他不是看病治病的医生,是整形医生。

唐宇正一听笑了:啊?哦!那也挺好,以后你就不怕自己变丑了。

李艾迪也笑了,说:他其实也不想干这个,他想以后能从事影视行业。

唐宇正有点蒙:影视行业?这个跨度有点大啊。他今年多大了?

李艾迪说:三十了。

唐宇正一听,从心里瞧不起,心想三十岁了竟然放着医生不做去干影视,这不是扯淡吗?李艾迪怎么能找个这样的人。

唐宇正说:这,你可得劝劝他,二十多岁我能理解,三十了应该结婚成家了。这是他梦想吗,让他那么执着?

李艾迪说:就是啊,他学了几年的医学,结果现在想干影视,我也只能支持他。

唐宇正说:只要不委屈你就好。

李艾迪说：不会，我自己有工作，不需要他养，我们的钱也够花。

唐宇正说：够花的意思是省着花吧。人要是一直过省着钱花的日子，会慢慢对生活麻木的。其实，我这次找到你，就是想看看你过得好不好，看我能不能帮助你。

李艾迪赶忙说：不用不用，我挺好的，你不用考虑我。

唐宇正看得出李艾迪跟男朋友的感情还比较牢靠，所以言语里不能太直接，李艾迪这样的女孩必须得慢慢来。

唐宇正说：你跟我就不用客气了，我们俩不只是同学，我们比普通同学的感情要深一点。毕竟，你改变了我的人生轨迹。

李艾迪说：是，我一直都很内疚，心里觉得特别过意不去，是我把你坑了。

唐宇正说：没有没有，你别乱想，当时就算我参加考试也考不上好大学的，当兵对我来说是更好的出路。我只是想说，这么多年过来以后，只有你才是让我觉得简单干净的人，后来进入生意场，都是复杂的人心和利益。

李艾迪没有打断唐宇正，只是认真看着他。

唐宇正继续说：所以我想来看看你，假如你不需要我帮助，我不会主动给你什么，但是我发现你过得不好，那个以前说要嫁给我又不了了之的女孩我怎么忍心看她受罪。我不是来让你兑现诺言的，我也不是来给你压力的。有一种东西叫想念，你嫁给了别人，这个跟我无关，对我来说你还是那个说要嫁给我然后目送我去部队的那个人，一辈子就那么一天，就一次。我再也不可能回到那个学校里了。

李艾迪被唐宇正的真情流露打动了，流下了眼泪，唐宇正的话效果出乎意料的好，连唐宇正自己都没想到李艾迪会被感染。

李艾迪抹了抹眼泪很认真地说：其实不是的，我不是没有感情，当时我真的特别难受,你走了以后我都想离开学校,后来家里和学校好说歹说做了我半个月的工作,我才继续回去上课。当时你走了我给你写信打电话,慢慢你不回我了,我就想等你当完兵我们就能见面了。但是我上了大学后就没办法再联系上你,你也没来找过我。我是真的很内疚,想跟你说一声对不起,我特别怕你去了部队以后会埋怨我。

唐宇正微笑着摇摇头,看着李艾迪泛着泪光的脸,知道自己勾起了李艾迪的情愫。李艾迪能说这样的话,这些情愫肯定都一直在,李艾迪一直压着,现在还能说出来,说明对李艾迪来说自己并不是一个无所谓的人。

李艾迪接着说:我跟我男朋友刚刚谈恋爱的时候我还在想,如果你突然回来,我该怎么办?我想,如果我跟男朋友感情还不深,可能我会忍不住分手而考虑你。但是时间过去了这么久,我跟我男朋友有感情了,我也在想,确实人都要经历一些事,年轻都会冲动,不管说了什么做了什么,过去就过去了。我心里肯定会一直记着你,会感谢你,不管你需要不需要。

唐宇正听完李艾迪的诉说,心里暗暗想自己竟然在李艾迪心里这么长久地占据着重要位置,假如自己早一点出现,早一点来找李艾迪,或许现在李艾迪就已经属于自己了。

唐宇正凝视着李艾迪说:我来找你太晚了。

唐宇正这句话已经摆明了自己的意思,李艾迪听了也明白唐宇正对自己保留的感情,但是已经不觉得那么紧张了。唐宇正觉得今天已经达到了好的效果,所以不用再聊感情,可以转移话题了。

唐宇正说:你别难过,这些经历对我们都很宝贵,以前也好,现在也罢,我希望我们的碰面就是轻松的,快乐的。我又不是找你来寻仇了,你也不欠我一段姻缘,咱们别那么悲情行不行,快乐是最重要的。

李艾迪破涕为笑,擦了擦鼻子。

唐宇正说:以后我有空就多约你们几个出来聚,咱们周末有空就去城郊南山。说实话，不是我请你们吃饭，是你们帮助我，真的，你不知道，每天公司里钩心斗角的事儿太多了，只有跟同学在一起才觉得轻松。

李艾迪说：行，我们都觉得那儿挺好的，有空就去。

唐宇正把李艾迪送到家之后，回去的路上有种胜利的喜悦，虽然还没有得到李艾迪，但是至少有了希望，李艾迪对自己还藏有旧情，并且现在的男朋友也不怎么样，一个干整形的不好好干，跑去干影视，唐宇正想起公司拍摄宣传片的时候几个影视公司来给自己汇报影片方案的人样子有多土气，其中一个还带着浓重的方言口音，不知道是不是所有干影视的都这个德行。唐宇正并不着急要尽快得到李艾迪，因为李艾迪如果真的能跟自己在一起，一定是结婚的对象，不会是昙花一现，自己尽可以放长线钓大鱼，让李艾迪彻底感化，加上旧情未了，到时候只是水到渠成的事。唐宇正越想越觉得胜券在握，边开车边哼起歌来。

13

细水不长流

李艾迪回到家里，胡晓艺正在阳台上跟一个顾客通电话，李艾迪走到阳台上，胡晓艺做了一个小声的手势，李艾迪坐在胡晓艺旁边静静看着他。

电话里是个女顾客，刚做完鼻子一个月，在山根的地方摸到里面有个很小的硬块，像是个小骨头，非常担心。胡晓艺问之前是不是打了玻尿酸，女顾客说是，当时田院长看鼻子玻尿酸剩得不太多，自己又着急手术就直接在术中溶解的。胡晓艺安慰女顾客说完全用不着害怕，很可能是溶解后残留的胶质在术后形成的包膜，也有可能是血肿畸化，都会随着时间推移，大概半年内慢慢被分解掉。胡晓艺猜想女顾客可能有没事就摸鼻子的习惯，很多心大的女顾客有这个习惯自己都不知道。女顾客还是不太放心，问这些东西怎么形成的，会不会有伤害？胡晓艺耐心地打了个比方，问女顾客有没有戴耳环，女顾客说有，胡晓艺说打耳洞也会凝血结痂，然后慢慢软化，那么小的一个孔都会形成包膜，何况是鼻子手术，半年软化了就摸不出来了，并且即便现在你能摸到也看不到，不影响你的美。女顾客在胡晓艺细致的讲解下稍微安心了，抱歉地说不好意思那么晚打扰了。

胡晓艺挂下电话，李艾迪一下子抱住胡晓艺，脸贴着胡晓艺胸口。

李艾迪小声说：你好辛苦。

胡晓艺愣住了，以为李艾迪受了什么委屈，急忙问：怎么了你？

李艾迪摇摇头轻轻说：没啥，就是有点累了。

胡晓艺说：不会吧，累了能累成这样，你是遇到什么事儿了吧？

李艾迪闷声说：没有，就是累了。

胡晓艺说：那赶紧洗漱去呀，一看你这脸就知道肯定又被你们学校压榨了，要不就是被学生欺负了，是吧？

李艾迪笑说：就你知道得多。

胡晓艺说：开玩笑，我这马上要成为编剧导演的人了，看人能不准吗？

李艾迪顺着胡晓艺说：是，要是你当导演编剧了，我就当你经纪人。

胡晓艺有点意外：嚯！平时不是对这些挺不屑的吗？今天你还真是累蒙了！

胡晓艺说完亲了亲李艾迪，把李艾迪推进卫生间，催李艾迪赶紧洗漱。李艾迪在卫生间里定了定神，觉得刚才的心实在太乱了，但是让她意外的是，在那种情况下，在那个氛围中，竟然没对唐宇正说出来的话觉得排斥，甚至自己也差点动情了。李艾迪对着镜子晃了晃脑袋，指着镜子里的自己说：李艾迪，你给我清醒点，不许瞎想，好好工作，听到没有？

莫女来到了萱萱的餐厅，要萱萱陪她吃饭。萱萱看到莫女一脸惨淡的表情，找个话题夸赞莫女说：嗨哟，现在这么黏我啊，没事就来！哟哟，我看看，这鼻子，还真是啊，一个鼻子改一张脸，我都快比不上你了。

莫女烦心地回答：你快别说了，我都快烦死了。

萱萱问：怎么了？

莫女伸出两根指头：两件事，第一，我爸让我去一个公司上班，说我不能再这么没谱混日子。我哪里适应得了公司啊，朝九晚五想起来就可怕。

萱萱：第二件事呢？

莫女说：第二件嘛，就是……哎！

萱萱笑着替莫女说：胡晓艺。

莫女噘嘴点点头。

萱萱像逗小孩一样问莫女：那你觉得，这两件事哪件更让你烦心一点？

莫女想了想说：应该是第二件。

萱萱引导着莫女说：那我再问你啊，如果胡晓艺愿意跟你在一起，但是条件是你必须要朝九晚五去公司上班，那你愿意吗？

莫女想都不想就点头说:愿意。

萱萱说:行了,我已经成功地把烦你心的两件事变成了一件事了。

莫女豁然开朗,伸出大拇指说:非常感谢老铁!所以我来找你是找对了。

萱萱不理解地说:老铁,我是真不明白,胡晓艺我觉得他吧,人看起来还行,但是也没有到看一眼就忘不了的地步啊,人家照顾你是人家工作要求,其实跟你本身没有一点关系。追你的男的里面总有一两个比他条件好的吧,以前没见你那么狼狈啊。

莫女说:这就是一物降一物。其实一开始我真就是感动,想着能跟他这样的成为朋友也好,如果有机会发展就顺其自然,细水长流嘛。但就那么一瞬间,就那么一个眼神交错的时候,我又发现我真不是单纯感动,我就想要是缘分到了那就更快一点好了。

萱萱:嗯,我也不太赞成细水长流。感情这事儿吧,当断则断,像我跟我老公,大街上碰见了,下车就要微信,过几天就在一块儿了,别人都说不靠谱,迟早得分手。你看,现在我们结婚一年多,平时连架都不吵。所以这事儿还得看人,人对了啥都对了,你喜欢就直接跟他说。

莫女表情一变说:现在就是有个问题,特别麻烦。

萱萱喝口水问:什么问题?

莫女看了一眼萱萱,说:他不是单身。

萱萱嘴里的水一下子喷出来,瞪大了眼睛差点叫起来:什么!他有女朋友了你还想追人家!

莫女急忙示意萱萱收声:干吗你,想让别人都听见啊!

萱萱左右看看又对莫女说:我的天哪,我跟你说啊莫女,千万千万别,你是那样的人吗,人家有女朋友了你这么做,你难道想去拆散人家?

莫女说:我当然不是那样的人,问题是,我已经把这话说了,很明白地让他知道了我挺喜欢他,不只是朋友那种喜欢。

萱萱问:你在哪里跟他表白的?

莫女说:那天晚上在车里。

萱萱问:那他呢,他什么反应?

莫女回忆了一下,说:他很礼貌地表示他知道了。

萱萱:嗯,说明这人还行,那么私密的空间里面对你这个大美女的表白没有乘虚而入。

莫女:我心里这样想的,你看对不对,他也只是有女朋友,并没有结婚。万一哪天分手了呢,现在人分分合合的很正常,我喜欢他没问题。

萱萱:你还真不能这么想,你这么想可能就会这么去做,那人家分手要是跟你有关系,性质就不一样了。入位和上位是两个不同的概念,你一定好好把握。

莫女叹口气说:哎,好了,我知道了,我绝对不会做出出格的事来,有你看着我,我一定成为一个高尚的人,一个纯粹的人,一个脱离低级趣味的人!

萱萱举起杯子说:来吧!不管怎么说,都希望你感情顺利,生活简单快乐!

两女孩碰杯,一饮而尽。

莫女晚上回到家里,妈妈进房间给莫女端来了一碗汤,莫女喝完后把碗递给妈妈,莫女妈妈看着她憔悴的样子,摸了摸莫女的脸,莫女对妈妈笑笑。

妈妈说:在外面这段时间,肯定没过好吧?但是倒是漂亮了不少!

莫女说:还行,就是有时候工作有点累,现在推掉了一些,轻松多了。

妈妈把碗一放说:这段时间最累的是你爸,天天在家里心神不宁,饭也吃不下,每天就在屋里来回走,搞得我都睡不好觉。

莫女说:我知道。我回来他就安心了,以后我也不会随便出去了。

妈妈叹口气:哎,你以后遇到什么事儿,一定要理解你爸爸,他同学都抱外孙了,前几个月每次别人问起,哎,老莫,你啥时候抱孙子呀?他都不好意思说话,不好意思说你离婚了,更不好意思说你都不在家里了。人老了,就那么一点念想,虽然这个事儿吧,我们不能逼你,但是有时候,你真得自己想想,一个家有多重要!

莫女也叹口气:我知道妈,但是现在遇到一个合适的人有多难啊!我其实也接触了不少人,一开始都会装,后来就发现,人心真的难测,我已经不敢再随便相信别人了,我怕再受一次伤,我这辈子就毁了!

妈妈说:人心是难测!但是你要知道,你上一段感情的问题,是你太过感性,遇到喜欢的就扑上去,你侬我侬。激情是会很快退去的,真正能相伴到老的感情一定是细水长流的,绝对不是一蹴而就的。生活里更多的是对对方的理解和谦让,一起过日子归根结底还是应该相互的包容,而不是激情万丈。

莫女听了妈妈话,突然觉得温暖,觉得妈妈说得很对,现在自己眼前所见到的那些情侣,分分合合,开始哪个不是热烈奔放的,来得快去得也快。但是转念一想也不完全是,难道那种细水长流的爱情就能长久吗?那结婚熬不过七年的、十年的、十五年的,最终各走各路的也不少。如果碰上一个我不完全喜欢或者性格完全不合适的,我忍受得了几年?所以问题是,碰上个对的人比什么都重要,管他洪水还是细水。

夜深了,父母熟睡之后,莫女思考着母亲的肺腑之言,考虑着婚姻问题的同时还在思考另外一个让自己纠结的事儿:胡晓艺,到底自己还用不用再努力?

14

来客有心

一个二十岁出头的小女孩被分诊给了苏医生，女孩坐在苏医生面前，一旁的男朋友秀气得也像个女孩一样，两个人坐在一起仿佛是一对姐妹。女孩是胡晓艺之前一个顾客的妹妹，妹妹看到姐姐做了手术变好看了，也让男朋友陪着来做。胡晓艺也站在旁边一起面诊，女孩没说几句话就让苏医生和胡晓艺大跌眼镜。

女孩说:医生，我想做眼睛和肋软骨隆鼻，我知道肋软骨塑形好。

苏医生笑着点点头:对，看来你做过功课，肋软骨塑形确实比鼻中隔和耳软骨要好。

女孩问:我有个问题，我特别怕疼，我怕在我胸口上开刀，能不能用我男朋友的肋软骨给我做，不切我自己的?

胡晓艺刚喝着水差点喷出来，急忙用手擦擦嘴。女孩的男朋友认真地点头说:我愿意用我的给她做。

苏医生看着这对不懂事的孩子，亲切地说:这个是肯定不行的，因为你自己的软骨放在鼻子里是不会排异的，别人的放不进你鼻子，不要说是你男朋友，就算是你们是双胞胎，你也不能用对方的软骨。

女孩又说:那我特别怕疼怎么办? 我打针都会忍不住哭。

苏医生说:手术都会有疼痛感，但是最疼痛的时候是在你麻醉中度过的，你没有知觉。等你有知觉的时候手术基本已经完成了，麻药全部过后你已经在休息床上躺着了，这个时候的疼痛会减轻很多。

女孩还是不放心:可是我真的特别怕疼，我就是怕我受不了。

胡晓艺在一旁打趣地说:别担心了，做手术的女孩不只你一个，都怕疼，但是做了以后都觉得疼得值得。再说，这个再疼也没有分手疼。

苏医生看了看女孩的鼻子，凑近仔细瞧了瞧，问:姑娘，你鼻子是不是有毛囊炎?

女孩说:毛囊炎? 我不知道啊?

苏医生又看了看女孩的皮肤，确定是毛囊炎，对女孩说：姑娘，不好意思啊，你可能没办法做鼻子了。

女孩惊讶地问：啊？为什么啊，我为什么不能做鼻子了？

苏医生说：你有毛囊炎，做鼻子感染的风险特别大，很危险，一般我们都不会给这样的患者手术，这是为了保护你们。

女孩不甘心地说：怎么我有毛囊炎我不知道啊？医生，你给我再好好看看，我肯定要做手术的，我都准备了好久才鼓起勇气来的。

苏医生摇摇头说：真的对不起！姑娘，你有这样的问题，不管在哪里，负责任的医生都不会给你做，毛囊炎患者比一般人感染率高出百分之五十。我们也想让你变漂亮，我们医院也能挣钱，但是健康和安全比什么都重要，所以不能给你手术。

女孩坐在医院客厅里伤心地哭了，本来自己就不喜欢自己的鼻子，眼睛想顺便一起做了，但是如果不给做鼻子，那眼睛做了还是丑。女孩男朋友在一边安慰，说你一点不丑，真的不丑，你不做也好看得不得了。男朋友的话显然无法安慰女孩，女孩没好气地说：滚开！你就是不想我做，你看我不能变漂亮你才高兴！

男孩说：哪有啊，这不是医生说你做不了吗？

女孩说：你就怕我好看了不要你，做不了你才高兴！

胡晓艺看着这对可爱的小情侣想笑，来到女孩面前说：别哭了，其实还有个办法。

女孩听了立马瞪大眼睛：什么办法？

胡晓艺说：虽然不能做手术，但是你不是一点改变的可能都没有。我发现你的鼻子鼻梁塌，鼻尖呢，只是稍稍有一点短，鼻翼其实并不宽。你有毛囊炎主要是不能做鼻头，但是鼻梁可以先打一支玻尿酸提高一些，肯定比现在好看不少。

女孩说:可是玻尿酸会吸收啊!

胡晓艺说:是会吸收,但是这么一打,你至少能看到自己鼻子变高了以后跟现在差别在哪里。要是你喜欢,半年后吸收了你再来用假体垫鼻梁,咱们尽量不去碰鼻头,这样你也可以变漂亮!如果不喜欢,玻尿酸反正也会自己吸收掉。

女孩听了眼睛一亮:真的吗?太好了,那我要是想做鼻梁也可以垫假体吗?

胡晓艺说:可以。

女孩像抓着了救命稻草:太谢谢你了,我马上打,马上就打!

佩佩给女孩注射完一支玻尿酸,女孩出来以后看见了之前的照片,再看看镜子里的自己,觉得是要比以前立体了一些,好看了一些。女孩很高兴,说自己一定要来把鼻梁给垫了。男朋友看了以后说自己也想打一支,胡晓艺说:你一个大男人就别打了,已经很好看了!

小情侣欢欢喜喜地离开了,苏医生、佩佩和胡晓艺都感慨现在二十岁出头的年轻人思想前卫又幼稚,啥都不懂就敢来整形,还想用自己男朋友的肋软骨,这要是换一个黑心的医院管你有没有问题就给你做了,还得使劲宰你。胡晓艺心想李艾迪比这女孩大不了几岁,但是比这女孩懂事多了,要是跟这个女孩一样自己早就气死了。虽然顾客都是来变美的,但有的人不只长相差,心理也不美,相貌丑和内心丑都是病,不然为什么整形医院要叫医院呢。心理残缺的人治起来更困难,胡晓艺见过太多这样的顾客,心理有严重的疾病。曾经有一个男顾客来隆胸,苏医生和佩佩联合开导他,没用,非要做,说自己天生就羡慕女人有一对丰满的胸部,自己特别不喜欢自己的平平的胸。这个男顾客其实蛮帅的,就是一说话就让人起鸡皮疙瘩。后来田院长也来跟他解释,说男人的胸大肌和女人的不一样,不可能塞进去那么大的假体,一般女人只要喜欢塞个 500 的假体都没问题,但是男人塞个250的胸大肌可能就已经达到极限了。可是这男顾客非要做,缠了两天,最后田院长勉强答应给塞个220的。手术那天他的妈妈也来了,提个保温饭盒来给男顾客送饭,还问男顾客痛不痛,满意不满意。这个事儿让整个医院的人都特别吃惊,所有人都不相信世界上还有这样的妈妈,目睹自己儿子这样的行为竟然还如此支持他。胡晓艺顿时觉得自己的胸都痒痒的,特别不自在,觉得这个世界真是还有很多让他想不到的事情,如果换成他要隆胸,父母估计要把他直接打死埋掉。

还有一个女顾客,春节之前来医院做了个双眼皮加去眼袋的手术,做完后第二天去坐飞机结果被赶下来,气急败坏地来到医院找医院要说法和赔偿。苏医生说:我们在术前沟通了一小时,你没跟我说过你第二天要上飞机啊。

女顾客吼道:没跟你说你就不提醒我吗?你们没责任吗?你们的医德在哪里!就这么敷衍你们顾客的是吗?

当时胡晓艺本来想说几句,被苏医生制止,苏医生说:你别激动,我们作为医生,术前需要问的是你有没有不适合手术的疾病,在不在月经期,有没有怀孕和药物过敏史。但是坐不坐飞机不属于我们询问的范畴,当然了,你是我们的顾客,我们也不想你错过了飞机。

女顾客大声说:你们不想个屁!反正我就这样被你们坑了,飞机没坐上,你们赔吧,机票费、误工费还有精神损失费,都要赔给我!

苏医生的笑容收了回去,冷冷地说:跟你这样的人,我不想再讲道理!我们没有那个义务赔,我们没有做错任何事!

女顾客说:不赔?行啊,不赔我就不走了,我就睡在你们医院大厅里,谁来我都不起来。我拉屎撒尿都在你们大厅里,看你们怎么营业!

苏医生说:还没见过谁在医院大厅里拉屎撒尿的,我还想看看你有没有那个脸,你愿意待就待着吧!

晚上下班大家都走了，女顾客果然睡在了医院大厅里，还不知从哪抱了一床被子来，胡晓艺晚上偷偷回去看了一眼，发现女顾客晚上竟然真的把医院大厅当成了自己家里的客厅，兴致勃勃地看着电视。胡晓艺想，浑不讲理的人一般脸皮都厚，这种人心理肯定也有问题，病症是自己觉得自己永远是对的，永远不能受到任何委屈，否则一定要找到发泄口。第二天大家上班了，女顾客还没起来，等人多了进进出出都看着自己，她实在有点不好意思了，只好坐起来。苏医生来了也没理她，她也觉得苏医生不是想象中那么好说话。到了第二天晚上，女顾客觉得难熬，心里开始难受了，深夜忍不住给苏医生发了条信息：没想到你们医院那么心狠。第二天醒来苏医生看到了信息，到医院给她带了一份早饭，轻描淡写地说一句：把饭吃了，别饿着。晚上冷的话病房里还有被子！

女顾客听了这句话更难受了，委屈的眼泪掉下来，没有吃早饭，慢慢起身抱起被子就走，走到楼下刚想哭出来，接到苏医生打来的电话，让她回去。回到医院，苏医生说：你不住了？

女孩摇摇头：我走了，我不烦你们了。

苏医生说：回去了？不闹了？

女顾客点点头，苏医生让女顾客坐下。

苏医生温和地说：本来你是我们的顾客，你出了问题，如果确实有困难，我们怎么可能不管你，前天我刚想跟你说，以后坐飞机一定要开整形证明，然后准备给你报机票。可是我话还没说完你就吵起来了。你说这样吵，谁还愿意帮你？这次是这个事儿，下次你要是碰上跟你一样不讲道理的，硬碰硬，你保证自己就不会吃亏吗？

女顾客低沉地说：苏医生，我知道错了！

苏医生说：我不是你妈妈，没有资格教育你，但是看着你这么年轻，很担心你以后会走很多弯路，你不知道社会多冷酷，不是你一点性子就能随心所欲的，你这样保护不了自己，只能让自己麻烦越来越多。

女顾客又点点头。苏医生填写好了一张单子给她说：我查了查，去你那的机票不贵，也就八百块钱，本来可以给你全部报销，但是因为你的冲动，给你报销一半，也算给你一个教训，凡事不能冲动。去吧，找前台拿钱吧！

女顾客又流泪了，这次是因为感动，女孩说从来没有人如此平和地给自己讲道理，从小到大遇到问题就是吵，家里家外都这样，所以自己也不会跟人讲道理了。女孩加了苏医生的微信，问苏医生以后能不能遇到问题都向她请教，苏医生答应了。女顾客走之前跟苏医生拥抱，苏医生怕她错过飞机，特地让胡晓艺开车送她去机场。一路上女顾客都不停称赞苏医生的人格魅力，说自己的妈妈要是能像苏医生这样，自己性格也不会变这个样子。

胡晓艺从这个事上觉得有些人的心病也是可以治好的，许多人是没有机会没有环境改变，但是内心还是保持这一颗向上积极的潜质，如果这个都没有，那就没法治了。胡晓艺跟女顾客说，人一旦不能改变自己，就可能越来越严重，最终毁了自己。说自己前女友就是个例子，家庭扭曲，父母亲长期给她压抑的环境，让她极度缺乏安全感，没事就割腕恐吓自己，后来竟然成了习惯，遇到心情不好不顺心的事情就割腕，总也没死成。胡晓艺把这个事情反映给她父母，想不到她父母竟然说：哎呀，我不管，我女儿出事就找你，反正现在是你在跟她谈恋爱！

胡晓艺对女顾客说，智商和情商有缺陷可以弥补，心理有疾病真的很难克服。如果一个人发现了自己有问题还掉以轻心，结果是很可怕的。女顾客发自内心地说，自己来渝州市这一趟，认识苏医生和胡晓艺比做了眼睛去了眼袋还有意义，回去以后真的要重新换个态度来面对生活了。胡晓艺也是第一次有了整形医生的成就感，不是改变了一个人的脸，而是改变了一个人的心。只是胡晓艺没想到自己以后还能影响到一个叫莫女的女人,让这个满身是伤的女人重新回到家庭的怀抱,同时也让这个人喜欢上自己。

莫女在彻夜思考之后,决定还是试试,因为自己不知道胡晓艺的感情状况。假如胡晓艺本来就对感情失望呢?莫女一定会去公司上班,做个朝九晚五顾家的女人,只要有个自己喜欢让自己安心的另一半,江湖从此再见也没啥大不了。莫女想通之后没有去找萱萱,心想萱萱和自己再铁也是旁观者,就是感觉不到自己内心的痛苦。她决定找个机会把该说的话都说了,莫女自嘲地想,没想到去整个鼻子让自己外貌变美了一些,心里却得了如此不轻的相思病。

15

无招即手段

唐宇正在第二个周末又约了一场聚会，刚好周末阳光正好，唐宇正不但约了李艾迪、段依依和薄羽，还约了一个男同学，那个男同学跟唐宇正本来只是微信朋友圈里点赞的关系，但是唐宇正这么一叫来，大家相处的气氛就不会太尴尬，那同学也是莫名其妙，想以前跟唐宇正只是在宿舍里一起练了几天的吉他，唐宇正轰轰烈烈离开学校后基本没联系过，加微信也是后来偶然撞见了，磨不开面子礼貌性地加个好友，但毕竟是同学，唐宇正一喊也就来了。李艾迪架不住段依依和薄羽撺掇，再加上自己对唐宇正还留有好感，犹豫了一下还是去了。

这天明媚的春光让南山上花香四溢，鸟儿的叫声布满别墅小院，李艾迪三人走进小院的时候，唐宇正和那个男同学刚烤上烧烤，香味一下子扑进三个女孩的鼻子里，女孩们兴奋地一起烤起来。唐宇正知道这种场合一定会让女孩们开心，之所以选这个男同学，不只是因为多一个男同学大家放得更开，还有一点，这个男同学跟自己都会弹吉他，可以调节气氛。烧烤吃完过后，大家聊得特别开心，唐宇正说想起了读书时候跟男同学在宿舍一起弹吉他的场景，段依依立刻说想听，说高中印象最深刻的场景之一就是在一次停电后大家坐操场上听吉他。唐宇正把准备好的两把吉他拿出来，两个人一合奏，几首当时校园女生最喜欢的歌曲回响在小院里，三个女孩在绚丽的春光里如痴如醉，想起了曾经烂漫的校园时光。

散会前，唐宇正说以后只要有时间，大家都来这里聚会活动，平时上班都太累太辛苦，这就是老同学们的据点。大家一致赞成。回去的时候，唐宇正开车送三个女孩，刚好李艾迪也没有开车。下山以后，唐宇正一路上有意先把车速提高，先送了段依依和薄羽，最后再送李艾迪。段依依和薄羽下车后，车上就只有唐宇正和李艾迪两人。上车时，大家就有意让李艾迪坐在副驾驶，此时李艾迪又有点小紧张了。

唐宇正放慢了车速，问李艾迪：今天开心吗？

李艾迪点点头说:挺开心的,大家都挺喜欢这种氛围,和同学在一起还是很开心。

唐宇正笑了笑说:我特别怕上次我说的那些话会让你介意,怕你还不愿意来了。

李艾迪摇摇头说:不会的,我觉得我们都很真诚,以前的回忆还是很珍贵的,以后我们会是特别好的朋友。

唐宇正心想看来李艾迪并没有动摇,不过自己已经做好了要得到李艾迪的准备,不怕她现在对自己不动情。

唐宇正问:哎,你男朋友是哪个整形医院的?我们公司员工挺多,以后谁要整形我就让她们去照顾你男朋友的生意。

李艾迪急忙说:好啊,他那个医院叫精美整形医院,精致的精,美丽的美,医院不大,但是院长的技术特别牛,以前是美亚医院的第一刀。技术好才出来自己开医院,你推荐了人去肯定没错,绝对会做得很满意。

李艾迪说话时不由自主表现出来对男朋友的支持和热情让唐宇正再次觉得自己低估了她跟她男朋友的感情。唐宇正在商界之所以会迅速成长并被前辈夸赞天赋了得,是因为其父亲教会了他研究对手与环境的重要。当你知道对手和自己的实力时,就可以立即做出决定,是撤退还是前进,对一个成功的领导来说,果断撤退有时更能显出魅力和风范。唐宇正自己也没想到竟然会在工作之外,为了一个女人而想去了解一个完全瞧不上的男人,因为这个女人对自己太重要了,她改变了自己的人生,也许除了她,自己生活里真的就只剩下俗气的人情世故了。今天唐宇正花尽心思给李艾迪营造出一种无比惬意美好的气氛,就是希望李艾迪能受到感染,能觉得跟自己在一起的时间是快乐的,女人需要的是氛围,对待一个女人舒适的环境和自然美好的心情就是对她最好的攻击招式,而不是刻意地去表现爱意。

李艾迪下车后，给了唐宇正一个微笑，这个微笑让唐宇正恨不得要马上把李艾迪拥入怀抱。唐宇正礼貌地挥挥手，李艾迪走后，唐宇正看着李艾迪的背影，嘴里默默地念着：精美整形……

李艾迪回到家后，胡晓艺把今天遇到的小情侣的事讲给了李艾迪听，李艾迪惊讶地说哪个男孩那么伟大，竟然愿意给自己女朋友取身上的骨头。胡晓艺说这有啥，你要愿意我把脑袋换给你都行。本来只是一句玩笑话，结果让李艾迪心里又有点小别扭了，觉得自己又跟初恋走那么近，有点对不起胡晓艺呢。李艾迪内心里给自己讲了很多道理，后来心想，不过是自己住得最远，所以刚好最后送自己，唐宇正对自己客客气气，自己干吗要胡思乱想。

睡到床上，李艾迪还是忍不住跟胡晓艺说了，不过说得很简单，说自己开同学会，碰上一个人，曾经跟自己谈过恋爱，就是放学一起回家的那种关系。说现在人家混得挺好的，自己开公司。胡晓艺心不在焉地问，这哥们儿没有想跟你再续前缘吗，李艾迪急忙否认，说大家都是同学，一起玩得很开心，根本没扯那些事。胡晓艺开玩笑说，那说明这人没良心，既然这么有钱了碰上初恋咋不送点礼物表示表示？送一辆跑车啥的，实在不行送个普通车也行，这样两个人就都有车开了。李艾迪说胡晓艺怎么那么俗气，谁说有感情就必须用物质来表示？胡晓艺说自己以前也这么认为，但是后来发现这么认为的人都是没条件用物质来表示的，当一个人，面对自己心爱的或者曾经心爱的人，你有条件给予的时候绝对不会只动嘴巴。不愿意给予只有两种可能，要么无奈，要么无爱。

当胡晓艺滔滔不绝地瞎侃的时候，李艾迪猛然发现胡晓艺可能已经忘记了那个四千块的包的事，李艾迪告诉自己千万不能提，免得胡晓艺多心，事情一起头就没完了。但是有些话说出来以后李艾迪心里舒服多了，觉得自己更坦荡了，于是很快就安心睡着了。

16

来客非病

第二天唐宇正处理完了手里的事，推掉了一个不太重要的会议，跟助理说陪自己走一趟，助理问去哪里，唐宇正说陪自己去一个整形医院看看，助理惊讶地问唐宇正是要整形还是去考察项目？唐宇正笑着说：去给你整形，让你更漂亮一点！

下午下班前，唐宇正跟助理一起来到医院，走进医院，唐宇正有点意外，他想医院再小也应该是一层楼吧，这个地方看上去就四五百平方米，没想到开个整形医院那么简单。助理走进门就对前台张敏说：你好，我想找胡晓艺！

张敏从办公室叫来胡晓艺，胡晓艺看着两个人有点蒙，问：您好，请问您有事吗？

助理礼貌地说：您好，胡老师，我是一个朋友介绍来的，说来找你可以打折，我就来咨询一下我的脸。

胡晓艺赶紧说：好的，两位坐一下，马上我给你们安排，请问你们是谁介绍来的？

助理说：我也是朋友的朋友给我推荐的，那个朋友叫琳琳，真名叫什么我也不知道。

胡晓艺心想，自己认识的琳琳有好几个，模特有，夜场有，微商和汽车销售也有，还有一个琳琳是卖空调的，管他哪个，反正自己接待好就行。张敏把顾客分诊给了佩佩，胡晓艺带两人走进了佩佩办公室。佩佩看着助理的脸，明明就是一张很完美的脸，心里有点奇怪。

佩佩问：请问您要咨询一些什么？

助理说：您好医生，我是胡晓艺朋友介绍来的，我就想问问，我脸上哪里需要动一下，可以补充一下？

佩佩仔仔细细把助理的脸看了个遍，心里和胡晓艺想的一样：这女的可能有心理问题，整容上瘾。

佩佩到底是个高手,在女助理本就完美的脸上硬是说出了几个可以提升的地方。

佩佩说:你的面部已经挺好看了,如果不动是没有问题的,但是太阳穴的微微凹陷让你换一种发型的情况下可能会不那么完美,可以适当填充一点脂肪。眼睛双眼皮的形状挺好看,但是能看出来可能由于你生活作息的原因,微微有一点肿胀,我想可能早上更加严重一点,咱们可以做个皮下脂肪适当去除,但是不用做上眼提升。鼻子的高度和长度没有问题,属于基础特别好的,鼻梁的驼峰可以去掉,鼻翼有点过宽,建议做个微小调整,这样鼻形无论从侧面和正面都没有死角,而现在,你的鼻子在纯侧面看显得缺少一个优美的弧度,纯正面看又有点显得鼻宽。

佩佩说完,助理大吃一惊,自己本来对美貌还是比较自信的,每天出门照镜子觉得很多男人应该都会喜欢自己。但是听这女医生说完,觉得缺陷太多了。助理对着镜子一看,佩佩所指出来的问题还真没一个是瞎扯的,都被她看得一清二楚,最要命的是她完全没有注意自己竟然还存在这些问题。唐宇正观察着助理,发现助理一瞬间失去了自信,竟然被这个女医生给说动了。短短几句能把自己的助理给打倒,唐宇正心里想这个医生看不出来,不但人漂亮嘴巴还这么厉害!

助理很快调整了状态,不甘心地回道:这些都是你的看法,你确定做完了以后我就能比现在好看吗?你确定你的审美没问题?

佩佩笑着说:我确定。

助理说:你为什么确定?很多人不喜欢过于魅惑的眼睛,也不喜欢假得精致的鼻子,更不喜欢过于饱满的轮廓,万一我做了,让人觉得不好看了怎么办?

佩佩听出来助理有点不高兴,有点示威的意思,于是淡淡地说:对你来说,或者对我们女人来说,在脸上动刀肯定是为了变得更好看。有些女人本来就很好看了为什么还要来这里,是因为世界上没有百分百的美。丑的人从三十分变到六十分是改变,美的人从八十五分变到九十分也是改变。你就属于后面这一种。但是越是这样,手术难度就越大,我们改变你的同时,还必须保持自然。这个度,就是专业。刚才我跟你说问题的时候,都说的是微微改变,适当提升,是因为你的美我们已经看到,并且不会破坏她。但是问题我们也看到了。比如,你的左眼视力比右眼视力要差,这个可能你自己都没在意吧?

助理和唐宇正彻底被佩佩征服了,助理确实知道自己两只眼睛视力不一样,但不知道哪只眼睛更差。唐宇正觉得佩佩非常了得,要知道,自己的助理是个众人追捧的美女,是一个很傲气的女人,可是佩佩明显更胜一筹。

助理感受到了佩佩的专业和气场,暂时避其锋芒,平静地说:我眼睛是有点近视,哪只眼睛度数高我也忘了,你说的我觉得不是没道理,但是我还得多想想!

佩佩笑说:应该的,一看你也是个谨慎的人,虽然我们有自信给你做得更漂亮,但是我不建议你马上做决定,应该多想想,毕竟你不属于迫切要改变的那一类顾客,你已经很漂亮了!

助理也笑着说:谢谢!

胡晓艺看出来这俩女人看似礼貌的交流中淡淡的火药味,立即打圆场对助理说:美女,你既然来这里,你听咱们医生的一定是对的,你现在的颜值已经不低了,医生给你一个参考,可能对你做决定更有帮助,越是像你这样的顾客肯定要求越高。

助理对着胡晓艺笑笑说:帅哥,我很感谢你们的建议!我咨询过其他的医院,但是刚才这位医生已经说到我心上了。我会认真考虑的,如果要做什么,你们应该是首选。

胡晓艺把唐宇正和助理送到电梯口，唐宇正假意客气说：谢谢你了！我觉得你们这位佩佩医生特别优秀，这么年轻却如此专业！

胡晓艺笑说：佩佩医生的小孩都已经上小学了，她一点都不老。

助理听了发自内心地惊讶：什么，孩子都上小学了！她是做了什么手术吗？

胡晓艺并不知道佩佩过去到底做没做，随口说了一句：做过童龄玫瑰线提拉。

助理半信半疑地问：那个效果真的那么好吗？

胡晓艺说：对于面部皱纹多皮肤松弛的人来说，效果确实是最好最直接的。

唐宇正看得出来，自己的助理今天算是被打败了，一个女人触碰到整形，只会越陷越深，自己今天来本来是侦查胡晓艺这人，搞不好最后得不到李艾迪还搭进去一个女助理。电梯来了，唐宇正客气了两句，跟助理进了电梯。走下楼来，唐宇正问助理：我真挺意外的啊，几句话就把你这么高傲的女人说心动了。

助理也直言不讳：其实我开始还真想摆摆架子，但是那医生几句话让我感觉不由自主就想听她说下去。我相信，如果今天来的地方不是整形医院，我绝对不会这样。

唐宇正笑笑说：我也相信，换成其他地方你不可能被任何人牵着鼻子走。况且，这个医生确实很厉害，专业功底深，再加气场太足。甚至她能察觉出你带着攻击性而来，一招一招地还给你。但是我相信，你到了她这个年龄，肯定更厉害。

助理点点头说：她还真是不显老，我到了这个年龄，气场厉害不厉害都不重要，要是能保持这么年轻才好。

胡晓艺回到办公室，佩佩刚喝完水，胡晓艺问佩佩：为什么我觉得你今天有点奇怪啊?

佩佩问:我哪里奇怪?

胡晓艺摸摸头:说不上来,其实你今天是把这个人给压下去了,可能换个人还做不到,但是就觉得一进门你俩都挺有敌意的,感觉像是情敌一样。

佩佩认可地说:你还真说对了,我是第一次见这个人,奇怪就奇怪在从她一进门我就有种预感,她好像不是为了整形来的,旁边那个男的也肯定不是她男朋友。反正我突然产生了一种战斗感,潜意识告诉我如果不把她压下去我就会被她压下来。

胡晓艺笑说:是不是有些女人之间天生就是敌人?尤其是你们这样本来颜值就高的人,撞一块儿就有战斗比试的欲望!

佩佩说:这个女孩不简单,她要是再来找你,你可得小心点!

胡晓艺一听说:嘿,你不说我还忘了,这个人既然来找我,为什么不先加我的微信,直接就来医院了?来了以后走了也没说要留我和你的联系方式。如果真要做手术,肯定得跟我保持联系啊?

佩佩指了指胡晓艺:你看,你也觉得不正常吧,有问题。你千万小心,没准就是给你下套路来的!

胡晓艺不屑地说:我又不认识她,给我下什么套路?这种女人一看就不是把我当菜的,人家胃口肯定不小。

唐宇正和助理两人上车。车上,唐宇正若有所思,女助理忍不住问:唐总,我想问问,你专门到这个小医院来,你是想了解这个行业,还是只是想收购这个医院?

唐宇正问:你觉得呢?

助理摇摇头说:我觉得都不太可能,这么小的医院你肯定不会有兴趣,而且这个行业,我觉得你也不会随意进入。

唐宇正说:那你猜猜,我是为了什么?

助理想了想,肯定地说:你是为了这个医院的一个人而来的。

唐宇正有兴趣地问:那你觉得是哪个人?

助理回答:这个佩佩?

唐宇正摇摇头。

助理疑惑地问:那我真不知道了,你为什么要来这里?

唐宇正说:因为那个胡晓艺,我想看的人是他。

助理一愣:胡晓艺?

唐宇正点点头。

助理摇摇头说:唐总,我真是越来越不明白了。

唐宇正说:这个事儿,我觉得比任何一个项目都复杂。这个事儿你一定要保密,我只会说给你听。我之前跟你聊过一次,我上学时候的初恋,你还记得吗?

助理点点头:记得,你说过。

唐宇正说,我重新找到她,并且发现我竟然还想得到她。但是,她已经有了男朋友,我想来看看自己胜算有多大。

助理恍然大悟:原来这个胡晓艺就是你初恋的男朋友,我明白了,所以刚才我看你好像看他的眼神不太对。

唐宇正说:你不会想到,我会对感情的事情做出这样的举动吧?

助理笑笑:以前没想过,过去觉得你在事业上特别拼命,同龄人里没几个能像你这样深谋远虑的。可现在想想,无论从哪方面,你都会有这样一次。

唐宇正感叹:说来奇怪啊,当时我就是一混混流氓,轻而易举就能把女孩拿下。现在我什么都有了,但是竟然没有太多胜算!

助理智慧地说:可能是那个女孩依然不社会。

唐宇正问:怎么讲?

助理说:这个胡晓艺如果和你竞争一个女人,无论哪方面都不是你对手。如果你的初恋现在的生活迫切需要被一个人改变,你胜算也会很大。我想,你觉得难度大,恰好是因为这个女孩对物质的要求并不高,并且是个很简单的人。

唐宇正一笑:哼,你看问题特别准。现在让我为难的就是,我下不下去这一刀。如果出手,要么成功,要么跟她就永远无缘了!

助理笑着说,唐总你也会有那么纠结的时候,跟你在公司里可是两个人。

唐宇正说:项目丢一个还可以捡回来,人就不一定了。何况这个人我不想丢。

助理微微眯起眼睛问:需要我帮忙吗?

唐宇正转头看了一眼助理说,领会了助理的意思,急忙说:你千万别乱来,怎么说我也是认真的,如果因为你的帮忙拆散了他们,即便最后我成功了,也会觉得胜之不武。

助理笑道:可是比起您事业的不成功,您愿意选哪一种?

唐宇正想了想说:我都不愿意。

助理说了一句话击中了唐宇正的心:如果因为我的原因,让这个胡晓艺想做对不起那个女孩的事儿,他在这个地方上班,你会放心你的初恋跟这样的人在一起吗?

唐宇正的表情变得微微严肃起来,又轻松下去说:你就这么有把握能搞定胡晓艺?

助理淡淡说:很多男人并不是不愿意,而是怕担责。如果身边出现了一个吸引他又不会给他负担的异性,结果就说不好了。

唐宇正淡淡一笑说:这事越来越有意思了。

17

诱惑

唐宇正的助理名叫刘瑛,虽然名字普通,但身材、长相无一不是上乘。刘瑛年纪比唐宇正大,曾经在唐宇正父亲的任命下辅佐唐宇正。唐宇正开始还曾经刘瑛的魅力所折服,但是见得多了也觉得刘瑛无非就是心眼儿多一点,物质欲强一点。不过有一点得承认,刘瑛对于商场上的人情世故拿捏得相当准。跟唐宇正谈生意的人中其实有很多人开始根本看不上这个毛头小子,但是刘瑛一出场,整个事情的格局就彻底改变,唐宇正也在刘瑛身上学习了很多制胜的经验、技巧。

刘瑛是个善于揣测男人心思的女人,加上自己先天的外表优势,征服了许多合作伙伴。刘瑛会将利益把控好以后,开始跟人聊感情,合作伙伴在自己项目并无利益损失的情况下,很快会与刘瑛达成一致,至于刘瑛到底跟合作伙伴有没有过什么事儿,唐宇正才懒得管,只要看到好的结果,哪怕刘瑛在中间有自己的私心都可以理解。刘瑛为此也得到了唐宇正的丰厚奖励。刘瑛此次主动想帮助唐宇正,并不是想邀功,而是因为自己真的被佩佩说动了。刘瑛惊讶自己竟然会向另一个女人屈服,虽然对方是专家,但是心里很不甘心,更不甘心自己还有可以被人侃侃而谈的面部瑕疵。刘瑛走出医院就打好了算盘,这几个项目加起来还是要个几万块钱,帮忙搞定胡晓艺,就等于帮了唐宇正的忙,这个钱自然也就该让唐宇正报销了。至于胡晓艺,刘瑛根本没放在眼里,这个小书生样的男人,怎么经得起自己的诱惑?找个晚上喝个酒,假装暧昧一下,再来个姐妹趁机拍两张照片,发给唐宇正就完事儿。

胡晓艺晚上回到家,李艾迪跟胡晓艺说,自己又有个朋友快结婚了,戒指都买好了,把朋友选的婚戒照片给胡晓艺看了好几遍,然后问胡晓艺对结婚有什么打算。

胡晓艺说:结婚还不是你一句话的事儿?选个时间就行了。

李艾迪急了:什么叫我一句话的事儿?跟你没关系吗?这个事儿还

得我主动来提，被我朋友知道了丢人不丢人？你不爱结我找别人去。

胡晓艺故意笑着说：你打算找谁呀？

李艾迪赌气说：多了去了。

胡晓艺说：那你得找个比我优秀的，我才想得通。

李艾迪说：不，就找个比你差的，恶心你。

胡晓艺知道李艾迪一哄就笑，于是把李艾迪抱在怀里，像抱个孩子一样说：宝贝，我跟你说，我早想好了，这辈子，只要你不离开我，我打死也不离开你，咱们不管怎么吵怎么闹，我就认定你了。

李艾迪追问：那要是我离开你怎么办？

胡晓艺说：那以后我不管找谁，都带她去医院整形，就照你的样子整，必须整出来跟你一模一样。

李艾迪咯咯地笑起来。

刘瑛第二天中午吃过饭就跟唐宇正请了假，刘瑛说想去趟整形医院。唐宇正心照不宣地笑笑，说有必要可以请医生吃个饭，拿回来报销。刘瑛来到精美整形，佩佩正在接待顾客。顾客走后，佩佩看到刘瑛来了颇感意外，心想这人昨天还那么高傲，今天怎么又跑来了？刘瑛看到佩佩，改变了昨天的态度，非常礼貌地笑笑说：医生，又来打扰你了。

佩佩客气地说：哪里哪里，不打扰，怎么，还有什么问题吗？

刘瑛说：昨天你说的话，我回去想了想，确实有道理。我想问问，你给我设计的这些项目，如果我按照你的要求做了，会比现在好看多少？会不会以后衰老得更快？

佩佩说：比现在加个十分吧，昨天已经说了，对你这样的美人，只能算是锦上添花。衰老不用多想，鼻子和眼睛都是永久的，脂肪可能会吸收，顶多也就是回到你做之前的样子，不会反弹。

刘瑛一笑：价格呢？

佩佩反问:你确定做哪几个项目?

刘瑛说:你觉得该做的就都做。

佩佩看得出刘瑛属于那种不差钱的女人,容貌对于这个女人来说就是赚钱的工具。佩佩将综合隆鼻、面部轮廓和线提拉全部给刘瑛算上,差不多十三万元。

刘瑛看到价格,心想还能接受,又问佩佩:价格肯定能优惠吧? 我是胡晓艺的朋友。

佩佩说:这个你就得去找胡晓艺了,我只负责专业咨询报价,胡晓艺的权限和我的不一样。

刘瑛一笑说:那我就先贿赂一下他。这样吧,你帮我跟他说一声,下班以后我在楼下等他,我想请他吃个晚饭。

佩佩意外地看着刘瑛,不解地说:他现在就在医院,你直接去找他就行。

刘瑛一笑说:算了,上班时间,不打扰他,一顿晚饭换一个大折扣更划算。麻烦你转告一下,我先走了。

刘瑛一笑,起身离开。佩佩来到胡晓艺的办公室,把事情跟胡晓艺说了一遍,胡晓艺也摸不着头脑。

佩佩问:这个人你以前见过吗?

胡晓艺说:真没有,昨天是第一次见。

佩佩说:这人有问题,以我看人的眼光,她对你这样的人肯定是没什么兴趣的。

胡晓艺脸一沉说:你的意思是我配不上她?

佩佩说:她绝对是看重钱权的女人,不会对你感兴趣。但是如果仅仅是因为价格,不至于要请你吃饭,顶多就跟你说两句,让你帮个忙。从昨天她来我就觉得有点奇怪,反正你自己留个心眼吧。

胡晓艺内心也满是疑惑，点点头说：我也觉得怪，这种不打照面直接就要跟我吃饭的客户以前还真没有见过。你说得也对，她一看就不是什么善茬，不可能对我这人感兴趣，这到底为什么呢？

佩佩说：去吧，吃顿饭就知道为什么了。

胡晓艺下班前给李艾迪打电话，说自己晚上吃完饭再回去。李艾迪不高兴地说：怎么又有应酬啊？

胡晓艺说：不是应酬，跟一个顾客吃饭。

李艾迪说：女顾客邀请你吃饭？

胡晓艺说：对，一个之前几乎没见过面的女顾客。

李艾迪不悦：你都接触些什么人啊？你长得又不出众，第一次见面就要跟你吃饭。

胡晓艺说：是第二次，昨天见了一次，今天非要请我吃饭，说是想让我帮忙优惠。

李艾迪说：好吧，那你吃了早点回，晚上我也要备课。吃饭你别掏钱啊，她要帮忙就让她请你。

胡晓艺说：得了，放心，我一分钱不花。

下班后胡晓艺下楼，看到刘瑛的白色奔驰车停在路边，胡晓艺走过去，刘瑛看到胡晓艺走来摇下车窗，胡晓艺有点不知所措，礼貌地打招呼：刘瑛，你好。

刘瑛笑着说：你好啊，胡晓艺哥哥。

胡晓艺赶忙说：哎哟，别这么叫我，我怎么听着那么别扭。

刘瑛说：上车吧，等你半天了。

胡晓艺问：去哪儿啊？

刘瑛说：请你吃饭啊。

胡晓艺说：嗯……其实你不请我吃饭我也会帮你，太客气了你。

刘瑛说:等你这么久,不是听你跟我说这句话的,确实要靠你帮忙,快上车吧。

胡晓艺点点头,不自在地开门坐到副驾驶,刘瑛一脚油门就走了。

刘瑛把胡晓艺带到自己常去的一家高档餐厅,这家餐厅其实味道并没有那么独特,只是菜品精致。胡晓艺其实很讨厌这样的地方,一盘菜的分量没多少,根本吃不过瘾,还得装得吃得很满足。其实刘瑛也不喜欢到这种地方来,刘瑛最爱吃的其实是大排档和烧烤,但是跟人谈正经事,刘瑛认为这里能体现自己的品位和身份。几盘菜上桌后,胡晓艺象征性地吃了几口,觉得索然无味,就干脆不吃了。

刘瑛问:怎么了?菜不合你胃口?

胡晓艺摇摇头说:不是,是我本来就不太饿,这里的菜挺好吃的。

刘瑛心里明白胡晓艺也不喜欢这里,只是出于礼貌这么说。刘瑛笑了笑,主动给胡晓艺盛汤,胡晓艺赶忙接过碗,越来越觉得别扭。胡晓艺以为刘瑛会开门见山直接问自己要折扣,但是吃了半天,刘瑛除了对他微笑,给他夹菜,其他什么话也没说,胡晓艺有点坐不住了。

胡晓艺问:嗯,那个,我想知道,你想什么时候手术?

刘瑛回答:手术,不着急啊,反正认识你了,什么时候手术都可以。你想我马上做?

胡晓艺说:不是不是,我不是那意思,我是想说如果你决定近期手术,我很快就可以去帮你拿折扣;如果你不着急,那我也没必要马上就去安排。

刘瑛问:为什么你可以给我折扣,而那个女医生就不行?这难道是你们销售的一种手段吗?

胡晓艺笑笑:你这么说也可以,但不一样的是,佩佩医生的职责是给顾客提出专业的意见,来引导顾客相信我们医院的技术;而我就比较自由,但凡身边资源多的女孩,只要她做好看了,一定会吸引很多姐妹来医院,对这样的人,我就有权力给她更低的价格,让她去影响身边的人。

刘瑛点点头说:明白了,那你看人的眼光准吗?

胡晓艺说:不太准。现在的女孩太聪明也太会掩饰,我这样的人,资历还是太浅。不过我能拿出的东西就是耐心和负责的态度。即便是下班休息时间,我也会细心解答顾客们的问题,这样她们也会更信任我。

刘瑛听了胡晓艺的话心里产生了一点奇怪的感觉,觉得胡晓艺这男的乍一看不咋的,但是看第二次以后还挺顺眼,并且听胡晓艺说话,有一种舒服的感觉。刘瑛并不知道为什么会对胡晓艺有这样的印象,也不知道是因为自己平时交往的人都太爱掩饰还是什么别的原因。

刘瑛对胡晓艺笑笑,胡晓艺不解地看着刘瑛。

胡晓艺问:你怎么了?

刘瑛说:没什么,我觉得你吧,应该是个很真诚的人。我听你说了这么几句就能感觉到,顾客们一定对你很信任。

胡晓艺说:顾客确实对我比较信赖。

刘瑛打趣地问:有女顾客追过你吗?

胡晓艺一听,突然想起来莫女。胡晓艺回答:嗯,有对我表现出认可和好感的顾客,但是直接来追我的真没有。

刘瑛开始切入正题:那我想问问,假如一个长相和条件都还不错的女顾客喜欢你,想跟你走近一些,你会拒绝吗?

胡晓艺听了,觉得佩佩说得没错,这个刘瑛真是奇怪,打着要优惠的幌子请我吃饭,却不聊任何关于手术的事。胡晓艺说:做朋友没问题,我已经有女朋友了,所以不可能往其他方面考虑。

刘瑛不知道胡晓艺已经开始戒备自己,在刘瑛遇到的男人里,要么就是真的单身不断换新女友的,或者就是有了家室深藏不露的。刘瑛现在只觉得胡晓艺比自己想象的要简单得多。但是这样简单的人一般还不好对付，刘瑛心里突然觉得面对了太多的“老社会”，胡晓艺这类人竟然在自己的经历里还是一片空白。

刘瑛说：我在想，你女朋友肯定很幸福，因为有一个那么有耐心又好脾气的男朋友。

胡晓艺笑着说：其实不止你一个人那么说，但是事实还真不是，我对顾客耐心是因为工作，但是两个人在一块生活，有矛盾碰撞起来是没办法的，该吵还是会吵。

刘瑛想了想说：你猜我为什么会请你吃饭？

胡晓艺说：我原来以为你是想让我给你优惠，但是现在我觉得你好像对这个手术并不是太着急，所以我也不知道为什么。

刘瑛说：我其实对自己的样貌还算满意，那天跟医生聊完了以后才开始觉得自己有瑕疵，现在还挺犹豫，我想象不到自己做完手术以后的样子。

胡晓艺说：要我说，你做和不做，差别并不太大。

刘瑛一愣：真的吗？

胡晓艺点点头：人之所以好看，你觉得是哪里好看？

刘瑛想想说：五官呗。

胡晓艺说：人好看，其实是因为比例好看，我们改变了人的比例，让比例协调了，容貌在视觉上会发生变化。当然，对待五官都不好看，比例也不好的人，我们就会先建议动鼻子，因为鼻子是面部的中心，通过中心来改变面部的比例。而你，比例已经很好，如果要更好看，我觉得对第一次见你的人来说，也不会有本质上的区别。

刘瑛听得很认真，点点头。

刘瑛说：我觉得你也很专业，说话很能打动人。那你说我该怎么做？

胡晓艺说:如果你必须要做一样,我觉得线提拉最适合你。

刘瑛疑惑地问:为什么?我看上去很老?

胡晓艺说:不是,是你迟早会老。线提拉不管哪个年龄阶段,都在维持肌肤紧致,刺激脸部胶原蛋白和弹性纤维增生。对于特别注重年轻的女性来说,不是等老了再想办法年轻,而是在年轻的时候就预防衰老。

刘瑛听了心里高兴不停地点头,一方面是胡晓艺的建议说到了自己心坎上,另一方面是觉得胡晓艺给自己带来了快乐的心情。刘瑛喜欢胡晓艺这样的人,让自己不累,但是又不会选择这样的人,因为没有任何可以带给自己的东西。

刘瑛说:这样吧,我听你的,我先做线提拉。如果效果好,我再考虑其他的手术。

胡晓艺说:这样最好。

一顿饭吃得十分惬意,刘瑛在送胡晓艺往回走的路上,依然没有忘记自己的使命。只是这一顿饭让刘瑛有了一点变化,之前觉得胡晓艺就是自己跟唐宇正的工具,但是现在想想,要是胡晓艺能扛住诱惑,自己还是愿意跟他当个朋友。刘瑛把车一路开到一条僻静的街道上,停下车后笑着看着胡晓艺,胡晓艺莫名其妙地看着刘瑛。

胡晓艺问:怎么了?

刘瑛很温柔地说:你知道吗,今天我很开心。

在夜色笼罩的车内,胡晓艺看着刘瑛美丽的面庞,心想这女的到底勾过多少男人的魂?但是现在对自己这样是什么意思?

胡晓艺很直接地说:我能感觉到你今天心情挺好,但是我特别奇怪。

刘瑛问:你奇怪什么?

胡晓艺说:我感觉我们俩是快谈恋爱了。

刘瑛听了吃惊,同时也笑了起来,以为胡晓艺上钩了,把脸凑近了一点,问:你跟我在一起有恋爱的感觉吗?

胡晓艺笑了一下:那个,不是,你没明白我的意思。

刘瑛问:什么意思?

胡晓艺说:是这样的,我之前没有见过你,我也没有帮助你做过任何事,你突然表现出对我如此有好感,我真的很奇怪。

刘瑛说:这有什么奇怪的?有的人见面就会相互吸引,你不知道吗?

胡晓艺说:我一定不是会吸引你的那一类人,但是能吸引你的那一类人,可能对你的想法都不会太单纯。

胡晓艺的话像是一杯冰水泼到刘瑛脸上,让刘瑛表情凝固了。

刘瑛问:为什么你会这么说?

胡晓艺回答:是感觉,我不了解你,但感觉就是这样。不管怎么说,你是我的顾客,一顿饭咱们也可以称为朋友了。作为朋友,我挺开心,但是也想提醒你不要随便相信一个人,万一我是坏人呢?

刘瑛看着胡晓艺真诚的脸,忍不住笑出声来。刘瑛深吸一口气,发动车子,转头对胡晓艺说:我送你回家吧。胡晓艺点点头。

刘瑛把胡晓艺送回家后,自己开车在路上陷入了遐想。刘瑛从未想到一个男人在那么私密狭小的空间里能跟自己讲这些话,这些话一说,刘瑛的整形费报销的事肯定是没着落了,不过刘瑛觉得无所谓,胡晓艺这个人真是太有趣了,比自己平时接触的那些人有意思得多。刘瑛是真的想去做线提拉,觉得胡晓艺的建议自己特别能接受。唯一让刘瑛心里微微有点失落的是,自己的勾魂术竟然在一个男人面前彻底失效,看来之前确实太自信了。

在刘瑛开车回去的时候,莫女也在思念着胡晓艺。

18

慎重决定

在胡晓艺跟刘瑛吃饭的这个晚上,莫女实在难熬。莫女遵照父亲的要求去了公司上班,朝九晚五的约束让莫女痛苦不堪。莫女本来想改头换面过踏实的日子,并且一厢情愿觉得自己能追到胡晓艺,没想到胡晓艺的事儿没影不说,早高峰晚高峰就让自己先彻底崩溃。这晚莫女来到萱萱的餐厅,一口气先干了半瓶啤酒。

萱萱说:干吗呢?你一来就这么大动静,一会儿别喝醉了砸我的店。

莫女说:我感觉我后半辈子铁定是要苦下去了。

萱萱不屑地说:不就上个班吗?至于吗?

莫女瞪大眼睛说:上个班,你也是不按时上下班的人,你知道早高峰和晚高峰有多可怕吗?我这好几年都没过这种朝九晚五的生活了。开车天天堵车,坐地铁人挤人,那一进地铁站,人挤人的那种怪味儿,天哪!

莫女说着又猛灌了自己一大口酒。

萱萱说:习惯习惯就好了。

莫女说:还有件更可怕的事儿,我妈那天说,现在我工作也稳定了,心也不飞了,接着就要给我介绍男朋友。

萱萱说:好事儿啊,恭喜恭喜,赶紧二婚。

莫女说:好什么啊,我心里有谁你又不是不知道。

萱萱说:你得了吧,喜欢一个有女朋友的男生,给自己找不自在干吗?赶紧听你妈的话相亲去。

莫女严肃地看着萱萱说:我做了一个重要决定。

萱萱问:什么?

莫女说:表白胡晓艺。

萱萱翻白眼:劝你别,这事儿能不能别去干?

莫女说:因为胡晓艺,我下决心过上了朝九晚五的生活,无论他是什么态度,我都得让他知道我对他是认真的。

萱萱说:他只会有一个态度,就是拒绝你。那以后你们多尴尬。

莫女说:拒绝了就没以后了呗,那朋友也不用做了。

萱萱恨铁不成钢地说:莫女,我说实话啊。现在感情是你的软肋,我不想在你耳边提,是怕之前的感情还会让你痛苦,但是你现在也挺幼稚的,就因为别人把你当顾客,对你嘘寒问暖两句,你就变成这样,何况人家还不是单身,你好好想想吧。

莫女说:你不用劝我,那种感觉,不是因为他照顾关心了我,而是我见到他就会感到快乐,会有安全感,这样的人我不是在哪里都能遇见的。我没想去破坏他的感情,但是如果他感情本来就脆弱不堪,谁都可以破坏,谁都可以把他带走,那我就去当这个人。

萱萱拿起酒杯:来吧,干一杯,我劝不了你,只能希望你不要太受伤。

第二天中午,胡晓艺和佩佩还有老奚在休息间吃饭,聊起了刘瑛。胡晓艺说刘瑛就请自己吃了饭,然后就把自己送回家了,但是也没过多跟自己谈价格。佩佩一口咬定这个刘瑛肯定有什么见不得人的目的,说从第一次见刘瑛就觉得刘瑛非常不正常。老奚问胡晓艺:那你们吃饭然后送你回去的路上就没有对你暗示什么?

胡晓艺说:你还别说,她真暗示了,说跟我在一块儿挺开心的。

老奚追问:你怎么说的?

胡晓艺说:我啥也没说,就说赶时间要回家。

老奚指了指胡晓艺:你看你看,一个美女晚上开着车要请你吃饭送你回家,你什么都不做你对得起她吗你?

佩佩说:还幸亏他没做,我觉得,这种女人要是想玩胡晓艺,能把他玩得死死的。

胡晓艺说:怎么就叫玩我了?我这么容易被玩儿吗?我很幼稚很单纯吗?

老奚说:在这样的女人面前,你就得保持幼稚单纯,知道吧? 老手人家见多了,说不定这几天就好这口,我劝你啊,把握机会,不要把机会给我也行,看我一天到晚这累得。

胡晓艺说:佩佩,这人真的很奇怪,我还真不知道她现在到底有什么目的,突然就来医院,请我吃饭又不提打折的事。

老奚说:想那么多干吗? 天上掉的馅饼就别管是什么味的,尝了再说。

佩佩说:你们都不简单,跟你们一比,我真觉得自己年龄大了,白活了这么多年。

正说着,胡晓艺接到了莫女的电话。莫女说周末想约胡晓艺吃个饭,胡晓艺问莫女有什么事儿,莫女说没事,就是太久没见了,自己鼻子恢复得很好,给胡晓艺带了一瓶家里酿的梅子酒。胡晓艺客气了几句,莫女不等胡晓艺回答,就定好时间挂了电话。胡晓艺转头看着佩佩和老奚,佩佩眨眨眼比了个大拇指转身走出去,老奚看着胡晓艺一脸疑惑地问:你是怎么做到的?

胡晓艺一脸不知所措地说:我什么也没做啊。

莫女为了这次面对胡晓艺做了人生的重大决定,莫女准备的梅子酒是特地找自己的姐们儿买的最贵的定制酒。莫女的想法很简单,要是胡晓艺动心,自己干脆就跟胡晓艺把酒喝了,然后把胡晓艺占为己有;如果胡晓艺完全不动心,不给自己机会,那就让胡晓艺回去跟女朋友喝吧。

周末之前每天晚上吃饭的时候,莫女都心不在焉,完全没有食欲。莫女母亲关切地问是不是工作太辛苦,身体受不了。莫女父亲说如果受不了可以让人帮忙调动岗位,对莫女父亲来说,莫女如此大的转变让他都觉得不可思议,现在女儿这个样子,什么要求都能答应,什么想法都能接受。莫女面对父母的关心也无法完全倾诉,只是说自己就是不太想吃东西,最近食欲不太好。莫女母亲提起周末相亲的事,莫女说往后放放,自己周末有安排了。

胡晓艺没有想到,在莫女找自己之前,萱萱先来找到了自己。

萱萱虽然跟胡晓艺接触不多,但是心里知道胡晓艺肯定不会因为莫女的冲动而接受她,即便胡晓艺没有女朋友,他也不是那么随意的人。明知道莫女要失败,萱萱放不下心来,作为莫女最好的闺密,好不容易看到莫女从离婚的阴影里慢慢走出来,实在不忍心再看她受到伤害。萱萱闹不明白莫女是天生注定情路坎坷还是天生注定自找坎坷,反正每次她的决定都没有好结果。

萱萱专门跑到精美整形楼下等胡晓艺,胡晓艺下楼看到萱萱,萱萱客气地打招呼,胡晓艺有点摸不着头脑,不知道最近自己到底撞了什么邪,怎么会有那么多女人来找自己,并且都不是为了做手术。

胡晓艺疑惑地问:请问你找我有什么事吗?

萱萱笑了:没事就不能来找你了?

胡晓艺点点头:能,能。

萱萱说:你带路,找个附近的地方,我请你喝个咖啡。

胡晓艺怀着忐忑的心情来到医院附近的咖啡厅里,点了两杯咖啡,萱萱却抢着把钱付了,不许胡晓艺付钱。胡晓艺心想,最近遇上的女孩一个比一个有个性,心里迫切想知道萱萱到底为什么来找自己。

萱萱说:我来找你你意外吗?

胡晓艺回答:这种意外的事儿最近不止一次了。

萱萱说:噢?还有谁来找过你?

胡晓艺说:嘿,一言难尽,你有什么事儿你说。

萱萱深吸一口气,开门见山地说:莫女,她喜欢你你知道吧?

胡晓艺愣住了,看着萱萱,萱萱皱着眉对胡晓艺说:看着我干吗?你心里知道吧?

胡晓艺吞吞吐吐地说:知……知道,我知道。

萱萱问:那你怎么想的?

胡晓艺问:什么怎么想的?

萱萱说:就是你面对这个事儿的想法啊。

胡晓艺蒙了:我没想法啊,我能感觉她对我是挺有好感的,她也挺好的,但是我是有女朋友的人啊,我能有什么想法?这……不可能的。

萱萱点点头,给了胡晓艺一个温馨的微笑,说:晓艺,我想求你个事儿。

胡晓艺警觉地说:你不会让我跟她在一起吧?

萱萱说:当然不是,我怎么会做这样的事儿?我是想告诉你一件事,你要有心理准备。

胡晓艺紧张地问:什么事?

萱萱说:莫女周末会来找你,她要跟你表白。

胡晓艺瞪大了眼睛。虽然莫女上次跟胡晓艺把情感传达得很清楚,但是胡晓艺觉得自己也把自己的实际情况表达得很清楚,莫女给自己打电话说要送自己梅子酒的时候,他心里觉得莫女顶多只是想跟自己吃个饭,自己只要摆正好朋友的姿态就好,没想到的是莫女这次要动真格了。

胡晓艺看着萱萱,不知道该说什么。

萱萱问:你肯定没有办法答应她,跟她在一起吧?

胡晓艺点点头:是。

萱萱:所以我来找你,就是想请求你,千万千万要避免伤害她。

胡晓艺脑子里一团乱:那你说我应该怎么做?

萱萱:我想你能拒绝得委婉一些,你要让她知道,你不能接受她是因为你有女朋友,而并不是你不喜欢她,你对她也是有好感的,我希望你拒绝她的时候也能给她一点信心。

胡晓艺点点头:我知道了。

萱萱:其实我知道这么来找你很不礼貌,但是我真的没别的办法了,因为她受过伤,我知道你是一个很好的人,你不会随便伤害人。

胡晓艺解释道:萱萱,我想跟你说明白,我没有做过任何刻意的事情,让她对我产生好感,我真的一开始只是想照顾好朋友的朋友,没有想到会成这样。

萱萱笑:干吗说这些?我当然知道你的为人,再说,有女孩喜欢你说明你优秀,你不用为此苦恼。我来的目的是想跟你沟通一下,怎么样才能把对她的伤害降到最低。

胡晓艺点点头说:莫女有你这么一个闺密真太值了,要是她知道你这么担心她,一定会很感动。

萱萱笑着说:莫女能喜欢上你,你也应该觉得很值,虽然你们不可能,因为莫女本身是一个很高傲的女孩,一般人打动不了她的。你知道吗?她现在竟然心甘情愿去过那种朝九晚五的生活了,这种生活是她原本最厌恶的,她跟我说就是因为遇到你以后,感受到了平淡和踏实才能有安全感。

胡晓艺意外地看着萱萱,轻轻点点头。

萱萱问:晓艺,我想多问一句,要是你单身,你会接受莫女吗?

胡晓艺想了想说:我现在不是单身,所以我不能往那方面想。不过如果非要我做这个假设,我觉得可能会。

萱萱说:我能感受到,你对人很真,也能包容别人。很多男人都不会这样,这对碰到你的女人来说,有的是福,有的是祸。

胡晓艺疑惑地看着萱萱。

萱萱说:如果再多碰上两个莫女这样的顾客,估计你会改变一些。

胡晓艺看着萱萱，越来越不理解萱萱在说什么。萱萱也发现她的话说多了，毕竟跟胡晓艺的关系连朋友都算不上，直接对胡晓艺评头论足确实显得她有点没内涵。萱萱跟胡晓艺说了几句客套话以后离开，胡晓艺却在咖啡厅里发了会呆，不明白为什么忽然会有这样的事儿发生在自己身上，从莫女到刘瑛，再到萱萱来找自己，胡晓艺暗中把这些女孩分析了一遍，发现这些女人有个共性——太江湖，就是太社会，这些女人看似把人生都看透了，其实就是生活中没遇到什么风浪，过得太顺。

胡晓艺想到了李艾迪，比起莫女她们来，李艾迪虽然不是风情万种的人，但是就是简单可爱，简单就不累，可爱就耐看。胡晓艺想，要是同时认识了莫女和李艾迪，非得选一个，自己慎重决定之后，一定还是李艾迪。但是现在的问题是，知道莫女马上就要跟自己表白了，莫女却不知道自己提前知道了这个事，怎么办？胡晓艺想着想着反而自己紧张起来，好像是自己要跟莫女表白一样；又犯了自己当编剧的“职业病”，想起莫女说要给自己带一瓶梅子酒，胡晓艺想如果拒绝莫女，那万一莫女往酒里下毒怎么办？想着想着胡晓艺越来越觉得拒绝莫女这个问题真是一个必须慎重的事。

19

并非同类

刘瑛跟胡晓艺吃饭后,回到公司里就没再提要去整形的事。唐宇正也信心满满地认为胡晓艺这种人肯定经不起刘瑛的勾引,刘瑛说的话却让唐宇正颇感意外。刘瑛告诉唐宇正,通过这次跟胡晓艺的交流,发现有一种人是自己一定能驾驭的,而有一种人则不是。在她和唐宇正的世界之外,还存在着另外的种类,他们不懂生意中的人情世故,也不会将自己过度包装,即便在情欲上都跟她和唐宇正是两个概念。

唐宇正疑惑地问:你的意思是,他是个正人君子,就连你也没有办法让他动心了?

刘瑛说:是不是正人君子我不知道,至少他不会对我这样的人感兴趣。

唐宇正笑说:第一次听你说这样的话,原来你也会认输啊?

刘瑛知道唐宇正是不甘心没有把他心上人的男朋友打败,但刘瑛已经决定,不会去做这个手术,也不会再想办法陷害胡晓艺。

刘瑛说:不是输,是认识到这样的人不会吃自己的这一套,他对我无欲无求,也许换个方法会让他有所想法,但是你觉得还有这个必要吗?

唐宇正心里失落,但始终保持着微笑说:看来,我们是活得太现实了,反而这些简单的人能让我们觉得无能为力。

刘瑛笑说:所以我也觉得可惜,你的这个便宜我占不到了。

唐宇正问:你觉得胡晓艺这个人怎么样?

刘瑛说:对于我们认识的人来说,他太一般了,这是从事业上讲。但单从人和人之间的感觉来说,我觉得还不错。

刘瑛这句话让唐宇正心里感到烦躁,唐宇正心里的胡晓艺应该是个条件一般又不甘平庸却永远不会有出头之日的男人,一个三十岁的人混成这鬼样跟自己怎么比?可没想到高傲的刘瑛在与胡晓艺吃了一顿饭后竟然也对胡晓艺表示认可,这就撞鬼了。

唐宇正说:看来,我太低估这个胡晓艺了,我真的没想到他会让你也有好感。

刘瑛说:倒不如说是新鲜感,因为在我的生活里男人都是另外一种样子,无论再绅士有内涵且魅力四射,外表下的心思我一眼就能看透。但是胡晓艺让我觉得聊天就是聊天,吃饭就是吃饭,我觉得我们这样的人,能吃一顿轻松不装的饭真是奢侈。

唐宇正认可地说:所以啊,挣得多,就得付出得多,我们付出的是灵魂啊。

刘瑛:唐总,如果在生意上我没攻下来,我会想第二种办法,但是这个事,我觉得我可能真的无能为力了。

唐宇正摆摆手:这个事本来也不是你的工作,你这一考验,反而让我更放心了,至少我喜欢的人没落在一个人渣手里。

刘瑛笑:那行,唐总,我去把明天的会议安排一下。

刘瑛出去后,唐宇正脸色阴沉下来,唐宇正不知道,此时此刻城市另外一个地方的咖啡厅里胡晓艺也在用一模一样的神情和动作思考着。男人跟女人一样是奇怪的动物,女人会为了感情迷失自我,男人会为了感情挑战自我。唐宇正和胡晓艺看着玻璃窗外的城市,却是不同的感慨和心情。胡晓艺怕伤害一个人,唐宇正怕伤害不了一个人。这么多年来唐宇正这是第一次有了挫败感,曾经跟着父亲一早奔波生意场,迅速超越同龄人的智慧和才干让唐宇正根本不会拿正眼看同龄男性一眼,但是今天,却因为自己深爱的女人,输给了一个比自己年龄大却没自己优秀的男人。

唐宇正晚上回父亲那里陪父亲吃晚饭,饭桌上父亲看出儿子的心事,直截了当地问:怎么了？为了点儿感情的事,工作都做不下去了？

唐宇正说:没有。

父亲冷笑一声:没有,看看这个月业绩成交量,几家公司压着我们抢单子,高利润的没谈下来,利润那么低的单子竟然也接了,一点感情的事能把你消磨成这个样子。

唐宇正看了父亲一眼不满地说:看来你盯我盯得挺紧的。

父亲说:不是盯你,是盯公司的未来。现在公司处于二次转型期,你是公司里最年轻的领导,一举一动大家都会看着。之前你的辉煌都过去了,现在电商板块已经让公司有压力了,我们传统模式的尾巴太大,这一年能不能顺利转型,很多人都在看着你。

唐宇正说:我已经安排了,下周会进来两个专业人士给我汇报方案,如果可行我马上就实施。

父亲说:你现在要做的是把心给收回来,我已经发现你这半年时间基本上没给公司产生新的推动。你要知道,过去那些业绩只不过是你在我给你创造的平台上随便动了动,换别人也能做到。

唐宇正有些不高兴,喝了口酒说:换别人未必能做到,有些套路是我这个年龄的人不可能学会的,我虽然没什么大本事,做生意的一点魄力和天赋还是具备的。

父亲笑了笑说:看来,你确实高估自己了。

唐宇正说:随便你怎么想吧。

父亲说:做生意做事业,最难的事,是在逆境里做决断,你经历过吗?

唐宇正不说话。

父亲说:也许这次正是对你的考验,不要把时间浪费在感情上,现在还不是时候,等你功成名就的时候,感情对你来说就是一个很便宜的事情。

唐宇正说:感情是可以用便宜来形容的吗?

父亲回答:这么说显得世俗,但是确实可以。如果你有足够的条件,你可以拆散任何一对贫贱夫妻,你也可以撮合任何一对心怀仇恨的男女。

唐宇正摇摇头：不可能，作为你这样的成功者，最失败的就是理解感情。

父亲哼了一声：幼稚，如果你现在拿着每个月几千块的工资，跟你喜欢的人住在小房子里，盘算着多存钱能在还房贷富余的情况下买个代步小车，我相信那种感情真挚纯粹，但是没有意义。有些人天生就只能过这样的日子，而有些人就是靠财富来实现自己的人生价值。

唐宇正无话可说，确实，那种生活如果丢给自己，自己一定会疯掉，甚至自己都想象不到生活在那种环境里的人是什么样的心情和感受。

父亲知道自己的话打动了唐宇正，接着说：我们和普通上班族不一样，我们是不同的。不要把时间浪费在跟你不同的人身上，否则你会越来越愚昧。因为他们永远不会坐在高层办公室里独立思考，做着一个企业发展的决策。

唐宇正默默听着父亲的话，心里却产生了一丝从未有过的辛酸。唐宇正觉得自己是悲哀的，即便开着豪车住着别墅进出高档餐厅，飞遍全世界，却无法离开这个公司带给自己的束缚。换句话说，自己如果离开了父亲，是否还有这样的成就和价值？自己会不会比胡晓艺更优秀有魅力？自己又算什么人？

唐宇正回到自己家，心情烦躁又无处发泄，他发现今晚自己是个可怜人，被一个都不知道自己是谁的胡晓艺打败了，胡晓艺正抱着自己心爱的女人，让自己承受着这种挫败感，而自己还要刻意忽略这种感受，强迫自己鄙视胡晓艺的平庸无能。可是感情里分什么贵贱？唐宇正觉得父亲过于深沉老练，无法体会自己这个年龄的心情。父亲今天把唐宇正这个月的业绩一聊，唐宇正就知道父亲看似没在意自己管辖的板块，却死死地盯着自己的一举一动，父亲是有心栽培他，却忽略了他缺失的东西。

唐宇正给刘瑛打了一个电话，把自己的苦水全部倒出来。刘瑛非常惊讶,唐宇正平日里如此自信骄傲,没想到会在此刻那么脆弱。刘瑛也明白了,唐宇正和自己都有软肋,这个软肋,就是简单。在一个简单的人面前,自己真的会黯淡无光。

20

告白即告别

胡晓艺在周末前都处于每晚失眠的状态，白天在医院里也心不在焉。胡晓艺的一个顾客在做完鼻修复后躺在病床上问他多久可以吃辣，胡晓艺陷在情绪里没反应过来，竟然回答少喝点酒就行。顾客惊奇地问胡晓艺做完手术可以少量喝酒吗？胡晓艺这才反应过来自己失态了。

田院长和老奚决定让胡晓艺尝试做咨询医生，因为就目前的情况看，医院最近的咨询顾客呈上升趋势，苏医生和佩佩两人有时会接待不过来。特别是周末苏医生和佩佩轮休，许多顾客来了以后等得太久就直接去了别的医院。如果多一个咨询医生分诊顾客，三个人的工作压力都会减小很多。

胡晓艺的专业水平和咨询能力都不错，并且男咨询医生在行业里其实很有竞争力。全市这么多整形医院，男咨询医生不超过三个，男咨询医生一般比女咨询医生更有耐心，如果长相再有亲和力一点，成单率无疑会更高。胡晓艺这样的专业基础和沟通性格具备了男咨询医生的所有有利条件。

但是胡晓艺不乐意，因为目前来说胡晓艺的工作量刚好饱和，甚至有些时候很晚了也在解答顾客的问题，胡晓艺已经养成了不坐班的习惯。再有一点，胡晓艺心里一直没放下自己的剧本创作，虽然年过三十，但是还是渴望有一天能成为一个编剧或者导演，整形医生对他来说只不过是生活的基础，胡晓艺不愿在这份工作上投入太多的精力，否则自己不如一开始就跟着田院长学医术，铁了心当一名真正的医生了。经过田院长和老奚的两次沟通，胡晓艺勉强答应跟佩佩和苏医生轮班承担咨询医生的职责。

周五下班后，老奚跟胡晓艺约了一起吃饭。本来老奚跟胡晓艺商量好吃完饭去找个地方喝酒放松放松，结果吃饭的时候老奚就喝了不少，没有了再换地方的兴趣。老奚感慨自己越来越不及当年勇猛，酒还不如水清淡，现在是一喝就晕。胡晓艺跟老奚太久没谈过心，两人在医院各司其职，老奚管理着一个运营部门，每天的繁杂事数不胜数，与胡晓艺各自为政开辟着医院合作与单个顾客的引流下单，两人想起来时间过得真快，医院好像昨天才开张一样。胡晓艺想起今天一过莫女就要来跟自己表白的事，一脸愁容，老奚看出胡晓艺有心事，问胡晓艺发生了什么，胡晓艺把事情一说，老奚又自己干了一杯酒。

老奚说：这种事，换成我在你这个年龄，那还叫事儿吗？

胡晓艺摇摇头：我是有女朋友的人。

老奚一笑：你觉得现在有几个人真正单着，你在医院见过了这么多女孩，没看出来吗？有多少是骑驴找马的？切！你呀！

胡晓艺说：这个不是一个事儿，第一，我跟李艾迪不是闹着玩，是得结婚的。第二，人家想跟我表白也是想和我真正在一起的，跟那些小年轻的卿卿我我不一样。

老奚说：矫情。一个人想对你好你不用拦着，特别是这种离过婚的女人，成熟、开朗、睿智，遇到了是你的运气。好好珍惜，你现在还没结婚呢，你就是出去跟她看个电影吃个饭，你们保持着这么点情感又怎么了，谁还没有个牵挂呢。我就想遇到一个这样的来对我好，可还没你这运气。

胡晓艺知道老奚喝多了，笑着说：你把你当年抛弃的女孩随便找一个回来都能结婚了。

老奚摆摆手：现在我对结婚真的无感了，不知道是不是我麻木了，我像你这个年纪，刚满三十的时候我妈都快急疯了，现在反而不催我了。

胡晓艺心想自己没跟李艾迪在一起的时候父母也催，有了李艾迪以后父母的态度才缓和了一点，但是只要跟李艾迪有点矛盾，父母立马就把矛头指向自己，生怕自己把李艾迪给气跑了。中国的家庭就是这样，人一到年龄长辈就会把婚嫁生育作为孩子的头等大事，所以他现在还没结婚，但已经有同学朋友离了,还有的已经二婚了,还有的快离婚了但因为财产问题一直僵持着谁也不放过谁,就这么闹着吵着过下去。婚姻走到一定程度可能真的跟感情没有关系了,只跟生活的利益和人性的纠结挂着钩。胡晓艺想着自己未曾见过的婚姻,仍然觉得陌生。

饭后胡晓艺跟老奚各回各家,回到家胡晓艺洗完澡躺在床上晕乎乎地想着莫女的事,仿佛已经看见莫女性感地站在自己面前,手里拿着梅子酒,想跟自己一醉方休。胡晓艺知道,无论莫女是不是让自己心动,都绝对不可能给莫女任何希望,只能不那么残忍地拒绝她。胡晓艺发现了一个情况,好多女孩在朋友圈里晒着对话截图,抱怨着哪个男的死缠着自己,看似无奈实则是炫耀自己有着不一样的吸引力。就连胡晓艺也觉得,之所以被莫女喜欢肯定是因为自己不差,无论是长相还是性格肯定总有一样说得过去,甚至两样都占点儿,要不然一个这样身材凹凸有致、模样精致又高冷的女人怎么会对自己有意思?

李艾迪看着胡晓艺一脸满足的无奈样子,掐了胡晓艺一把,胡晓艺一下子从幻想中醒来,看着李艾迪问:干吗呀你掐我?

李艾迪不满地说:你在想什么呢?

胡晓艺说:没想什么呀,我睡觉了。

李艾迪哼了一声:看你那个样子,一点也不知道体谅我的辛苦,明天你休息了我还要上课。本来想你会关心一下我,结果你在那里自己做美梦。

胡晓艺像犯了错一样立马给李艾迪按摩揉肩膀,李艾迪一下子就满足地笑了,看着手机舒服得直哼哼。胡晓艺说:宝贝,确实委屈你了,等我以后梦想实现了,有朝一日成了编剧,你看着,那就不准你去上什么班,天天在家给我享受着!

李艾迪不屑地说:行了吧你,我宁愿你现在老老实实工作,等你哪天去实现梦想了可能还不如现在呢。

胡晓艺说:哎,你怎么就这么不相信我呢,我这剧本都有北京的导演看上了,成功那就是时间问题了。

李艾迪说:我还是靠我自己吧,要是哪天你梦想实现不了工作也没了,我还得养你,那我就苦命了。

胡晓艺狠狠捏了一下李艾迪肩膀,李艾迪疼得叫起来:哎呀!你干吗呀你!疼!

胡晓艺说:以后不许你说这种丧气的话,我需要支持知道吗?

李艾迪说:行,我不说,我就等着你功成名就。

第二天一早胡晓艺起床李艾迪已经走了,胡晓艺晃晃悠悠到了医院坐进苏医生的咨询办公室里,不一会儿就来了一个女顾客,年纪看上去只有二十出头,女顾客看到胡晓艺意外地说:哟,你们这还有男咨询师呢?

胡晓艺问:你是想要男的还是女的?

女顾客说:反正我咨询脸,又不咨询其他地方。

胡晓艺笑着问女顾客想改变哪里,女顾客说自己的鼻子以前受过伤,现在鼻子有点歪,咨询过几家医院,医生都说一个假体加点耳软骨就足够了,胡晓艺仔细观察了一下女顾客的鼻子,问:你的鼻骨是怎么受伤的?

女顾客漫不经心地说:去年,被前男友打的。

胡晓艺一惊:你前男友竟然能把你骨头打碎,他是人吗?

女顾客说:当时我就报警了,结果他人跑了,本来我还想找他要赔偿,结果到现在也没有找到人,只能认命了。

胡晓艺看着女顾客认真地说:你的鼻子条件其实不错,但是光是一个假体和耳软骨还不够,至少得用鼻中隔软骨做支撑,鼻中隔软骨搭建支架后再在上面用耳软骨造鼻尖,这样,假体成型的弧度才能跟软骨塑形的鼻尖高度形成更自然流畅的形态,还有一点,你的鼻骨明显歪斜,必须做歪鼻矫正,这样整个鼻形才会好看。否则你的鼻子依然在你脸上没有正常的比例。

女顾客问了胡晓艺好几个问题,最大的问题是歪鼻铁定得动鼻骨,还是怕疼。胡晓艺耐心地解释说在全面麻醉的情况下,鼻骨调整感觉不到任何疼痛,而歪鼻矫正后女顾客的脸型也会看起来更整齐。女顾客在胡晓艺的阐述中渐渐被说动,跟胡晓艺说自己在其他医院没有得到这么专业的意见,那些医生好像都是随自己的想法来手术。胡晓艺说作为专业的咨询师当然得给顾客明确的指导,毕竟对于这样根本不懂手术的顾客,在脸上动刀子的大事还是得慎重。女顾客用赞许和信任的目光看着胡晓艺说:我知道了胡医生,谢谢你,我回去考虑一下,我觉得咨询了这么多家医院,只有你让我最放心。

女顾客走了以后,前台张敏进来让胡晓艺签字,对胡晓艺说:晓艺哥,我觉得好像女孩都挺吃你这套的。

胡晓艺问:我是哪套?

张敏说:暖男啊。

胡晓艺说:千万别这么说,我现在最怕别人说我暖男,提这两个字我都有恐惧感。

张敏说:我要是艾迪姐我肯定不放心你在这里工作,接触的都是女生,并且随时可能被人打主意!

胡晓艺一笑:谁会打我主意啊?

张敏说:之前来了个顾客叫莫女,我们觉得她就可能打你主意。

胡晓艺瞪大眼睛看着张敏问:为什么?

张敏说:护士们都看出来了,那个莫女住院那两天,看你的眼神都不一样,你不在的时候莫女就一直打听你的事儿。

胡晓艺一听心里更紧张了,心想果然女人是敏感的,一直以为莫女对自己的好感只有自己知道,没想到从一开始就被别人看在眼里了。

胡晓艺怕张敏看出来,把顾客信息记录单递给张敏让她赶紧出去。

晚上下班后,胡晓艺跟莫女约在了一家西餐厅里,莫女还特地提前到,挑了最僻静的一个角落。看到胡晓艺来,莫女内心无法克制充满了喜悦。胡晓艺坐下对莫女微笑说:久等了啊,我刚下班,今天我坐班。

莫女笑着说没关系,眼睛一直看着胡晓艺,让胡晓艺微微脸红。胡晓艺问莫女点菜没有,莫女才反应过来忘了让服务员上菜。隔着窄窄的桌子胡晓艺能感受到莫女对自己释放的情愫扑面而来,但是第一次见莫女时,她的高冷孤傲胡晓艺依然记忆清晰,所以女人的性格绝对不是一致的,哪怕是万众仰慕的女神也会在一个人面前低头露怯,哪怕一个热情似火奔放不羁的女人也会在一个人面前静若淑女沉默不言。你想让一个人对你露出另一面,打开她的内心就行,人情如此简单,何必故作高深。莫女望着胡晓艺,像看着自己的情人一样,说的每一句话都温婉如水,胡晓艺每说一句话也小心谨慎,两个人像是第一次见面还没有确定关系的男女朋友,其实双方都知道对方的想法,所以胡晓艺心里就等着莫女的摊牌,莫女知道摊牌以后不可能有下文,看胡晓艺的眼神里除了喜欢,还有一种无奈的悲伤,仿佛是自己绝症在身将要离世,对自己喜欢的人能看一眼是一眼,能说一句是一句。胡晓艺渐渐发现了两人谈话陷入尴尬中,发现莫女聊的话题越来越感伤,并且感觉出莫女真实想表达的东西就在她胸口,但是她在尽力地憋着,无法说出来。胡晓艺此时内心突然平静了,觉得自己面对的并不是一个风情万种痴迷于自己的女人,而是个可怜的女孩。人何时能最轻松,是真诚和坦荡的时候。胡晓艺决定打破这样的气氛,先跟莫女摊牌。

胡晓艺看着莫女,对莫女微笑着。莫女好奇地问:为什么你那样看着我?

胡晓艺说:我心里很感动。

莫女不解地问:感动?感动什么?

胡晓艺说:感动你对我的认可,对我那么高的评价,还有对我的感情,然后,还有精心准备的这个晚餐,想跟我表白。

胡晓艺的话让莫女不敢相信,莫女此时张着嘴却说不出一句话来,她不知道胡晓艺为什么看穿了自己的心思,这也太奇怪了!胡晓艺那几句话让自己准备好的表白都变成了多余的,现在胡晓艺竟然像看空气一样看透了自己。

莫女吞吞吐吐地说:你、你怎么知道我的想法?

胡晓艺直截了当地说:是萱萱,萱萱她来找过我。

莫女听了又一次张大了嘴巴,她不相信萱萱会去找胡晓艺,也不知道萱萱为什么会去找胡晓艺,但是自己对胡晓艺的情愫,萱萱却是世界上最清楚的人。莫女开始紧张起来,不知道萱萱跟胡晓艺到底说了什么。

胡晓艺看出来莫女的紧张,急忙解释:萱萱来找我就跟我说了一件事。

莫女瞪大明眸看着胡晓艺。

胡晓艺说:她看得出来你喜欢我,她也知道我的情况,她很怕我会伤害你,我告诉她我不会。我跟萱萱说,我有女朋友,不可能跟莫女有什么了,但是如果我现在是单身,我会毫不犹豫追莫女,因为她确实是很吸引人的女孩。

莫女听到了胡晓艺的话,内心被震住了。胡晓艺用萱萱作为对话的缓冲,主动说出了莫女的内心世界。莫女喜欢胡晓艺,或者说莫女喜欢胡晓艺这样的人,让她改变了自己。胡晓艺准备的这样一段话,虽然实质上是拒绝了莫女,但听起来每一个字都是夸赞莫女。莫女心里很温暖,觉得萱萱跟胡晓艺一样那么暖心窝子,恨不得现在就狠狠抱住萱萱。胡晓艺说完这些话心里也轻松了很多，如果等莫女主动表白，换来的一定会是更尴尬的气氛，自己借助萱萱把事儿一说透，表明了态度也给了莫女自信。莫女流下眼泪来，同时看着胡晓艺笑出声来。莫女平复了一下情绪，对胡晓艺说：晓艺，你知道吗，你是我遇上的最讨厌的人，最最讨厌的人。

胡晓艺说：我向来都挺招人烦。

莫女捋了捋头发问胡晓艺：我好看吗？

胡晓艺点点头说：好看啊，你的脸无可挑剔，万里挑一。

莫女说：我觉得一个人最大的魅力，不在于他能让你有多喜欢她，而是他能让你做自己不愿意做的事，你把我变成了一个朝九晚五的人。

胡晓艺说：对一个女孩来说，这样挺好的。

莫女说：除了上下班高峰期有点痛苦。

两人笑起来。饭后，胡晓艺和莫女走到餐厅门口，相互看着对方，莫女心里突然难过起来，因为她知道，接下来再联系胡晓艺没有什么意义了，她应该放下了。今天胡晓艺确实做到了最完美的拒绝，莫女此时觉得她应该有起码的尊严。但是，胡晓艺毕竟是一个实实在在让她心动的人，以后自己不会再跟这个人主动联系，得强迫自己把这个人忘掉。莫女和胡晓艺俩人看着对方，两个人都心照不宣。

莫女不知道说什么，只好开个玩笑说：以后，我要是受不了朝九晚五的日子我还是去浪迹江湖，不知道我能坚持多久！

胡晓艺认真地说：不会的，以后你会越来越习惯的，生活肯定都是越过越踏实，咱们年纪都不小了。

莫女说：就是有点可惜，遇上你晚了那么一点。要是早一点，可能，我们俩就……

莫女有点语无伦次，知道自己这时候其实说什么都是多余，却忍不住想多说两句。

胡晓艺说:不晚,什么都是安排好的,能跟你认识真是一件特别好的事儿,你让我很感动。

莫女两眼清澈地看着胡晓艺,深吸一口气说:让我抱抱你吧,我想回家了!

胡晓艺看着莫女不置可否,莫女不等胡晓艺点头上前一步贴近了胡晓艺,紧紧抱住胡晓艺。胡晓艺没有拒绝,轻轻拍了拍莫女的背,莫女抱着胡晓艺,第一次感受到了胡晓艺身体的温度,一直都没有松开。胡晓艺心里感受到莫女今后会收藏住对自己的喜欢,可能连面都不会见了,任莫女抱着自己,心里突然也产生了对莫女的情感,这种情感有新鲜有感动有被吸引有温暖,但是胡晓艺明白这些情感在自己的人生轨迹面前不过是即兴而起,转瞬即逝,李艾迪才是自己的归宿。

莫女松开了胡晓艺,一脸轻松地看着胡晓艺说:拜拜!

胡晓艺还没来得及抬手跟莫女挥手,莫女就转身离开。胡晓艺看着莫女的背影,心里惊讶刚才自己被莫女触动到的感情,但是随着莫女的离开心情也顿时轻松了,胡晓艺此时想见到李艾迪,因为有了另一个女人的出现和冲击,胡晓艺更清晰地看见自己对李艾迪的感情才是真正的生活之路。

21

刘瑛的夜晚

这周末刘瑛打消了整形的念头后，替唐宇正维护一家合作公司的客户关系。刘瑛早就打探好了这位负责人行事低调，不愿意出入奢华的场所，特地选了一家商场里价格便宜口味不错的江湖菜，然后伪装了自己的出生地，故意说跟负责人是老乡，把负责人邀约出来。来到餐厅里，刘瑛特地跟负责人解释，说自己今晚不想谈工作，只是单纯请老乡吃个饭，因为自己掏钱，所以没办法安排奢华的地方，就选了自己平时经常来的江湖菜餐厅，几句话把负责人说得又舒服又亲切，一下子就上了刘瑛的道。

刘瑛对负责人掌控力十足，一边不动声色地讲述自己从家乡来到大城市的不容易，一边也不断引出负责人话题，让领导也打开了话匣子滔滔不绝讲述起了自己的人生辛酸。刘瑛听了领导的经历，竟然鼻子一酸，差点抹泪。领导一见此情顿时心中涌起哥哥般的情怀，告诉刘瑛自己从来没有认过妹妹，今天就打算破个例，认刘瑛这个妹妹了。

饭后，刘瑛已经改口叫哥哥，说要送哥哥回家，负责人却一定要先送刘瑛回家。在商场里刘瑛还特地买了一件 T 恤送给负责人，说负责人穿衬衣太刻板，希望下次跟哥哥再吃饭不要像工作伙伴一样，喜欢跟哥哥在一起有随意的感觉，要像在家里一样那么随意。欢喜不已的负责人告诉刘瑛以后哥哥手里的项目都交给你来做。下一步怎么样以后再说。

刘瑛像是已经打了胜仗一样算出了自己的提成奖金，跟负责人一起两人心情喜悦地走出商场，在商场大门口，许多年轻的情侣搂搂抱抱的场景让负责人感觉自己也陷入了恋爱中。在商场的正门口，刘瑛看见一个女孩走到一个男人面前，一下子抱住了那个男人，那个男人却发呆一样没有反应。这个注定让刘瑛兴奋的夜晚仿佛老天故意安排好了一样，当刘瑛看清这个男人是胡晓艺时，一下子惊呆了。刘瑛无法想象今天晚上遇到两件让自己兴奋的事。看到那个女孩抱着胡晓艺，刘瑛凭借自己敏锐的身手和反应立马掏出手机拍下了莫女和胡晓艺两人拥抱的照片，嘴里一边跟负责人还说：哥哥，我好羡慕这些年轻人，那么有爱，可以在这些地方肆无忌惮释放感情，我觉得我就年纪大了，不敢这样。

负责人立刻说：哎？瞎说，妹妹你年轻得很，哥哥才叫年纪大，跟你一比那哥哥就是个老人了。

刘瑛收好手机，转身对负责人一笑说：不，哥哥也年轻，我就喜欢哥哥这个年纪的人，刚好，又年轻又成熟又会照顾人。能给我这个妹妹帮助。

负责人表面维持着稳重说：你呀，就是嘴巴厉害，说瞎话来逗我开心。

刘瑛一边陪着负责人说笑着，一边不断转头注视着胡晓艺那边，看到那个抱着胡晓艺的女孩转身走掉，胡晓艺愣了一会儿以后也转身朝着反方向离开了。

刘瑛被负责人送回家之后，立刻将晚上的事情梳理了一遍，首先负责人这边的项目大局已定不用再过多操心，胡晓艺给她带来的兴奋感要远远高于今晚的这笔业务。刘瑛一直以为胡晓艺是一个简单而真挚的男人，甚至连她都不愿意去对他使坏。没想到，看似简单的一个男人竟然背着她女朋友做这种事。刘瑛在唐宇正的手机上见过李艾迪的照片，今晚跟胡晓艺拥抱的那个女孩明显不是李艾迪，看来胡晓艺这个三十岁的男人并没有她想得那么简单。刘瑛回忆着当时的情景，再想想又觉得不对，因为当时那个女孩拥抱完胡晓艺之后就转身离开了，两个人并没有那种恋人的甜蜜感，相反女孩变得挺悲伤决绝。刘瑛再一琢磨，琢磨出了一点端倪来。一定是这个女孩看上了胡晓艺，胡晓艺因为李艾迪不能接受这个女孩，所以女孩才会做出这样的举动。根据自己与胡晓艺的一饭之交，胡晓艺基本上不会主动去撩一个外表妩媚性感的女孩，如果会，那天胡晓艺对她就不会如此坦诚。并不是胡晓艺有多高尚，而是像胡晓艺这样的人无论从年龄和背景上讲，都不会轻易让她的生活遭到破坏，一是没有那个勇气，二是没有那个底气。虽然胡晓艺是无辜的，但是恰好这一幕被她看见了。刘瑛觉得今晚真是有趣极了,胡晓艺这个人也真是有趣极了,怎么就会落在她手里。刘瑛看了几遍手里的照片,心里盘算着是不是要发给唐宇正。刘瑛对胡晓艺印象不差,不想故意整他。但是借着今晚搞定项目负责人的事唐宇正也会额外给自己一份报酬。还有一种想法在刘瑛脑子里闪现,就是把照片给胡晓艺,让胡晓艺吓一跳,如果她为胡晓艺保密,那等于一直抓着胡晓艺的一个把柄在手里。可是,胡晓艺即便有把柄,对她来说又有什么意义?胡晓艺对她毫无价值。刘瑛脑子转了转,心想还是交给唐宇正,但是必须要唐宇正为自己保守秘密。

胡晓艺手里提着梅子酒回到家,李艾迪看到梅子酒问胡晓艺哪里来的,胡晓艺说朋友送的,她自己家里酿的。李艾迪说她好久没喝过梅子酒了,胡晓艺把梅子酒打开,倒上两小杯,李艾迪尝了一口惊喜地说:真好喝啊!从来没喝过那么好喝的梅子酒。

胡晓艺笑着说:那是因为你从来就不喝酒。

李艾迪说:我听说梅子酒对身体特别好,每天睡觉一小杯有助于肠胃健康,对睡眠也有帮助,以后你让你朋友卖点给你,我们每天睡觉前都喝一杯。

胡晓艺说:这酒是人家家里自酿的,不是随时随地都能喝到,你喜欢喝咱们去买点放在家里。

李艾迪说:超市买的梅子酒都是勾兑酒,不健康,这个酒一喝就是纯正的。哎?你哪个朋友送给你的?

胡晓艺说:你不认识。

李艾迪一噘嘴:哼!男的女的?

胡晓艺说:女的。

李艾迪把两只手交叉在胸前,嘴噘得更高了:长得漂亮不漂亮?

胡晓艺摇摇头说:特别一般,跟你没法比。人家就是鼻子做好看了,感谢我送了我一瓶。

李艾迪说:真的不漂亮?

胡晓艺点点头:真不漂亮。

李艾迪又重新对胡晓艺笑了起来,说:以后长得好看的女人你都不许认识,更不许一起吃饭!

胡晓艺问:那要是之前不好看,整形以后好看的呢?

李艾迪想了想说:那之前要是特别丑就可以,如果之前就好看,整了以后更好看了,这种情况不管怎样你都不能去。

胡晓艺又点点头说:一定不去!

李艾迪提醒胡晓艺,下周薄羽要过生日了,自己和段依依约好要一起给薄羽选一个让她惊喜的礼物,让胡晓艺在下周五晚上腾出时间,陪自己一起参加薄羽的生日 party,到时候薄羽男朋友老秦铁定得跟胡晓艺多喝几杯,胡晓艺说没问题。

胡晓艺洗完澡躺床上,李艾迪开始玩微博。胡晓艺侧过身去,莫女的模样又浮现在了脑海里,胡晓艺皱了皱眉,强迫自己不去想这个人,就像莫女要忘记胡晓艺一样,胡晓艺闭上了眼睛,进入胡晓艺脑海里的不是莫女,而是从未谋面的惠导,胡晓艺又开始幻想起自己向往又未知的编剧事业来。

22

后果很难看

刘瑛在把照片给唐宇正看之前仍然纠结了一番，也说不清楚自己为什么还会犹豫，虽然并未改变决定。刘瑛心里隐隐觉得胡晓艺是一个不应该去挖坑陷害的人，但这一丝丝的恻隐却被对利益的渴望迅速抹去。以刘瑛对唐宇正的了解，如果公司新项目谈成后，加上这几张照片，会让唐宇正至少给她多提十个点的回报。

上午的周例会结束后，刘瑛来到办公室给唐宇正汇报工作，唐宇正对刘瑛的攻击性毫不怀疑，看到刘瑛进门的表情就知道刘瑛已经完成得八九不离十了，只是没想到还有个惊喜给他。刘瑛大概讲了一下跟那个负责人吃饭的过程，并且从那个负责人口中得知在参与投标的竞争者中还是自己公司的竞争力最强，拿下这个项目目前来看没有问题。唐宇正露出志在必得的表情。刘瑛问唐宇正这个项目自己能拿到多少提成，唐宇正意外地看着刘瑛说：你的提成是固定的，怎么，是觉得这些年你拿的回报不够吗？

刘瑛一笑，说：我说的是这一单，能否根据您的心情可以适当调整一点？

唐宇正不解地看着刘瑛，刘瑛拿出手机打开照片摆在唐宇正的面前，唐宇正看了一眼刘瑛，拿起手机来，当看到胡晓艺后，唐宇正的瞳孔开始放光，盯着屏幕看了几秒抬头看着刘瑛。唐宇正问：你是怎么拍到的？

刘瑛说：唐总，我没有做任何事，只是机缘巧合，昨晚我跟那边领导吃饭以后，在商场门口刚好就碰见了，恰好手机拿手里，所以，就拍到了。

唐宇正知道这几张照片的分量，毫不掩饰地露出微笑，对刘瑛说：你的提成不变，但是我个人会给你额外的报酬，肯定值这几张照片。

刘瑛说：唐总，这个是工作之外的事情，我不想牵扯进去。照片我无偿给你，至于奖励，唐总可以在工作上给我表示，我希望任何奖励都是对我能力的认可。

唐宇正说:明白,你放心。照片你传给我以后你删除就好,这个项目提成我另外多给你百分之五,因为你用你个人的时间在工作之外为公司取得了主动权。

刘瑛点点头说:谢谢!

唐宇正拿到照片后,恢复到了一个二十多岁年轻人的状态,完全顾不上工作,对着照片左思右想,唐宇正恨不得现在就让李艾迪看到这些照片,但问题是如何让李艾迪看见,自己和李艾迪的关系太微妙,如果亲手拿给李艾迪,李艾迪在愤怒的同时也一定会质疑自己的居心,甚至会怀疑是自己有意所为。唐宇正冷静地思考,想到了解决的办法。将这几张照片交给薄羽和段依依,作为闺密,如果知道自己好朋友的男友做出这种事来,正常情况下一定会义正词严鸣不平,到时候唐宇正在李艾迪受伤之时再次出现,胜算就大多了。唐宇正心里是厌恶胡晓艺的,无论是谁,自己心爱的人跟一个除了年龄超过自己,其他都远不如自己的人在一起,心里一定对这个人产生愤恨与鄙视。唐宇正眼神变得犀利起来,甚至觉得是胡晓艺霸占了自己的女朋友,如果不是他出现,李艾迪可能依然单身,当自己来到李艾迪身边李艾迪一定会立刻想起往事,然后一头栽进自己的怀抱里。唐宇正心想不管自己什么时候能真正得到李艾迪,先让胡晓艺难看一次,方解自己心头之恨。

唐宇正先约了段依依,没有约薄羽,原因是如果同时约两人,以这个三人帮牢固的关系,李艾迪可能也就知道了唐宇正的行动,先以谈事为借口约段依依则可以让李艾迪没有疑虑。唐宇正给段依依打了电话,借咨询段依依公司情况为由约段依依吃饭,段依依刚好下班没事,就一口答应。唐宇正在段依依下班前就到了段依依的公司楼下,唐宇正把车开到一家日本料理店,点了几道精致的菜,段依依在唐宇正面前也不拘束,两人边吃边聊很开心,唐宇正假装问了段依依公司的业务情况,说自己的公司某个板块正需要段依依的公司合作，段依依信以为真，说自己回去跟领导好好沟通一下，尽快把公司相关板块的资料给唐宇正送过去，唐宇正看时机差不多了，突然一皱眉，说自己遇到了一个问题，实在无处可说，刚好今天跟段依依见面，只能先告诉段依依。段依依好奇地问是什么事，唐宇正要段依依保证，一定要替自己保密，段依依连忙答应。当唐宇正把手机里的照片传给段依依时，段依依看着照片不敢相信地瞪圆了双眼，嘴巴半天也没合上。

唐宇正不等段依依发问就先解释：前天我约一个顾客吃饭，走到商场门口就看到这一幕，我不认识这个人，但是我助理去他医院咨询过整形的事，说他就是李艾迪的男朋友。本来我没想照照片，我助理照了，跟我说，如果他真是这样的人，我有必要提醒一下李艾迪，毕竟艾迪是我最在乎的人。我也不知道我直接告诉艾迪好不好，怕她误会我，今天刚好你在，就先告诉你。

段依依一脸严肃地问：真的是你撞见的？

唐宇正说：你看，我跟你解释你都不相信我，我真的就是碰巧撞见了。

段依依说：这个事儿太巧了，并且很严重。我也不知道该怎么办！

唐宇正说：我跟艾迪现在关系很尴尬，虽然我喜欢艾迪，但是我绝对不可能去故意破坏她的感情，我只能把这个给你，我觉得你可以跟薄羽商量商量，毕竟你们是闺密，什么话都能说，我就不一样了。

段依依点点头说：这个我还真不敢就这么给她，我得跟薄羽好好合计合计。

唐宇正突然愤怒地说：我真的心里特别不舒服，我不愿意看到自己喜欢的人被一个不负责任的人这么糟蹋，如果他是有意伤害李艾迪的，我肯定要找他说道说道。

段依依劝唐宇正：好了好了，你先别激动，我们都知道你对李艾迪是真的好，但是这个事儿你参与还真不合适，你就当什么都不知道吧，到时候我跟薄羽想好了，我们会保护好艾迪的，不会让她被欺负。

唐宇正把段依依送回家后，开车回去的路上心里特别满足，比自己谈下来一单项目要快乐得多，唐宇正的脑海中已经浮现出李艾迪看到照片以后跟胡晓艺大闹一场然后狠心分手的场景。接着想象到李艾迪悲痛万分心如死灰时，自己像很多年前那样给予她宽厚的胸怀和臂膀，李艾迪终于放下了所有的防线死心塌地地跟随唐宇正。唐宇正一路上想得心潮澎湃，因为有确凿的证据，以李艾迪的性格是绝对不会容忍这样的事发生，这一切真是上天的安排，上天注定就是要李艾迪跟自己在一起的，不然会有这么巧合的事儿吗？唐宇正把车停到路边舒服地抽了根烟，自己随着思绪浮想联翩，已经联想到跟李艾迪结婚的场景。唐宇正知道今晚肯定要失眠了，打电话给了一个朋友，约他出来找地方唱歌。

段依依晚上直接去找了薄羽，把事情跟薄羽一说，薄羽也惊讶万分，薄羽反复盯着照片看，确认这人就是胡晓艺，薄羽深深叹气了一声说：李艾迪的眼光怎么这么差，看上了一个这样的人！

段依依说：谁知道啊！之前我看胡晓艺没那么不靠谱，结果这下被抓现场了！

薄羽突然疑惑地说：但是，我觉得好奇怪啊，为什么唐宇正能刚好拍到这个照片？

段依依说：他跟我说了，李艾迪给他说过胡晓艺上班的地方，他助理去咨询过整形的事，认识胡晓艺，这次是那个助理和他一起碰巧看见的，他不好把照片直接给李艾迪，也不知道怎么办，但是就是怕李艾迪受伤，就告诉我了。

薄羽沉思了片刻说：这个事儿可能没有那么简单，唐宇正对李艾迪是什么感情你又不是不知道，每次我们聚会时他看李艾迪那眼神，肯定从来就没死心过。哪儿有那么巧的事儿,现在最希望李艾迪感情出问题的人就是唐宇正,他肯定也有问题。

段依依听了薄羽分析也觉得有道理:对呀,我当时觉得也有点怪,但是当时没想太多,你这么一说吧,我觉得是唐宇正在中间做过啥才会有这张照片。

薄羽说:有两种可能,第一是胡晓艺本来就心术不正,唐宇正一直找他的把柄。第二是唐宇正故意给胡晓艺下套,让胡晓艺做对不起李艾迪的事儿。

段依依认可地点点头说:但是不管怎么说,胡晓艺就是没经受住考验,在大庭广众之下都敢跟人搂搂抱抱,以后真结婚了指不定做出啥更过分的事儿来。我觉得李艾迪应该再考虑考虑。

薄羽听了点点头,两人商量了半天最终统一了意见,第一,得把这个事儿跟李艾迪说,无论如何也要让李艾迪看清自己男朋友的真面目,不要等到以后后悔。第二,唐宇正对李艾迪的情感是纯真的,如果唐宇正跟李艾迪在一起,李艾迪生活肯定比现在强太多,但是这个事儿跟胡晓艺的事儿没关系,所以把照片给李艾迪看了以后,绝对不多劝一句唐宇正和李艾迪的问题。并且两人说好,一定得在薄羽生日前把这事儿告诉李艾迪,免得那天看到胡晓艺心里犯别扭,段依依说干脆就不等了,明天就把李艾迪约出来,薄羽同意了。两人分开后,薄羽回到家里跟老秦一阵感叹,说这个世界上人心真的深不可测,这个胡晓艺看起来干净单纯,没想到竟然是这样的衣冠禽兽。老秦平静地说:人啊,要是不复杂还叫人吗?

薄羽一听不对劲,问老秦:啥意思,啊?啥意思?你的意思是你也要给我来这么一下?

老秦忙说:哪儿有,我哪儿敢,我就是见多了,我那哥们儿在北区派出所上班,成天处理感情纠纷引起的暴力事件,他现在都快对生活失望了。

薄羽说:要是胡晓艺敢伤害李艾迪,我和段依依一定要让他好看,好好收拾他。

老秦知道这种闺密情惹不起,这三个母老虎在一起聊高兴了整个世界都是她们说了算,自己早就吃过亏。老秦到阳台上抽烟,本来还想发个信息把这事儿给胡晓艺透露一下,但是权衡了一下通风报信后果的严重性,如果薄羽知道自己透露了信息,肯定跟自己没完,索性就假装啥都不知道,心里暗自可怜胡晓艺,老秦跟胡晓艺见过几面,都是陪着各自的女朋友去参加聚会,老秦对胡晓艺印象不错,觉得他人挺干净也健谈,聊天说话都比较礼貌谦虚。老秦本来觉得胡晓艺一定跟自己一样在家对女友百依百顺,但是没想到这家伙胆子那么大,老秦心想胡晓艺真是深藏不露,猛地吸了一口烟对着天空吐了一口烟雾,默默地说我的亲哥你胆子也太大了,你就算要跟别的女孩亲昵一下你找没人的地方啊,干吗非要在商场正中心门口呢?还怕人看不见似的,不是自己作死吗?老秦在工作中见过太多关于感情引起的纠葛案件,现在人的感情不容易靠得住,能像自己一样对薄羽如此忠贞的男人不多了,老秦想有空得跟薄羽好好聊聊这个事儿,想通过胡晓艺的事让薄羽知道跟自己在一起多幸运。

这一晚,胡晓艺脑子里对莫女的印象还未完全抹去,还在感慨人情无常,不知道一场感情变故和灾难马上要发生在自己身上。这一晚,薄羽和段依依都有点失眠,不知道给李艾迪看了照片后,李艾迪会是什么样子。这一晚,唐宇正在一个会所里开了一瓶洋酒,跟几个朋友喝得兴致勃勃,唐宇正跟朋友说如果自己结婚了,就少让自己来这些地方看美女,朋友们哄笑着对唐宇正竖起中指,而这个姿势正是唐宇正想比给胡晓艺的。这一晚,李艾迪睡得很香,白天又有一个学生买了自己的课,这个月提成又增加了。等这个月发了工资给胡晓艺买一双运动鞋,李艾迪担心,再不锻炼的话,胡晓艺的身体就得发福了。

23

谁的阴谋

李艾迪在看到那几张照片之前，还特别诧异段依依和薄羽为什么要约自己见面，明明说好了周末准时到薄羽生日 party 的地方，还没跟段依依商量好给薄羽买什么礼物，怎么就提前了？薄羽和段依依特地找了一个餐厅里最角落的位置，提前准备好了小蛋糕和饮料，不知道她们的礼物能不能对李艾迪看到照片后的情绪有一点缓冲。李艾迪看过照片后，段依依和薄羽紧张地盯着李艾迪的脸，李艾迪的脸上没有任何反应，身体却一下子噌地站起来，快速地走到餐厅门口推门离开，留下了呆若木鸡的薄羽、段依依两个人。两人你看看我我看看你，无话可说。

李艾迪到了家，胡晓艺正弹着吉他，看到李艾迪进门，低着头随口问一句：回来了？

李艾迪没理会胡晓艺，阴沉着脸先进了卧室，在卧室里，李艾迪站在床边环视了一圈，发现卧室里没有什么可以供自己发泄砸掉的东西，唯一能砸的就是自己的一堆化妆品。李艾迪走出卧室来到客厅里，胡晓艺正弹得有滋有味，李艾迪站在胡晓艺跟前想了十秒钟，还是决定先从吉他下手。胡晓艺正陶醉在《月半小夜曲》上，突然吉他就被李艾迪给拿起来，胡晓艺还没反应过来发生了什么，李艾迪已经把吉他重重地摔在地上了，等胡晓艺反应过来发生了什么，看见的是地上一把琴头断裂琴弦散开的破吉他。李艾迪平静地看着胡晓艺，胡晓艺站起身来盯着李艾迪，压住火气问：你什么意思？

李艾迪平静地说：没什么，就是心情不好，想砸点东西。

胡晓艺盯着李艾迪，虽然知道李艾迪绝对不会单纯因为心情不好而如此无理取闹，但是被砸掉了陪伴自己多年的吉他，胡晓艺的怒火也冲到了头顶，来不及想什么原因，对着李艾迪阴阴地说：你是不是疯了？你要砸东西砸你自己的，为什么要砸我的琴？

李艾迪说：砸我自己的我舍不得，砸你的我心里才舒服！

胡晓艺浑身发抖,恨不得扇李艾迪一巴掌,但仅存的理智告诉胡晓艺,李艾迪这么做肯定是有什么事刺激了她,胡晓艺得先弄清楚。

胡晓艺问:你砸我的琴肯定是因为我做错了什么事儿吧?我做了什么让你这么愤怒?你告诉我!

李艾迪说:你做了什么你不知道吗?

胡晓艺摇摇头:不知道。

李艾迪露出了一个特别阴冷的笑容,看得胡晓艺心里十分不舒服。李艾迪拿出手机,把手机一下拍在了胡晓艺脸上,胡晓艺脸被拍疼了,差点就爆发出来,但一看到手机里的相片立马像被泼了一盆冷水一样呆住了,胡晓艺眼睛瞪得大大的,看到照片里跟莫女拥抱在一起的自己,心里震惊得说不出一句话,胡晓艺脑子里一团乱。不知道如何跟李艾迪解释,但是更让自己无法想通的是,照片到底是谁拍的。胡晓艺不敢抬头看李艾迪,但是还是抬起来看着李艾迪怒气满满的脸。

李艾迪说:解释吧!

胡晓艺说:我说我没有做对不起你的事儿你信吗?

李艾迪笑出声来:天哪,你是当我傻子吗?你在大街上跟一个女孩都抱在一起了,你还说没对不起我,胡晓艺,你脑子里在想什么?

此刻,胡晓艺万千想说的话都堵在了嘴边儿上,是啊,换谁谁能解释得通,换谁谁又能相信?但自己偏偏是清白的。胡晓艺对着李艾迪比画了几个手势,始终憋不出一句话来,最后在李艾迪炯炯有神的犀利目光中,胡晓艺还是说了一句:这个女的,是我们医院的顾客。

李艾迪没说话,还是盯着胡晓艺。

胡晓艺说:她离过婚,情感发生了变故,她又是潘悦的朋友。潘悦是谁,潘悦现在在北京是个女演员,现在正把我的剧本交给一个瞧得上我的导演。你明白吗,所以我就对潘悦的朋友比较关照,也只是想还个人情。

李艾迪眨了眨眼睛,露出不自然的笑容:说啊,说下去!

胡晓艺接着说:我对这个女顾客关照了一下,结果没想到她因为自己的感情经历,错把我的关心当关爱,并且对我有了感情。她之前请我吃过一次饭,对我表达了好感。我也明确表示了,我有女朋友,我明年就会结婚,我只是把她当朋友,吃这顿饭,是因为她打算以后不见我了,最后跟我见个面,在商场门口她确实抱了我,跟我说再见。我没推开她,这是我做错了,但是从头到尾,我没有跟她做任何对不起你的事。这一点你一定要相信我。

李艾迪摇了摇头:她知道你有女朋友,还在商场门口抱你,这么无耻的女人你也愿意让她碰你,你恶心不恶心?

胡晓艺低声说:是,是我不对,但是我们俩真正的肢体接触就那么一次。

李艾迪问:你还想有几次?一次还不够?

胡晓艺焦急地喊:我现在也很奇怪怎么就这样了,我坦坦荡荡,如果我跟她真有什么,我们为什么不去一个隐蔽没人的地方,我会傻到在商场门口抱吗?还有,你这张照片是从哪里来的?能不能告诉我?为什么这个事情那么巧?

李艾迪说:我为什么要告诉你,这个事儿是你做的,你现在还狡辩什么?你们在商场门口都敢抱,那在没人的地方你们做了什么我都不敢想。我现在就觉得你俩肯定做了对不起我的事。

胡晓艺被李艾迪说得哑口无言,毫无反驳之力,别说现在自己实实在在有把柄被李艾迪抓住,就算平时李艾迪的无理取闹胡晓艺都没有赢过。胡晓艺开始后悔之前那么没有底线地去包容李艾迪,李艾迪一次次不讲理的时候自己一次次不跟她计较,只是像哄小孩一样哄她,时间一长,自己把她当成了一个宠物,一个孩子,完全失去了情侣间该有的碰撞交流,自己也没有了辩解的能力。但是李艾迪在说完这一大通话之后,一边觉得自己说得在理,一边其实也是相信胡晓艺说的话,如果胡晓艺跟这个女孩真要有些什么,为什么要在商场门口干傻事?胡晓艺的话也提醒了李艾迪,这张照片是怎么来的?当薄羽和段依依把照片发给李艾迪的时候,李艾迪一下子气昏了头,却忘了照片的来源,到底是不是薄羽或者段依依拍下来的?李艾迪也陷入了短暂沉思,但是胡晓艺跟这个女人的事儿是确凿的,先得把这个事儿给处理了。李艾迪想了想,看着胡晓艺说:这事儿我不可能相信你,以后可能我也不会再相信你了。我现在看到你就想到你抱着其他女孩的样子,让我觉得特别排斥。

胡晓艺急忙争辩:我没有抱过其他女孩,我不知道这个事儿为什么发生了,为什么会被拍下来,到底是谁拍的。我现在很委屈,也很憋屈,我跟你一样很愤怒。

李艾迪大声说:你愤怒什么?胡晓艺我跟你说,这个坎过不去我们就结束了!

胡晓艺闭嘴了,再也不想多说一句,第一不想再刺激李艾迪,胡晓艺从心里没想过离开李艾迪。第二,胡晓艺开始怀疑是不是莫女的阴谋,因为能准确抓拍到这张照片,如果不是有预谋的,那真的是太巧合了。胡晓艺隐隐觉得莫女不可能是这么阴险卑鄙的人,可是人性谁说得清呢?胡晓艺一边相信莫女,一边充分发挥了自己多年习惯性养成的编故事能力,莫女是如何让萱萱配合自己,一步步让自己走人这个圈套。胡晓艺给莫女看过李艾迪的照片,也告诉过她李艾迪在哪个机构做老师,莫女铁了心要找到李艾迪把照片给她并不难。难道真的是她?胡晓艺开始有点相信自己的虚构了。

李艾迪给了胡晓艺两个选择:第一,自己离开,胡晓艺住家里。二是胡晓艺滚蛋,等这个事儿自己想通了怎么办再说。胡晓艺问李艾迪能不能让自己睡客厅，打个地铺，实在不行睡厕所里也行，可是李艾迪马上开始收拾衣服，胡晓艺赶紧说：好，我走，我马上走，你别收东西，我走！

胡晓艺走到卧室拿了几件衣服，发现其实也没有要带走的东西，拿上了车钥匙，转身走出了门，走到门口，心想李艾迪平时上课需要用车，自己用车的时候也不多，又把车钥匙掏出来放在了门前的鞋柜上，轻轻关上了门。

胡晓艺一出门，李艾迪在沙发上闷闷地坐了两分钟，一下子哇哇哭起来，一直不停。李艾迪心里特别委屈，平时有委屈，只要胡晓艺哄着自己很快就会好，可是现在胡晓艺走了，没人来哄自己了。可这委屈又是胡晓艺惹的，李艾迪想给妈妈打电话，拿起电话拨出了号码又挂断了，心想自己离家那么远，妈妈肯定担心，再也不会同意李艾迪和胡晓艺在一起。这个事儿还不知道到底是怎么回事，这是两个性质。李艾迪琢磨了一下，又回到了照片是怎么来的问题。李艾迪给薄羽和段依依发了信息，说自己已经把胡晓艺赶走了，让两人来家里陪陪自己，另外还有事商量。薄羽和段依依猜到李艾迪会跟胡晓艺吵，没想到这才不到两小时就把人撵走了，怕李艾迪在家伤心，两人都是一口答应。

晚上十点走在街边，脑子像一团糨糊，在街上没有方向地乱走。胡晓艺终于想明白，首先自己要知道这个照片是怎么来的，既然怀疑到了莫女头上，那这个事儿先得问她。胡晓艺准备给莫女打电话，可转念一琢磨，万一不是莫女，一定会伤害对方的自尊。何况如果是莫女，莫女不承认自己也没办法。胡晓艺想来想去，觉得最好的办法是先去找萱萱，决定后胡晓艺打车去了萱萱的餐厅。萱萱在餐厅二楼跟朋友聊天，其实莫女今天也来过，跟萱萱聊了几句后早早走了。萱萱陪完朋友走下楼，意外地看到了坐在角落里独自喝着酒的胡晓艺。开始萱萱还以为自己看错了，后来再确认一下真是胡晓艺。萱萱走到胡晓艺面前正准备打招呼，看到了胡晓艺一脸阴沉的样子，不解地坐下来，胡晓艺看着萱萱，挤出一个微笑。

萱萱疑惑地问：你出什么事儿了，怎么来吃饭不跟我说一声啊？

胡晓艺沉重地问：莫女现在还好吗？

萱萱更加疑惑了，不知道胡晓艺是什么意思。

胡晓艺说：没事，我就是想喝点酒，心情不太好。

萱萱问胡晓艺遇到了什么样的事儿成了这个样子，胡晓艺捂住脸，用力在脸上抹了一把，看着萱萱，一字一句地说：今天，发生了一件特别奇怪的事儿，太奇怪了！萱萱，我觉得我被人给下套了。

萱萱瞪大眼睛看着胡晓艺，一脸惊愕。胡晓艺喝着酒，打着嗝把事儿说完，萱萱也异常惊讶，萱萱绝对相信莫女不会给胡晓艺下这样的套，她向胡晓艺保证莫女不是这样的人，胡晓艺说自己也完全相信莫女，但是现在事儿就是发生了，自己被赶出来，还不能回父母家。萱萱说胡晓艺没地方去可以去自己家住，萱萱住的是别墅，给胡晓艺腾个房间完全没有问题，老公也完全不会介意。胡晓艺摆摆手说算了，住酒店还住得自在点。胡晓艺喝了酒之后向萱萱吐露心声，如果自己是单身，是完全不介意莫女现在的身份的，自己发自内心欣赏莫女。但是自己有了女朋友，也从来没想过会因为另外一个女人而跟李艾迪分手，这是男人最起码的责任，并且自己对李艾迪的感情也不是随便一个人能替代的。萱萱说莫女也知道胡晓艺是什么样的人，所以才会克制自己的感情，做出决定跟胡晓艺见最后一面。

胡晓艺喝完酒，带着焦虑和疲惫离开了餐厅，萱萱把胡晓艺送到门口，对胡晓艺今天说的事情依然没想明白，萱萱想着现在时间太晚，莫女一早要上班肯定已经睡了，明天再把这事儿向莫女说清楚。

24

味道变了没有

李艾迪把薄羽和段依依叫到了家里，三个人坐在餐桌边，中间放着手机，三个人盯着手机上的照片发呆。照片上胡晓艺的侧脸和莫女妩媚的身姿清晰可见，李艾迪蒙了半天才想起把段依依和薄羽叫来的目的。来之前，段依依跟薄羽商量了要不要说出照片的来处，说了等于卖了唐宇正，不说，总不能说是她俩逛街撞见的，两人想不出万全之策，最终决定还是实话实说。

李艾迪得知照片是唐宇正给段依依的之后，开始觉得这个事儿不那么简单。李艾迪又在脑海里过了一遍，唐宇正对自己有感情，可偏偏是唐宇正拍到这张照片，就算真如段依依所说他是无意间看到的，是他助理拍下来的，这种概率比中彩票高多少呢？

半夜里三个女孩躺在床上睁着眼睛都睡不着，分析着唐宇正是如何拍到这张照片的，经过缜密细致并且符合逻辑的讨论，三个人得出了一个合理的结果，照片里的女人一定是唐宇正派出去的奸细，以唐宇正的能力拿点钱让一个风姿绰约的美女去勾引胡晓艺简直太容易了。而唐宇正在商场门口早就安排好了镜头，抓拍了这一张照片。如果胡晓艺意志薄弱一点，估计唐宇正手里的照片就不是这一张了，而会是一张更惊人的照片摆在李艾迪面前。三个人将事情梳理了一遍又一遍，发现胡晓艺其实没那么糟糕，唐宇正才是可恶的，段依依和薄羽两人一致认为这事儿换成谁谁都有可能被下套。李艾迪听了两个闺密的说法打消了一部分对胡晓艺的愤怒，其实段依依和薄羽一方面是觉得这事有问题，另一方面纯粹是不想让事情发展到不可挽回的地步，让李艾迪痛苦。至于胡晓艺，两人还是觉得这小子肯定也不是啥好东西，起码在这件事情上有自己的小心思。

女人的想法都一样，觉得男人就算啥也不干，心里肯定也没好事，这是天性，这是本性。何况一张明明白白的照片摆在眼前，你要说你清白鬼才相信。李艾迪经过了段依依、薄羽的洗脑，开始对唐宇正燃起了不满和愤懑,李艾迪其实对唐宇正一直保留着最初的纯真感情,在胡晓艺没有出现在李艾迪面前时,唐宇正仍然占据着李艾迪心里不可替代的位置,李艾迪甚至想这辈子除了唐宇正谁也不会考虑,可是胡晓艺出现后,这个看上去没有任何优点的不成熟的大龄男青年竟然让自己鬼使神差地跟他在一起了。薄羽问了李艾迪一个问题,假如胡晓艺现在离开李艾迪,李艾迪会不会跟唐宇正在一起,李艾迪坚定地说不会,可是说完之后不禁多想了一下,如果胡晓艺伤了自己的心,唐宇正又出现在自己的面前,自己会完全无动于衷吗?李艾迪知道自己对唐宇正的感情是因为胡晓艺出现而强压下去的,那天晚上跟唐宇正聊到动情处,还是忍不住流泪了。李艾迪心想要是这次不是唐宇正使坏,估计自己真可能跟胡晓艺分手,但是这事现在如此明了,唐宇正才是幕后的真凶。李艾迪想到唐宇正竟然派出女间谍去勾引胡晓艺,想到这个女人不知道对胡晓艺说出过什么下流无耻的话,这个唐宇正和这个女间谍简直就是卑鄙小人。

三个女人在后半夜困得不行了,李艾迪已经得出了结果,一定得去找唐宇正理论一下,把这个事跟唐宇正好好说清楚。胡晓艺就先晾着他,先冷他几天,原不原谅的事过几天再说。

第二天两个护士进休息室查房,走到三号休息间,看到睡得四仰八叉的胡晓艺,吓了一跳。护士叫醒胡晓艺,小心翼翼地问:晓艺,你怎么睡在医院啊?

胡晓艺睡眼惺忪地看了一眼护士问:几点了?

护士说:九点了。

胡晓艺缓缓站起来伸了个懒腰。

护士问:你昨天没回家?

胡晓艺摇摇头。护士面面相觑,看着胡晓艺。胡晓艺扭头看着护士问:看着我干吗,被女朋友赶出来了。

护士瞪大眼睛问:为什么啊?

胡晓艺说:我也不知道为什么,上班!

胡晓艺说完走出了休息室,两个护士忍不住笑起来。

这一天胡晓艺心里充满了失落和愤怒,胡晓艺觉得李艾迪可能因为这个事真跟自己结束了,当然,李艾迪对自己的心理依赖很强,可能会在愤怒平息之后还是会主动找自己,但是以后的日子估计就不好过了,李艾迪铁定会给自己定一大堆的规矩,完全失去自由。像李艾迪这样的女孩,处在成熟和幼稚的边界,心理成熟,行为却幼稚,一会儿像你妈一样给你生活上的意见和帮助,一会儿又像个女儿一样不管不顾都得你顺从她。胡晓艺不知道这样生活是不是自己想要的,不知道跟李艾迪结婚了以后是不是还要继续,但是从胡晓艺的恋爱经历看,其实没有一个女孩是挑不出毛病的,李艾迪是自己谈过的女孩里最优秀最适合过日子的人,胡晓艺明白为啥自己还没结婚身边就已经有一大堆人离婚了。感情这条路,谁都不好走。

胡晓艺随便洗漱了一下坐在办公室里,脑子里全是女人和男人的关系,越想越想不通。一个满手文身的女孩进医院咨询隆胸,旁边是一个粉红色长发的女孩。刚好佩佩今天休息,苏医生又在接待别的顾客,两个时尚美女分诊到了胡晓艺的办公室,看到是个男医生,前台张敏有点尴尬地对顾客说:要不,你们可以等一下,等另外一个咨询医生面诊完。

花臂女孩摆摆手说:不用,就这位男医生也行,反正你们也见多了。

花臂女孩跟胡晓艺说自己的胸不算很小,但是有点下垂,不求做多大,只想能更挺一些。胡晓艺还没从自己的世界里走出来,心不在焉地应付着。问女孩想做多大,女顾客说想做到36D就可以了,问胡晓艺要不要看看自己的胸,胡晓艺又恍惚着点点头,女顾客大方地解开了衣服,隔着蕾丝内衣露出半个胸部,胡晓艺脑子里都是李艾迪的神情言语,对着女孩的胸露出了悲伤凄迷的表情。花臂女孩和闺密看到胡晓艺的表情也疑惑得面面相觑,心想你是第一次见女人的胸吗？怎么看得那么动情。花臂女孩不安地问胡晓艺情况到底怎么样,胡晓艺才中断思绪。胡晓艺不好意思地看了一眼花臂女孩,强颜欢笑了一下,建议女孩用德国的一款假体。说女孩的胸部弹性并不差,也不是特别小,用一个 220 的假体就足够了,并告诉女孩其实隆胸并不是多难的手术,主要是假体的选择,质感好的假体才可以让触感更像真胸,男朋友摸起来也不会显得奇怪。花臂女孩跟闺密笑起来,说自己做胸是为了自己看着舒服,不是为别人摸着舒服。胡晓艺急忙说不好意思,说大多数来做胸的女性都是为了吸引异性,像你这样的女孩还比较少见。花臂女孩问胡晓艺多久能看不到伤口,胡晓艺说要一年半时间,差不多疤痕全部软化了,伤口就只留下一条线,几乎看不见。要是想快一点也可以来打疤痕软化针。咨询完后,两个女孩离开了,胡晓艺也没有多说一句,两个女孩走出去之后议论胡晓艺,说觉得这个男医生好奇怪,两人回想起胡晓艺看着花臂女孩胸部的表情,那眼神并不是男人看到女人的欲望,也不是医生看顾客的专注,而是一种失落。两人一合计,心想肯定是羡慕自己没有一对丰满的胸部,那么这个男医生肯定不正常。

胡晓艺在办公室里冲了一杯咖啡,拿出手机,点开李艾迪的朋友圈,发现李艾迪已经把自己拉黑了。被李艾迪拉黑不止一次了,有几次李艾迪情绪上来都会把自己拉黑个一天半天。胡晓艺现在确定了肯定是有人在整自己,但是看不到整自己的人在哪里,这种莫名其妙的事让自己完全看不到端倪。胡晓艺不知道自己还得在医院睡几天,可事已至此,只能等李艾迪来联系自己。而莫女那边,胡晓艺相信萱萱肯定已经把这事跟她说了,无论如何莫女都不可能是一个阴暗卑劣的人。

萱萱的确把这个事儿跟莫女说了,萱萱专门到莫女上班的公司,在午饭时间跟莫女把昨天胡晓艺的事儿讲了一遍，莫女心里咯噔了一下，没想到自己本来是好心，反而因为一个告别的拥抱让胡晓艺被女朋友扫地出门了。莫女无奈地皱眉，拍着脑袋说怎么就这样了，萱萱打趣地说：这不刚好吗，胡晓艺要是真的被女朋友永远扫地出门了，你接住他呀，不正合你意？

莫女说：这能一样吗？如果是因为我而分手的，我再跟他在一起，那我成什么了？不是夺人所爱了吗！

莫女再一想，不安地说：胡晓艺现在都不知道照片是谁拍的吗？

萱萱说：不知道，要知道就不会来我那喝闷酒了。

莫女不安地说：坏了，坏了。那他肯定会怀疑是我啊，他知道我对他的意思，这事儿又出得那么凑巧，那傻子都能想到是我故意想出的招儿啊。

萱萱安抚莫女：不会，你放心吧，昨天我跟他说了，他说他也绝对相信你，在他心里你是个特别好的人，不是会干出这个事儿的人。

莫女松了口气，心里不知道怎么办，心想胡晓艺要是真因为这个事儿分了手，得去跟胡晓艺说清楚自己没有做任何害他的事。但是转念一想，真分手了自己还会追胡晓艺一次，估计下次碰上喜欢的人就不是一天两天能遇到的了。人就这样，面对能让自己真心动情的人，你会变得无比大度、包容、有耐性和没原则。

莫女说：现在我已经说了不再联系他，这个事儿跟我也脱不了关系，你就先帮我问清楚情况吧，太离奇了，肯定是有人背后使坏。

萱萱叹口气说：本来是一次大义凛然为爱放手的伤感分别，没想到节外生枝引出了另一个故事，你说你的生活咋就那么戏剧化？

莫女说：命吧，我天生就不安分，现在努力安分下来，要是天要让我继续闹腾，我就辞职重回江湖去。

萱萱说:哎哟你可别,那你爸妈估计得疯掉,你现在习惯吗?

莫女说:特别不习惯,生物钟还没有完全调整过来。昨天有个男同事约我吃饭,问我的情况,跟我说自己家庭条件多好,父母是干吗的,我心想这人有病啊,谁不知道进我们这部门的都是关系户,还拿出来炫耀,恶心不恶心。

萱萱笑了:也对,在舒适的地方待久了难免变成井底之蛙,我看好多企业里的那些什么主任啊老师啊,出了企业门连路都找不到。

莫女说:但愿,这地方能让我多待一段时间吧,不要逼我离开,我重回正轨不容易。

萱萱说:人生啊,怎么那么奇妙,活着活着味道就变了。能把你这个性格刚烈的女侠客变成一个淑女。

莫女说:每天我都是在强压自己,告诉自己生活就该这个样子。其实对很多人来说生活本身就这样,平淡无奇,所以大家都活得自以为是,我现在就活在这个环境里,生活没变,我变了,我不是以前那个我了。

午休时间刚过,萱萱离开,莫女把萱萱送到车库,叮嘱萱萱如果胡晓艺那边遇到麻烦一定要告诉自己,实在不行自己亲自去跟胡晓艺女朋友解释。萱萱走后,莫女在车库里静静待了一分钟,这件事让莫女十分不愉快,但自己对胡晓艺女朋友完全不了解,完全无从思考这个事的来龙去脉,只好自言自语说了一句:看来我真的有毒啊!

25

把话说清楚

胡晓艺继续着被扫地出门的命运,晚上睡在了医院的休息室。胡晓艺干脆让护士回去,自己值班,反正晚上也失眠。夜里胡晓艺查完房叮嘱完顾客注意事项后在大厅看电视,一个女顾客包着脸走出来,跟胡晓艺闲聊,听说胡晓艺被女朋友撵出来了,安慰胡晓艺说:胡医生,你一看就是个好男人,脾气好,所以女朋友把你撵走了你也不敢主动回家。

胡晓艺心想难道我还敢把女朋友撵出去不成?那女顾客跟胡晓艺说:我就经常被我老公撵出来。

胡晓艺瞪着疑惑的眼睛看着女顾客,女顾客看着胡晓艺疑惑的表情说:你不相信我吧?我从福州来的,知道为什么要来你们精美做手术吗?我不敢在本地做,不想我老公知道,我已经决定了要跟他离婚。结婚十二年了,我给他生了两个孩子,做了十二年家务活,我跟个牲口一样任劳任怨打理家里,但是呢,他天天花天酒地,回来就睡得跟死猪一样,我像个保姆一样伺候他,还得不到一句好话,好像就是他在养我,我却没有为家里付出一样。

胡晓艺点点头说:是,其实打理一个家,要比工作累多了。

女顾客说:是的呀,只有我自己能体会的。可我现在想通了,我得活出我自己啊,以前我年轻时候很漂亮的,走路上都有人看我看得掉沟里的。

胡晓艺笑着说:你现在也很年轻。

女顾客摆摆手:不行了,老了,美人不碰家务事,家务事后无美人。我这次来做了鼻子眼睛线提拉,就是要变个人,回去我就带着孩子过自己的生活。这几年我偷偷存了点钱,我想了一下,我养孩子也够了,接下来我得找个爱我疼我的男人。

胡晓艺打趣地问:一个人带孩子不容易的,你存了多少钱?

女顾客想了想说:大概六百多万吧!

胡晓艺刚喝的水差点喷出来,盯着女顾客。女顾客说:这些都是我老公给我的零花钱和生活费,还有一些是我从他公司悄悄弄出来的,这些钱本来就是我该得到的,你说对不对?

胡晓艺点点头,心想有钱人的世界还真不是自己能体会的,你这零花钱都能存六百万,那平时生活是得有多奢侈,还有什么不满足的?胡晓艺觉得自己太可怜了,人家老公不要她她还能带着巨额存款离开,自己女朋友不要自己了只能睡在医院听人家说故事。胡晓艺觉得这辈子自己只有这个命了,劳累挣点辛苦钱养家糊口,唯一的希望就是自己还能跳出龙门,成为一个职业编剧,让自己年幼时的梦想实现,让所有人再看闪闪发光的自己。胡晓艺已经过了做梦的年纪,知道那种运气不是每个人能碰上的,已经不再抱有强烈的幻想,只有涓涓细流一般尚未干涸的念想。待女顾客回房睡了后,胡晓艺下楼买了一袋花生和一瓶白酒,独自在休息室里打开窗户吹着深夜的风感叹着喝起来。

李艾迪这天晚上一个人睡在房间里,漫漫长夜,李艾迪心里已经决定原谅胡晓艺了,要是以后都是一个人在这个房间里生活,李艾迪肯定接受不了。这个事儿从表面看是胡晓艺做错了,但从本质上胡晓艺还是可以被原谅的。李艾迪本来今天就想去找唐宇正把话给说明白,但是觉得贸然去又不合适,不只是这一件事,唐宇正跟自己的情感现在必须要理智看待,迅速扯断了。如果不把话讲明白,以后指不定唐宇正还会做出什么样的事儿来。

第二天中午,李艾迪来到了唐宇正公司,跟公司前台说要找唐宇正。前台一听能直呼唐总名字的人应该不一般,不敢怠慢,将李艾迪带进了休息间倒上茶水。唐宇正正在开会,听完下属的汇报以后,刚要发言,前台进来跟唐宇正耳语一句,唐宇正脸色一变,让大家继续讨论,自己先处理个事。唐宇正没想到李艾迪会来找自己,但现在突然来找自己,肯定跟那件事有关系。唐宇正已经预料到段依依把这事儿告诉了李艾迪，唐宇正已经想好了该如何回复。

唐宇正来到休息室，看到打扮精致的李艾迪，发自内心地喜欢。李艾迪却没有给唐宇正好脸色，说有事要问唐宇正，唐宇正说换个地方说，把李艾迪带到了楼顶的咖啡花园。李艾迪第一次来这种商务楼里的咖啡花园，整个城市的风景尽收眼底，美极了。李艾迪心想像唐宇正这样的人为什么会对自己旧情绵绵？这种生活应该是很多女孩都会想要的，要不是自己是有原则的人，估计都会考虑唐宇正了。

李艾迪还没说话，唐宇正就首先坦白：我知道你来找我干什么。

李艾迪点点头说：那，你跟我解释解释可以吗？

唐宇正说：是这样，上次我问你男朋友在哪个整形医院工作，刚好我的秘书想去整形，我就推荐她去你男朋友的医院。她去了以后，是你男朋友和一个女医生接待咨询的，但是那天晚上，我跟我秘书谈工作，就看到你男朋友的行为，我秘书随手拍了张照片。我觉得这个事儿我不该直接告诉你，因为我怕你怀疑我动机不纯，但是我秘书提醒我如果我在乎你，不想你受伤，还是应该让你知道，所以我把照片给了段依依，我的目的只有一个——希望你不要受委屈。

唐宇正几句轻描淡写的解释让李艾迪不知道如何回答，本来自己想好了一大堆话要说的，唐宇正在自己心里已经是一个耍手段的人，没想到这家伙几句话把自己完全撇清了，并且听起来毫无漏洞。

李艾迪看着唐宇正问：那个女孩你不认识吗？

唐宇正笑：你问我的问题，是在侮辱我，你在质疑我的为人。

李艾迪侧过脸无话可说。

唐宇正趁着这个机会摆出一副伟岸的形象，望着城市的远处叹息：艾迪，我不明白，为什么时间会让人变成这样？我们俩现在连基本的信任都没有了吗？我为什么会回来找到你？我知道你现在已经有了自己的生活,只是我初心没变。不管我在生意场上有多稳重老练,但是只要想到你,我觉得我还是年轻人,我还单纯,我可以干净得没有任何的心眼。见到你,我满意了,心里有一个人不是要得到她,而是要看到她过得好。如果你现在过得不好,我无论怎么样也要保护你,给你好的生活。可是你跟我说了,你现在过得很好,我知道你的男朋友在医院工作,我那个秘书有整形需求,你说我不介绍到他那里还能介绍去哪里?

李艾迪低头侧脸不作声,只是听着唐宇正说。

唐宇正说:刚好我秘书又看到不该看到的事,拍下来给我,我不知道会不会影响你的感情,又纠结了一整天才给了段依依,觉得她能比我想得更周全,归根结底,我害怕你被欺骗。

李艾迪沉默了,脸上不动声色,心里却很伤心。为什么自己男朋友会那么不在意自己的感受去接受一个女孩的拥抱,一个不是自己男朋友的人却对自己那么用心？李艾迪这么一想,就发现自己其实已经完全相信了唐宇正的话。抬头看唐宇正,也是一脸委屈地看着窗外。李艾迪走到唐宇正面前小声地说:对不起。

唐宇正听到这一声对不起,仿佛是听到我爱你一样快乐,觉得自己又一次征服了李艾迪。在李艾迪面前,自己的情感一次一次这样抒发出来非常愉快,毫无顾忌又自然得体。唐宇正问李艾迪:你现在还觉得我有问题吗?

李艾迪摇摇头。唐宇正靠近李艾迪,看着李艾迪的脸恨不得一口吻上去,他克制着自己的情感和冲动问:那接下来你打算怎么做?

李艾迪说:可能我还是会原谅他吧!

唐宇正略感意外,问:你可以不计较他对你的背叛?

李艾迪说:不算是背叛,那个女孩是他医院的顾客,就是喜欢上他了,但是他一直拒绝，那顾客知道自己追不到他，所以就请他吃饭，忍不住抱了抱他。

唐宇正点点头，嘴上说原来是这样，心里在想放他的狗屁，哪儿有那么纯情的女顾客？肯定就是胡晓艺背着你在外面搞女人，情到深处不能自已，大庭广众之下都那么不要脸，你跟着这个二百五以后有啥前途？

李艾迪看唐宇正沉默了，又跟唐宇正说了一声：谢谢你！

唐宇正不解地问：谢谢我什么？

李艾迪说：谢谢你能一直这么记得我。

唐宇正说：我怎么可能忘得了？我永远不会忘。

李艾迪深深地叹了一口气说：唐宇正，我可能以后都不会见你了。

李艾迪的这一句话让唐宇正傻眼了，刚才火热起来的心像被冰块冰了一样。唐宇正瞪大眼睛看着李艾迪，有点语无伦次地说：我……没有要求你什么啊，你为什么要说这么……这么狠的话？

李艾迪说：我不傻，我看得出来你对我的感情，跟你一靠近就能感受到你对我的感情有多深，刚才你靠近我的时候我甚至都感受到你想抱我吻我，女人的直觉很准。但是我想跟你说，除了影视剧，没人真正会等你四五年，感情就是一个不联系就会没有的东西。我等过你，你没回来；你现在回来了，我已经有了男朋友。生活就是这样的，再跟你见面，我会耽误你，我会扰乱你。但是我真的跟你不可能了。

唐宇正听了李艾迪的话才发现自己之前的一切都是空想，一切都是自己的虚构，现在这些话表明了李艾迪根本没有对自己动过心。唐宇正有点绝望，脑海里在抗拒着李艾迪的话，极力想挣扎。唐宇正有点慌神地说：那……那我们做朋友也不可以吗？

李艾迪说：可以做朋友，但是不会单独跟你见面。跟你见面我会难受，那感觉太不自在了，我努力跟自己说跟你单独见面很纯粹，可是每次都在装,其实我真的每次都不好受。

唐宇正有点愤怒,觉得自己在李艾迪眼里如此得不到尊重,这是自己这几年从来没有经历过的挫败,可是在李艾迪轻描淡写的话语里,自己已经伤痕累累。唐宇正克制自己,压低声音说:对,我重情,我为了一个女孩改变了自己的人生,现在我依然爱她,我有什么错?我担心一个人心疼一个人也尊重一个人,甚至从来没有刻意打扰她。可是她还是对我说出那么残忍的话来。这对我公平吗?

李艾迪说:对不起,真的对不起,本来这个事就对你不公平,但是时间越久我会越害怕,害怕我们不清不楚。我现在很理智,我的生活总会遇到挫折,跟我男朋友总会遇到问题,我不想让你成为我生活的一部分,让我以后遇到问题会想到你,我虽然没有经历太多,但是我知道人性无常,有一天会克制不住的。那些在公众眼里的明星都会犯错,更何况我们普通人?

唐宇正听完李艾迪的话感到惊讶,心想李艾迪你这个涉世未深的姑娘竟然能说出那么有哲理的话来,不愧是学霸和当老师的材料。

唐宇正迅速平复了自己情绪上的波动,马上找到了解决的办法,故作轻松地说:这样,艾迪,你说什么我都答应你。但是有一样,你得答应我。

李艾迪问:答应你什么?

唐宇正说:以后,我绝对不会单独约你,你也不需要单独见我。但是如果有一天你碰到困难需要帮助,不可以因为怕面对过去而不来找我。我说这些话,可能也没什么意义。人生就是这样,我能对我喜欢的人妥协,妥协到如此地步。最后这句话,就算是我麻痹一下自己吧。

李艾迪看着唐宇正,竟然情不自禁地走过去拥抱了一下唐宇正。唐宇正蒙了,没想到李艾迪会抱自己。李艾迪确实被感动了,觉得自己对不起唐宇正对自己的感情,那么纯粹,但是就是不可能再延续。唐宇正还没细细品味李艾迪的拥抱，又遭了一棒，李艾迪在唐宇正耳边说：现在伤害你的不是我的绝情，而是你自己的坚持。你一定要好好的，不要留恋我。

李艾迪转身离开，唐宇正彻底傻了，刚才自己想出的苦情戏本来是想让李艾迪心痛一下，日后自己会有挽回的机会，没想到李艾迪反手温柔一刀彻底把自己弄“死”了，一点余地都没有。唐宇正看着李艾迪的背影走出了花园，消失在街角，多年以来最大的失败失落和失控的感觉侵袭全身，唐宇正竟然发现自己眼眶湿润了。

26

原谅还是原谅

胡晓艺在医院睡了三天,终于等到了李艾迪的信息。信息很简短,就三个字:回来吧!

胡晓艺如释重负地伸了个懒腰,心想到底李艾迪还是离不开自己,却不知道李艾迪也怀着同样如释重负的情绪抱了别的男人。胡晓艺肤浅地觉得世界上除了李艾迪一定还有人会喜欢自己,却从来没想过世界上除了自己还有没有人也疯狂地想得到李艾迪。不管如何,胡晓艺今天总算能回家了。

李艾迪抱了唐宇正之后,发现自己可以彻底原谅胡晓艺了,因为自己现在可以理解一个痴情人和一个绝情人之间的拥抱并不是意味着开始,而是意味着结束。李艾迪想,那个女人对胡晓艺的拥抱可能就是这样而已。胡晓艺在感情回归的时候又接到了一个令他振奋的消息:北京的潘悦成功发挥了作用,惠导在一个难得空闲的夜晚再次审读了胡晓艺的剧本,觉得胡晓艺的故事还挺有嚼头,惠导刚好跟宗制片和史总要去趟渝州市谈一个合作,顺便就给胡晓艺发了个微信,问有没有时间见一面。胡晓艺刚刚走出医院,接到了惠导的微信,赶紧回复说有时间,随时等着惠导大驾光临。

胡晓艺回到家心情极好,一进门发现李艾迪竟然做了一桌菜,胡晓艺纳闷地想李艾迪是咋了,难道是醒悟了把自己赶出家门三天内疚了?胡晓艺进门后李艾迪端着菜从厨房里走出来,跟什么事儿都没发生一样对胡晓艺平淡地说:坐下吃饭吧!

饭桌上,李艾迪给胡晓艺夹菜,简单地问胡晓艺这两天医院忙不忙,顾客多不多。胡晓艺不自在地应答着,闹不清李艾迪这是咋了,通常李艾迪要是碰上了让自己不高兴的事儿要念叨好多天,可是这次不但没有多说一句反而更温柔,这真奇怪,并且还做一桌菜是什么意思?李艾迪好像看穿了胡晓艺的心思,问:你是不是觉得我很奇怪,为什么没有跟你继续怄气？

胡晓艺点点头。

李艾迪说：因为我现在能理解了。

胡晓艺问：你理解什么了？

李艾迪说：理解了人与人之间，可能存在一些一厢情愿的感情，我愿意相信那张照片里你是没有感情的那一个，你的感情只在我这里。

胡晓艺惊讶地问：嗨哟，你说你，这三天思想变化太大了，你是咋想通的？

李艾迪笑了笑说：因为我也在经历生活啊，我也会去思考啊，我也会面对很多没面对过的事情。

胡晓艺打趣地说：不会有人也在追你吧？

李艾迪看着胡晓艺认真地说：有人追我你会紧张吗？

胡晓艺摇摇头轻松地说：不会。

李艾迪问：为什么？

胡晓艺说：你看，因为我对你充分地信任，即便有一大群人铺天盖地来追你，我也相信你心里就我一个。还有就是，你那么优秀又漂亮，有人追你也很正常嘛，丑人都有人追，何况你？

李艾迪问：如果有个人也来抱我呢？你能接受吗？

胡晓艺说：经过这个事儿，我其实想明白了一些事。假如以后你遇到了一个对你爱慕但又尊重的人，我绝对不反对你跟他见面。因为人与人之间难免会产生这些小情愫，谁让你那么美、那么优秀呢？我觉得我应该宽容大度，一定不能小气巴拉地限制你自己的私人空间，那样只会适得其反。

李艾迪说：你这是在说我小气不给你空间了是吧？

胡晓艺说：不不不，我还没说完呢。经过这个事儿，我也吸取个教训，以后碰上对我有好感的女孩,我一律不理不见,从此打消各种事故的可能性,让你安心。

李艾迪笑了,说:我先观察观察你吧,我还没原谅你呢。

胡晓艺故意装着诧异的样子说:没原谅?不可能啊,你看你做这些菜让我回来,你不原谅我整这些干吗呢?

李艾迪说:你再多嘴你就别吃了,嘚瑟是不是?

胡晓艺赶紧闭嘴吃饭。

这一晚,李艾迪把胡晓艺抱得特别紧,李艾迪觉得自己真的太单纯,单纯得看不到胡晓艺对自己的感情,看不到别人对自己的感情,只能看到自己现在依赖胡晓艺,离不开胡晓艺,怕离开后自己承受不了现实。虽然胡晓艺回来了,两人什么都没变,但是李艾迪第一次觉得感情不是坚不可摧的,在这个扑朔迷离纷繁嘈杂的社会里,人们的感情是会被现实生活控制的。

李艾迪也不知道自己为什么会有这样的感悟,但就是莫名其妙产生了。李艾迪发现自己的内心对唐宇正还残留着感情,现实生活却很排斥唐宇正,而挖掘自己内心的真正原因,并不是怕跟唐宇正有说不清的关系,自己不至于连这点原则都没有,而是李艾迪在唐宇正身上感受到一种陌生的气息,这种气息是唐宇正在社会中摸爬滚打多年后侵入骨子里的装腔作势,虽然唐宇正在李艾迪面前努力遮掩,但李艾迪也能明显感受得到。

所以李艾迪委婉地让唐宇正跟自己不要再见面,因为唐宇正不再是那个年轻冲动血气方刚又可爱的男学生了。李艾迪不知道胡晓艺以后会变成什么样子,胡晓艺三十岁了,还是保留着一份单纯,可能他永远都不会变,他最好也不要变,永远这个样子,心甘情愿被自己数落被自己唠叨然后跟自己过一辈子。

李艾迪害怕的是胡晓艺对生活的要求越来越高。李艾迪最恐惧的事就是胡晓艺奋不顾身去追求自己不切实际的梦想,李艾迪不知道胡晓艺期盼见到的人很快就会来渝州,让胡晓艺激动难安。

胡晓艺在医院待了三天后,唐宇正在公司也待了两天。每当夜幕降临的时候,唐宇正从公司的会议中脱身,开始觉得自己变回了一个为情所困的少年。唐宇正并没有那么脆弱,自己心里知道不一定能得到李艾迪,但没想到被李艾迪拒绝得那么快那么直接,这是对过去自己付出情感的否定,唐宇正望着窗外灯光璀璨的城市,神情忧伤。

唐宇正的父亲走进了办公室,看着自己的儿子,心里有说不出的滋味。一方面觉得他不争气,一方面又觉得自己的确给予了他与这个年纪不相符的压力。前不久,唐宇正给父亲发了一条长长的信息,告诉父亲自己多么成功又多么可悲,得到的和失去的人生经历都是别人很难体会的。唐父开始理解儿子,当再次看着儿子陷入了因情感而生的疲惫和低落时,唐父第一次反省自己是不是给了儿子错误的人生引导。

唐父坐在唐宇正面前,丢过去一根烟,父子俩点燃香烟,没有说话。

沉默了一阵,唐父先开口说:你打算放弃吗?

唐宇正说:已经放弃了,我们不是一个世界的人。

唐父说:我不是说那个李艾迪,我是说,这个公司。

唐宇正哼了一声说:公司,我放得了吗?

唐父点点头:可以放,如果你发自内心不想做,我会安排其他人来顶你的位置,你过你想要的生活,我会全力支持,包括追你喜欢的人我也会无条件帮助你。

唐宇正笑了一下说:我放不了,这个公司,我一辈子都放不了了。

唐父说:不,你放下了这个公司也不会有任何损失,最多只是因为你的离开而没有变得更好。

唐宇正说:走到一半,谁能说放就放了?有的路走上了就回不了头,我这辈子,可能注定要当个戴着面具生活的有钱人,年轻有为,前途无量,家底深厚,感情缺失。

唐父说:那我问你,如果你这辈子只有感情能得到满足,但是你永远都要过一种贫穷没有希望没有事业的生活,你愿意吗?

唐宇正说:我不知道,我不知道生活怎么样才是对的,但是至少这样的生活不是我想要的。

唐父说:听起来你现在是彻底对你的生活不满意了?

唐宇正说:这样的生活,我拥有一切就是没有自由,我身不由己,我未来无可限量但就是无法做自己,不是吗?因为担子太重,又不敢放下,就得走到尽头。

唐父有些不悦,沉默了片刻说:人生没有两种可能,别人羡慕着你,你也羡慕着别人。我不是神,提供给你远胜过同龄人的生存能力也同时带给你轻松快乐,我做不到。我只能让你更强,以后你成为父亲也会这样对你的孩子。人生幸和不幸有时候在自己的心态,很多人悲惨的童年经历能激励自己一辈子,但对于弱者却要用一辈子来弥补这段经历,这就是人与人的不同。何况,你根本没有受到人生的挫折,没经过那些真正的起起落落。我话就说到这里,你想继续工作我支持你,想放逐自己我也支持你,我唯一不支持你的是为了一段自己努力却得不到的感情而消沉。

唐父说完这些话起身离开,留下唐宇正一人在办公室。唐宇正面色平静,但是唐父的话却狠狠地击中了唐宇正内心。唐宇正对着天花板放空了一阵,忽然醒悟了一般,觉得自己这一段时间的确像着魔了一样被李艾迪迷住,让自己完全顾不上事业,换成别人这样,自己也会觉得这个人是个不可能有任何作为的窝囊废。唐父说得也没错,给了自己一段经历,必会缺失另一段经历,他不是神,做不到两全,但是他是真正希望儿子自己强大起来的。

唐宇正觉得心情比之前轻松了,没那么难受了。李艾迪这个女孩,本来就跟自己现在的层次不搭,自己可以给予她更丰富甚至她想象不到的生活,可是她不接受,难道自己要为了这样一个女人放弃自己的事业?太可笑了。

唐宇正起身走出公司,开车回家,觉得自己的思维渐渐清晰起来。唐宇正发现自己并不是放不下李艾迪,而是放不下那一段经历,因为那一段经历里的李艾迪对自己的感情没任何的杂质,这样单纯的人际关系是自己生活里缺少的,但不是必需的。还有一点,自己一直有个想法在付诸实施,不止李艾迪,包括过去所有的同学,唐宇正都想让他们看到自己现在有多成功,是他们无论怎样都比不了的。

唐宇正回到家痛痛快快地洗了个澡,来到阳台上,倒上一杯红酒,点燃一支烟,然后打电话给刘瑛,告诉刘瑛下周公司会跟北京来的一个影视团队碰面,自己准备投资一部影视剧,让刘瑛提前做好接待准备。刘瑛最近两天看着唐宇正愁眉苦脸的样子觉得唐宇正像变了一个人,现在听到唐宇正的声音感觉他变回来了。

刘瑛问唐宇正现在身体好点没,情绪怎么样,如果没想通可以多休息几天。

唐宇正说:不用担心了,人生本来就没有回头路。我想就算我按现在这条世俗的道路走下去,以前那个单纯的我也会原谅、理解我的。

刘瑛说:唐总,听到你这些话,我觉得我很庆幸。

唐宇正:庆幸什么?

刘瑛说:因为我一直觉得你的软肋就是碰到感情的事你不能像事业上那么稳重并且理性。但是现在看来,你的治愈能力非常强,我也愿意为这样一个领导服务,因为会更有前途。

唐宇正笑了:你呀,现在越来越不像我的助理,越来越像我的老师了,听起来是在尊重我夸赞我,其实是在教育我呢。

刘瑛说:我不敢。

唐宇正说:有什么不敢的?本来我就是你带出来的。

刘瑛说:过去的事就不用说了,那是我的职责。

唐宇正说:行了,咱们不用多说了,本来这一路走来你就帮了我不少,叫你一声老师也不亏。那你早点休息。

刘瑛说:唐总晚安!

挂下电话,唐宇正看了看时间,已经是深夜,还是拨出了一个电话。电话那头,传出了一个精神的声音:喂!唐总!

唐宇正笑着说:大导演,我知道你们这个行业的工作性质,所以肯定没打扰你休息。

电话那头笑起来:没有没有,咱们还早呢。

唐宇正说:是这样,我这边呢腾出一些时间,下周有空,看你们什么时候能过来。

电话那头说:那行啊,下周我约上这边的制片人,过去跟你聊聊。

唐宇正笑着说:好,等你们来,这是我第一次涉足影视领域,希望咱们能合作成功。

电话那头说:没问题,见面详谈,肯定一切顺利!

唐宇正最后说:下周见,惠导!

27

还是难缠客

胡晓艺第二天醒来主动给李艾迪做了一顿早餐。胡晓艺知道虽然生活已经恢复了平静,但是对于李艾迪这样懂事又容易情绪波动的女孩来说,感情需要不断巩固再巩固。李艾迪在胡晓艺出门前起床,看到桌上的煎蛋和水果,高兴得跟只兔子一样跳到胡晓艺面前,又亲又抱,半天才放胡晓艺出门。

胡晓艺还没进医院大门就听到了一个熟悉的声音在医院里大喊大叫,胡晓艺皱了皱眉,走进医院一看,一个长相怪异的女人正对着佩佩吼叫:你们给我做的什么鬼东西!我身边的朋友都说我丑了知道吗!你们就是在害人!你们把我害死了!你们要赔偿我,退给我手术费,还有精神损失费!

佩佩把头转到一边不想理会,女人身后还站了一个帅哥,不声不响,是跟女人一起来的,但是又看不出两人是什么关系。胡晓艺在脑海里搜索半天,想起来这个女人就是前不久才来拆线的顾客何星星,这个男人是她的高富帅男朋友。

何星星看到胡晓艺,立即把自己亢奋的情绪洒到了胡晓艺身上,拉扯住胡晓艺问:胡医生,你终于来了,我还怕你今天不来了。

胡晓艺点点头说:啊,您有什么事情?

何星星气恼地指着自己的鼻子说:你看看,你看看我的鼻子,过了这么久了,我鼻梁高度没有下去,整体的鼻形还是不好看。你知道不知道,现在我的生活完全被这个鼻子给毁了。

胡晓艺看着何星星,觉得何星星鼻梁确实可以稍微再低一点,但是鼻尖倒没啥问题,关键现在恢复时间还那么短,不明白何星星反应怎么那么大。

胡晓艺说:现在您还在恢复期,不用那么着急啊。

何星星说:不是你的鼻子你不着急,我看别人恢复期也没我这样长的,你看我鼻子多高。

胡晓艺说:可以给您稍微降低一点,这个调整简单,但也要等到您恢复期过了之后再看。您可能是属于不易吸收的体质,所以手术完后鼻形保持着相对高挺一点。

何星星说:什么叫不易吸收?当时做的时候怎么不告诉我这事?

胡晓艺说:不易吸收的人是极少数的,我们一般做手术都会比自然稍微做得过一些,这样在消肿时间里软骨和软组织吸收以及膨体收缩后就刚好合适。您这个就算是要调整也很快的。

何星星大声说:很快的!什么叫很快?我这段时间怎么过的你知道吗?你知道我每天都见不得人吗?我已经快得抑郁症了知道不知道!

胡晓艺一听就知道何星星的目的并不是来修复调整的,纯粹是想来闹事,心想你这个样子还好意思说是抑郁症,妄想症还差不多。

胡晓艺礼貌地问:那请问一下,您想怎么样?

何星星说:第一,给我修复,修复到我满意为止。第二,退我手术费,全部要退给我,然后再商量精神赔偿的事。

胡晓艺一听,心想你真是得妄想症了,又没把你鼻子毁掉,给你修复就不错了,还退钱赔偿。

胡晓艺耐心地说:是这样,您的鼻子没问题,如果您觉得高,我们降低假体高度就可以了,这个并不存在什么赔偿问题,因为我们没有过错,没有给您造成医疗事故。

何星星眼睛一瞪:什么叫没有过错?我花几万块做了鼻子,现在家里人都说还没有之前好看,越看越丑,你们把我的生活都毁了你们还没过错?你们不赔,我就走法律程序告你们!

胡晓艺微笑着说:那这样最好,既然您愿意走法律程序,说明您还是个懂法的人。如果要调整没问题,我给您安排;如果要赔偿,您可以向鉴定中心申请是否有伤残或者面部审美破坏,这个事儿我们说了都不算。

何星星的男朋友听后走上前一步说:听你这么一说,你们就是铁了心不赔是吧?

胡晓艺说:如果医疗鉴定部门确定我们手术有问题,多少我们都赔。但是你因为自己不满意让我们退钱加赔偿,我们做不到,何况她的鼻子在恢复期,恢复期后高度是肯定会降低的。

何星星男朋友指了指胡晓艺说:早就知道你们会来这么一手,肯定不会承认自己的问题。你等着吧,我先让我的律师来跟你们沟通,不把我女朋友的委屈补偿了,你们吃不了兜着走。

胡晓艺把刚才的话重复了一遍。

何星星男友还想说什么,何星星大喊一声:你别跟他们说了,早就料到会这样,我慢慢来跟你们耗着,你等着,你们别想做生意了!

何星星说完带着男朋友离开了,走到门口用力把门关上,前台张敏看了看胡晓艺,佩佩从办公室里走出来。

佩佩冷笑一声说:真不是我贬低她,本来五官就不好看,长得那么奇怪,光做鼻子也补不起来。胡晓艺想起来何星星来跟自己讨价还价那次,自己确实也这么觉得,光做个鼻子根本挽救不了何星星的脸。一般人鼻子改善了可以让颜值改变很多,可是何星星不是,她的脸太奇怪,五官分开不好看,加在一起更不好看,一个人的美不是单看一个地方,而是五官的比例和位置,何星星是整个脸的比例严重失调。

张敏说了一句:我觉得现在不是她鼻子的问题,而是她整张脸配不上她的鼻子。

佩佩和胡晓艺一笑,觉得还真是这样,但是这句大实话是最不能说的,要不何星星非疯了不可。

张敏又说:我觉得好奇怪,她长得那么奇怪,为什么会有个那么帅的男朋友？

佩佩说：我也奇怪，上次来我都以为是她弟弟，结果一说两人是一对儿，当时我就替这男的可惜了。

胡晓艺说：每个人有自己的口味。

张敏说：那这帅哥口味也太重了，正常人都不会觉得何星星好看。

佩佩说：有句话怎么说的？骏马多驮痴心汉，巧女常伴愚夫眠。这个世界好多现象看起来都是不平衡的，但是往往这样的奇怪的配对反而会更稳固，他们估计就是这样，男帅女丑，天长地久。

张敏说：反正我是个男的绝对不会看上这种女人，不光人丑，脾气还不好，这男的真的审美有问题。

胡晓艺说：行了，现在想想接下来怎么接待这俩有问题的人吧。

苏医生刚接待完一个顾客，从办公室走出来问什么情况。张敏把情况一说，苏医生马上要张敏调出何星星术前术后的对比照，看了以后又去田院长办公室跟田院长商量。田院长说高度降低一点没问题，既然她体质不易吸收，就干脆把鼻形重塑了，直接做到最自然的形态，弧度再做明显一些。当田院长得知何星星不但要求修复，还要求退款和赔偿时，田院长摆摆手说：不行，不能给她重新做，除非先签订协议，要不然做好了以后她说做得更难看了怎么办？找你赔偿更多，这样的人不能按常理去讲道理。

何星星确实不是个讲道理的人。第二天一大早，何星星和男朋友带着自己的妈妈还有一个头发快掉完的律师在医院开门时准时到达。胡晓艺看着何星星这阵势，知道了是做好了文武两手的准备。何星星一进门就狠狠把包扔到医院沙发上，跟自己的妈妈一起坐到沙发上，两人像讲相声一样配合起来，你一句我一句，说精美整形如何不好。何星星的男朋友把医院每个角落拍了个遍，何星星朝着男朋友大喊：拍完发给我，我要发朋友圈!

何星星带来的秃顶律师来到苏医生办公室里,面带微笑地问:你们怎么解决?

苏医生问:什么怎么解决?

律师说:当然是赔偿何星星的事啊,我是她的代理律师。

苏医生不紧不慢地说:您是律师,那我请问您一下,您觉得我们赔偿的依据是什么?

律师说:人家不满意啊,人家现在遭受了身体和心理的双重痛苦,你们难道不该赔偿吗?

苏医生笑了笑:如果每个顾客做完手术后都说不满意,都来找我们要赔偿,我们早就开不下去了。赔偿的依据是什么?不是顾客满不满意,而是从医疗鉴定中确认造成正常审美伤害或者病理性伤害。

律师没想到第一回合自己的气场没压过苏医生,觉得正面交锋可能不是苏医生对手,于是换个角度说:原来你们就是这样对待顾客的,人家信任你们,现在因为手术后没达到效果让你们解决,你们就这样敷衍。

苏医生说:第一,我们没有敷衍,我们愿意为她无偿调整直至她满意。第二,是她不愿意只接受调整,要我们退款加精神赔偿,我们尊重顾客,但不会因为顾客的无理取闹而妥协……

律师懒得听苏医生说那么多,打断说:行啦!你就别讲那么多道理了,总而言之一句话,顾客不满意你们就该赔。

苏医生一笑说:你讲这句话,让我怀疑你是不是一个律师。任何一个律师说话都该比一般人更有逻辑和依据,你说这句话我觉得你还不如一个懂事的小孩。

律师被苏医生的话给击中,知道这个女人不好惹,一看就是身经百战的行业精英,不,简直就是一个行业里的老油条,一般的油炸不烂她。况且自己还真没怎么介入过医疗纠纷性质的官司,所以不如先退下,免得给自己丢脸。于是秃头律师放下一句话:你们就等着吧!

说完,律师走到大厅里,对何星星说:我先去帮你们联系一下卫生局的朋友,他们没给你做好,赔偿跑不了!

律师走后,何星星跟母亲的“相声”已经讲完,没起到太多效果,看“表演”的都是医院的员工,没太大意义。好不容易等到了一个顾客,这女孩一进门来就被何星星的妈妈拉住,她不停地念叨自己女儿的遭遇。女孩被何星星妈妈吓了一跳,一脸茫然地听完讲述,同情地点点头,还是走进了佩佩的办公室里向佩佩咨询。咨询完后,女孩高高兴兴走了。胡晓艺让张敏打印出了何星星的术前术后照片,胡晓艺对何星星妈妈说:阿姨,原则上说,您是不可以打扰我们的顾客的,您可以在这里随便休息,但不要去打扰我们的顾客好吗?

何星星大喊起来:你们做了亏心事,我们就是要跟所有来医院的顾客说,不要上你们的当,让你们不要再害人。

胡晓艺说:我打印出来你的手术前后照片,如果你坚持要这么做,我只能在你去影响顾客的同时把照片拿给顾客看,让别人给出公正的评判了。

何星星说:我管你们怎么弄!不解决我就让你们一台手术都做不了!

胡晓艺心平气和地说:我们无法限制你的行动,但是这是医院,你行动太过分肯定是不行的。

何星星男朋友说:你们有问题不好好解决,还给我们提要求,你先给我们一个满意的交代,咱们再谈行吗?

胡晓艺说:你们是顾客,我们尊重你们,才愿意积极给她无条件重新调整塑形,哪怕是换新的假体,只要能达到效果,我们给你用,一分钱也不收。但是这明明不是医疗事故,你们一进门就要我们退款、赔偿,我们能理解你们的情绪，所以我们只能避免跟你们发生更多冲突，否则刚才阿姨拉顾客的行为我们就可以叫警察了。

何星星一听火冒三丈说：你叫警察啊！你叫啊！有本事叫！让警察来看看你们怎么欺负顾客的，怎么害人的！

胡晓艺看了一眼何星星，又看了一眼何星星男朋友，对他说：我觉得你比你女朋友要讲道理多了。

何星星又气愤地大叫：我就是这么不讲道理，怎么了？你们这种医院就是害人的！

何星星男朋友示意何星星不要再吵了，何星星仍然愤懑不平。何星星男朋友来到了苏医生办公室，继续跟苏医生纠缠。苏医生说：我不明白，小伙子你这人挺帅挺精神，怎么找了一个这样的女朋友？何星星男友说：没办法，自己的女朋友自己要宠。苏医生说：那就是了，肯定是你把她给惯的，所以才那么蛮不讲理。何星星男友说自己可以包容她，苏医生说：但是我们没有义务这么惯着她呀。苏医生看着这个小伙子脾气也不倔，就分析了一遍事情的本质，小伙子听了以后觉得有一定的道理，但是说自己女朋友脾气上来不给个台阶下是不行的。

苏医生问：你所谓的台阶是什么？何星星男友说，如果你们实在不愿意赔偿，就赠送等价的项目也行。苏医生说：按理说这个条件是无理的，但是本着息事宁人的原则，可以去找田院长商量一下。何星星男友说自己也去跟女友商量一下。何星星跟男友商量后决定，可以接受不退款赔偿，但是必须赠送等价手术项目。田院长听到这个建议，想都不想直接拒绝了。田院长说：何星星本来就是个思维和审美不正常的人，再给她做其他手术，无疑是给自己找更多麻烦。何星星得知田院长不愿意赠送自己手术时又发火了，说这什么狗屁医院，连对顾客基本的尊重都没有，快把顾客给害死了，毁了顾客的生活，这种医院自己一定要抗争到底。何星星男友本来还想跟苏医生和胡晓艺沟通其他办法，被何星星直接拉走了，出门前说了一句：我一定会要你们后悔，要你们好看！

何星星在精美整形耗了一天后什么都没得到，晚上回去后跟家里人商量了，明天直接去卫生局。今天在医院该录的声音已经录了，去卫生局说这帮人非法行医造成了自己的面部伤害。但是非法行医总要有证据，何星星想了想，突然想起那天体检报告交给前台的时候，前台给田院长看完之后又顺手还给了何星星。何星星想到这个细节，急忙在柜子里乱翻一阵，找到了术前体检单，何星星高兴得差点跳起来。

何星星说：明天妈妈就不用去闹了，老公你陪我去就行！

何星星男朋友说：你确定明天有把握吗？

何星星拿着体检单晃了一晃说：把握十足，有了这个把柄，我一定要让他们不好过！

28

深深的自我责备

第二天一早何星星跟男朋友先来到医院,两人商量好了,说不通马上就去卫生局告他们,自己现在有底气了怕个屁,顶多辛苦下自己多跑点路,到时候让这帮人把自己受的委屈加倍还回来。何星星再来医院换了一副面孔,洋洋得意地问胡晓艺:胡医生,我们做那么大个手术,你们为什么不让我去体检呢?

胡晓艺不解地回答:怎么会不让你体检,明明我就提醒了你,并且体检报告你应该是交给我们的。

何星星问:是吗?那我体检报告在哪里?麻烦你找出来我看看。

胡晓艺对张敏说:小敏,找找她的体检报告。

张敏问清楚何星星上次来的时间后走到储藏室调出何星星的病例,当打开病例的时候发现里面竟然没有体检报告,张敏吃了一惊,心想不可能啊,每个人的体检报告都会在田院长写完病例后由护士交给他统一按时间放在仓库里。张敏是个机灵的女孩,脑筋一转想起何星星那一副表情就突然明白了自己根本找不到体检报告,报告肯定在何星星自己那里,如果是这样现在就麻烦了。

张敏思索半天,怎么都回避不了这个问题,走到大厅直接对何星星说:我们这里没有,体检报告应该在你自己那里吧?

何星星装作吃惊说:什么,你说什么?你们没让我体检,现在说我藏了体检报告是吧?

张敏压着气说:不可能没有体检,每一个顾客都会体检,体检报告第一时间会交到我手里,肯定是我没在意又顺手给你了,没有体检报告根本做不了手术。

何星星瞪大眼睛说:对,说对了,没体检做不了手术,但是你们给我做了,还给我做毁了,所以现在你们麻烦大了,你们医院草菅人命!

张敏涨红了脸说:我觉得你不用装,你肯定在家里找到了体检报告,才这么有底气来找我们麻烦，我清楚地记得那天我看到了你的报告。

经过张敏一提醒大家都明白了，何星星的体检报告肯定在她自己手上，才有底气来找医院麻烦。胡晓艺心想这人还真讨厌，早知道她那么不要脸当时说什么也不能给她做手术，更不可能给她打折。胡晓艺怕张敏话多错多，拍了拍张敏的肩膀示意张敏不要再说话，走到何星星面前说：体检报告不可能没有，我们的工作人员造成失误丢失了，我们会做出内部处罚，但是你没走体检程序我们是肯定不会同意你手术的。

何星星不屑地说：我当时还真就没体检，你们就给我手术了。可能你们对其他顾客都负责，对我除外吧，所以我现在来讨回我的公道。

胡晓艺被何星星这么一刺激，也沉不住气了，心里恨不得把这个女人一脚踢出去。胡晓艺努力面带微笑地说：那我就跟你说明白一点，我们医院是有失误，如果因为这个失误要接受相关部门处罚我们认，罚多少都应该。但是我们没给你造成任何伤害，你哪怕要一句道歉我们都不会给，更不可能有任何赔偿，所以请你别拿这个威胁我们！

何星星叫起来：好哇，我就等你这句话，你们工作不严谨给我造成了危险，我给你们脸，你们敬酒不吃吃罚酒，我告诉你，你说的每一句话我都录音了，现在我要去卫生局，慢慢跟你们算账。

胡晓艺平静地说：那你录音别关，我再说一句，我们尊重每个顾客，但是对于心理有问题和蛮不讲理的顾客我们从来都不会有任何的妥协，医院可以不开，但绝不会为你这样的人开，你想去哪告你就去。

何星星气得指着胡晓艺说：好，好，非常好！我也录下来了，一开始我觉得你还算有个男人样，你等着，你们自找的！

何星星再次离开医院后，田院长组织领导部门开了一个会，商量这个事的解决办法。张敏自责地说自己当时肯定看到了何星星的体检报告，但是疏忽了，肯定被何星星拿回去了。田院长说已经不重要了，先不聊这个事儿,现在想知道如果何星星一口咬定自己没有任何体检就做了手术,对医院会有多大影响？老奚说自己不懂医疗制度这一块的具体规定,苏医生和佩佩说这个本来就存在争议,虽然我们理亏,但是就算处罚也不会罚太多,更不可能给医院造成伤筋动骨的影响。田院长感叹说世上的事情真是无巧不成书,偏偏遇到了何星星这个人,偏偏在这个人身上咱们疏忽大意了,结果就摊上事了。胡晓艺说这也是好事,通过这个事儿以后更应该严格遵守医院的制度,就当个负面例子以后吸取教训。张敏在门外听到这一切心里难受得要死,张敏一直没有走开,偷偷关注着里面的动静,毕竟事情是出在自己身上,即便大家不责怪自己,但是做错了事总要有人负责吧。

下班后,胡晓艺经过前台,张敏叫住了胡晓艺,说想跟胡晓艺聊聊。两人来到楼下沿着路边走,张敏跟胡晓艺说自己心里特别不是滋味,胡晓艺安慰张敏说这不是大事,张敏却说自己的一个小疏忽严重影响了医院的经营,让何星星找到了把柄威胁医院,这个真不是小事情。

胡晓艺对张敏说:医院一直以来都比较顺利,这次的纠纷对医院来说也许是好事。这个纠纷并不是医疗事故,所以对医院来说不可能致命。但是何星星这么一闹,田院长可以借此严格规定医院制度,本来精美整形就是一个人情味过重的机构,有时候需要一些硬性的制度来中和一下,这次事件可以让所有员工都更警觉,这么看来没什么不好的。

张敏说:哎,晓艺哥,你就别安慰我了,真就是我做错了事,我希望你能跟田院长建议一下。给我个处罚,罚款加全院批评什么的,这样我心里好受点。

胡晓艺说:这个事儿我还真建议田院长能全院通报批评一下,医院好像一直以来还没有直接批评过谁,也能让大家知道医院还是有原则的。

张敏说:行,你晚上就跟田院长说吧,我等着接受。

胡晓艺说:那罚款罚多少合适?我跟田院长建议一下。

张敏认真地想了想说:给我留点生活费吧,我工资本来也不高。

胡晓艺笑起来说:谁还能真把你罚得活不下去啊,这个事儿对你来说真不是坏事。

张敏说:还不是坏事,我都愁死了。

胡晓艺说:我跟你说个事儿吧,我自己的事儿。

张敏看着胡晓艺瞪大了眼睛。

胡晓艺说:在我上小学的时候,住的是个大厂区,我们厂很多小孩都喜欢去厂里一个车间偷铁来卖,虽然那点铁对一个车间来说完全不算什么,但是我们卖一次就可以买汽水和零食。我羡慕那些偷铁的小朋友能吃零食喝汽水,就跟他们一起去,结果第一次偷的时候就被看门的大爷发现了,当时我们七八个小孩,他拿着一根棍子就追上来,我们四下逃跑,没想到,他就盯着我不放,谁也不追就追我,死死地跟着我,一把年纪跑得还真快。

张敏笑了:然后呢?

胡晓艺说:然后,然后我就被抓住了,其他人都跑了,我一个人被抓住了。结果就通知我爸妈来把我领回家,并且把最近车间里丢的东西都算在我身上,要我爸妈赔钱。

张敏问:那赔了吗?

胡晓艺说:我当时候觉得特别冤,但是我爸妈还是赔了。

张敏问:为什么啊?又不是你一个人偷的,再说你是第一次啊。

胡晓艺说:对呀,我也跟我爸妈这么说,但是我爸妈说,这是老天照顾我,让我第一次犯错误就选中我给我教训,让我永远记住,不要干坏事。

张敏点点头。

胡晓艺说:从那以后,我的品德一直是小朋友里最好的,甚至连一句骂人的话都不会说。到现在我也这么认为,有些事那么巧倒霉的刚好是你,也许就是命运在呵护你,怕你会一直松懈放纵下去,所以给你一些提示和警醒。

张敏听了点点头说:听你这么说,我觉得心里好受多了,以后我会更谨慎的。

胡晓艺笑着说:人生嘛,就记住两个字儿,小心。

张敏笑着说:一定小心。

胡晓艺和张敏轻松地笑起来。

何星星去了卫生局,把胡晓艺的录音一放,悲愤交加地说了一大通话,说自己碰上了这种黑心医院,差点一条命就搭上了。卫生局科长接待了何星星,一跟何星星沟通,就知道何星星是个泼辣的人,看了看何星星的鼻子觉得肯定不算什么医疗事故,顶多就是没做满意没做好看。这种纠纷科长见多了,但是何星星说医院手术不让自己体检,这个事就严重了,科长想这个医院怎么会犯这种错误,这不是自己给自己找不痛快吗?还专门碰上这样难缠的顾客,不让她去体检,就等着挨罚吧!

科长第二天就带着人去了精美整形进行规范检查,检查了一上午没发现什么出格违规的地方,那问题就简单了,如果何星星坚持要追究责任,直接就这个问题给医院开出处罚结果就行。何星星男友为此跑了一趟医院,最后一次问医院要不要答应何星星的要求,得到的回复仍旧是有问题有错误医院认卫生局的处罚,但是不承认给何星星造成赔偿性质的事故,若要调整,医院将无条件给何星星服务。

何星星男友无奈地说:本来想跟你们好好协商,但是你们要硬到底,我们也没办法了,等着我们追究到底吧,我女朋友说了,这次处罚完了还没完,我们还要向法院提起诉讼。

胡晓艺作为医院代表说:我们只能等着你们告我们了,确实我们已经表态了。其实大家都觉得你算是个讲道理能处理好事的人,都觉得你女朋友跟你真不是一类人,性格差太大了,她要是有你一半讲道理,咱们说不定已经协商好了。

何星星男友没理解胡晓艺的深层意思,笑笑说:这叫互补。

卫生局科长联系了田院长,胡晓艺跟田院长一同去了科长那里喝茶,把事情一说,坚持肯定做了体检,只是何星星将体检报告拿走了。

科长说:空口无凭,人家咬定没做,总不能从全市医院调查她的体检资料吧,现在整形医院就是竞争最大的服务行业,鱼龙混杂水也深,你们真得谨慎。

田院长问:是,我们确实疏忽了,这个事儿我们也引以为鉴。处罚大概是个什么结果,能告诉我们一下吗?

科长说:等我们商量了再通知你们吧,这种事儿不管严重不严重,都是个原则问题,你们违反了,我只能按照术前没体检来处理了。

过两天处罚结果下来了,罚款医院两万块,责令院内员工学习医疗制度。何星星得知了医院被处罚,心里非常舒服,接下来准备让男朋友陪着上法院。何星星男友确实被这个事儿折腾得疲惫了,说去法院干吗,那时间拖得更长,再说这个事儿去法院前还得再去趟鉴定中心,太麻烦了,直接让卫生局协调中心来处理,既然医院被罚了,那把你修复了,再给点补偿就可以了。何星星经男朋友劝说,一想也对,反正恶气已经出了,接下来自己怎么都不会吃亏。

协调中心约上了何星星一方和胡晓艺、佩佩来协商处理办法,何星星理直气壮地在协商办公室里要求胡晓艺必须答应自己退费赔偿的条件,只是考虑到医院已经受到了处罚,那么退款就行,至于精神赔偿,象征性地送点项目就行。胡晓艺此时面对着何星星恨得牙痒痒,心想世界上竟然有这么无耻的人,最让人憋屈的是胡晓艺作为医院的负责人之一,偏偏不能实话告诉何星星现在你的脸根本配不上鼻子,只能秉着公事公办的态度跟她沟通。佩佩倒是很冷静,说现在田院长说了,该罚的款罚了,目前能接受的仍旧是无偿调整鼻子,退不可能,精神赔偿更不可能,别说送项目,送个皮肤气泡清理都不可能。何星星没想到这帮人如此嚣张,都被抓了把柄被罚款了还如此不知好歹,直接起身大喊:不要协商了!我们直接告他!告到他们经营不下去!什么东西!

负责协调的工作人员也觉得何星星性格太泼辣,不过自己见多了这样得理不让人,或者是没理都不让人的人,工作人员淡淡地对何星星说:你先别急着走,就算要走也得等我下了定论再走。现在走了就等于是你主动放弃了协调的权利,对你也不好。

何星星叫嚷:是我不协调吗?你看到了她说得很明白,根本不接受我的条件,那还跟他们啰唆什么!

工作人员说:那也要等你们双方确定谈不下去了我下了定论才能最后有结果,你们一共就说了几句话你就要走,那我在这儿是干吗的?你们当我不存在吗?

何星星对男友说:你跟他们谈吧,我懒得跟他们废话了!

何星星说完转身走出门去,把门重重地带上。何星星男友也一脸阴沉,不知道是被何星星给弄烦了还是不愿意单独面对胡晓艺和佩佩。何星星出去后,男友看着面前的几个人,叹口气问:说吧,你们到底要怎样?

佩佩说:我们医院已经认罚了,但是对待你女朋友的手术问题上我们态度是不变的。

何星星男友点点头说:明白了,就是只愿意给她调整,完全不退钱是吧?

佩佩这时抓住时机,准备放出底线,说:跟你聊呢,我觉得很多事情都有回旋的余地;跟你女朋友,我们都不愿意有任何的妥协退让,因为我们真的觉得她不可理喻。

何星星男友苦笑了一下，问佩佩：那你说你们能有什么回旋的余地，我也是个讲道理的人，你们条件要是合适，我们也不会追究到底。

胡晓艺说：说实话，你们要是真的追究，后面还真没有你任何空子可钻了。但是你们得做好准备走一个很长的诉讼流程，我们就只能这么耗着。

何星星男友说：我知道，我不想跟你们耗，我也有我自己的事，所以现在关键就看你们的诚意了。

佩佩把田院长的决定讲出来，问何星星男友：你觉得你女朋友闹成这样还愿意让田院长给她再做一次手术吗？

何星星男友说：肯定不愿意啊。

佩佩说：对，田院长也不想再触碰她的鼻子，我们也建议她不要再由田院长来调整，她闹这好几天，可能给她做手术田院长都会带着情绪。

何星星男友问：然后呢？

佩佩说：我们早就商议了结果，只是不想跟你女朋友再多说一句，现在只想跟你说。我们退两万的手术费，签订协议，之后何星星和我们医院再无任何关系。

何星星男友一愣，问：你们的意思是只退两万？

佩佩坚定地说：我们从人道主义角度出发，照顾顾客情绪退这两万，但是我们依旧不承认手术有任何原则性错误，更没有造成医疗事故。

何星星男友说：这，恐怕我女朋友不会接受。

佩佩说：不接受的话，那么我们宣告协调失败吧，法院见。

胡晓艺补了一句：医院已经被罚款了，田院长本来没打算任何妥协，但是考虑到毕竟双方都想平息事情，才愿意退款两万。说实话，这是医院的第一次。也只有你的女朋友有这个本事让田院长认输。

何星星男友笑了，说：所以啊，逼一逼你们是对的。

胡晓艺心想，既然不能骂你女朋友，干脆捧她好了，这种人真的就差遇到恶人来收拾。

胡晓艺面带笑容说：说实话，你女朋友也算厉害了，我们医院现在说起她，还是蛮佩服的，说以后我们要是遇到了问题，也得像你女朋友那么硬气，可能很多事儿就不一样了。

佩佩狠狠瞪了一眼胡晓艺，胡晓艺不再多说。

佩佩说：怎么样，你们回去考虑考虑吧，我们被罚款，现在也同意退款，走到这一步，我们不会再妥协了。

何星星男友点点头说我回去想想，其实内心已经接受了这个条件，心想这点钱对自己来说就算个屁，干吗要把时间一直耗在这里，现在医院也接受处罚了，女朋友气也出了，最后医院也认输了，自己一大堆事要处理。何星星被男朋友带走以后，协调工作人员对胡晓艺和佩佩说：开医院，这种事儿难免，你们也别气。上次有个人做了手术以后，明明好看了，非说自己难看，老公带着一大帮人把医院给围起来让医院没法营业，你说上哪里说理去，最后还是赔了。

胡晓艺说：其实保护消费者我认可，但是碰上这样完全精神不正常的，真应该保护一下我们。

工作人员说：本来嘛，整形就是个审美差异，没有明确衡量标准，那你碰上无赖还真没办法。这个事你们要是僵持下去，他们也捞不着好，我看你们还是不想激化矛盾，这没错，吃点小亏太正常了，毕竟你们是生意人。

佩佩和胡晓艺走出来，两人开车回医院，佩佩说：你说你幼稚不幼稚，跟他说那些话干吗？

胡晓艺说：我就是希望她能继续保持自己的个性，把世界当成她家，把社会当成她妈，走到哪儿横到哪儿，总有天会被人收拾。

佩佩说:这个不用你来捧杀,世上有一类人无论你用什么言语对付她,她都会保持自己的个性和行为,即便吃了亏也不会向外界妥协。何星星就是这样的人,你不用担心她以后会碰上什么问题,可能她这辈子走到哪里都占理,除非有一天自己没了靠山。

胡晓艺问佩佩:为什么我们不直接手术费全部退了,拆掉她的假体和软骨?这样想起来更公平,但是她的损失肯定更大。

佩佩说:不是不可以,但是这样对医院的口碑就有影响了。她不满意鼻子是审美差异问题,但是如果医院把顾客打回原形,在别人听来这个医院简直是在把顾客当儿戏,不会管是不是这个顾客不讲道理。

胡晓艺无奈地说:要不怎么说世界不公平呢,那些我们觉得不知道怎么活到今天的人,却活得比我们都要快活自在。

几天以后,医院内通报决定,张敏因个人过失导致医院受到处罚,罚款两千元,全院员工日后工作要更谨慎小心,若有过错,一律从严处理。

29

大驾光临

唐宇正要投资影视剧的想法由来已久,刘瑛也在一定程度上表示支持,但提醒唐宇正一定要看准项目和今年的制度风向标。唐宇正想涉足影视行业并不是因为热爱,理由很简单,因为现在有资金,自己也能通过这个圈子接触更多商业模式,另外,唐宇正想找个机会去海选一次女演员,自己投资的项目怎么说也可以根据自己的喜好来选角。

还有个原因,是唐宇正永远难以启齿但却最为在意的,就是曾经上学时在众目睽睽之下被学校开除的事,唐宇正现在就算再有出息也没几个人知道,但是如果能投出一部影响力广泛的作品,到时候会有更多人知道自己的名字,这些人里会有当年的那几个老师,会有现在联系或者没联系的同学,还包括特别爱追影视剧的李艾迪。

唐父知道以后来到唐宇正办公室跟唐宇正长聊了一次,唐父虽然没有直接反对,但还是表现出对唐宇正这次行为的些许不满。

唐父问:跨行投资可以,我不反对你去接触其他的行业,多了解一下还能增长眼界。但据我所知,影视剧今年限制很多,比往年都要严格,你是圈外人,我不认为你第一次就能看准项目。

唐宇正说:我知道,任何事情都不是百分之百有把握才能下手,这是你教我的。关键是我想做,我有兴趣,我也了解了行业和影视政策的动向。

唐父说:你了解吗?你知道,以你的阅历和身份,你所感兴趣的题材并不是目前影视剧受众所愿意接受的,题材、演员、剧本还有投放平台任何一点出问题都会成为你失败的可能。现在中国老百姓的口味渐渐提高了,不是一个两个所谓的流量明星就能赚钱的时代了,但是好的剧本少之又少,你又有什么能力去评估项目的真正影视价值?还有,真正把控剧本的导演,你又了解几个?

唐宇正没说话,心想父亲不愧是个老狐狸,城府深不可测,就连从来不关心的行业竟然也了解得像专家一样。

唐父看出来唐宇正无言以对，也不想打击到底，反而因为之前的事也想缓和跟儿子之间生硬的父子关系，就问唐宇正：这部剧你打算投多少？

唐宇正说：一千万。

唐父说：一千万，应该能制作一部好剧了。这不会是全部的投资吧？

唐宇正说：我是主投，还有大概五百万是别人来投资。

唐父问：什么题材？

唐宇正：一部青年励志剧。

唐父点点头说：比我想象的好，如果是宫斗剧或者玄幻剧，那我就真得劝你收手了。

唐宇正说：我也对那个题材不感兴趣，我之所以想投这部剧，是因为我刚好缺少这一种生活，我想用这种方式弥补回来。

唐宇正如此一说，唐父更不好再阻拦，只是说：一千万，我输得起这个钱，无论是你拿去买个教训还是当个兴趣，我都能接受。

唐宇正笑笑说：为什么你觉得我一定会失败，感觉好像我做这件事你已经看到了最坏的结果一样。

唐父说：这件事最坏的结果不是挣钱也不是赔本，而是不输不赢，浪费了你的时间还让你一无所获。决定了，就去做吧，看人看准点。

胡晓艺接到了惠导演要来渝州的消息，兴奋不已，因为惠导决定把这次项目编剧的机会留给胡晓艺。第一是因为胡晓艺之前交给惠导的剧本跟这次项目风格很接近，觉得交给胡晓艺写没问题，第二刚好主投资人又在渝州市，以后沟通起来更方便，机缘巧合之下，这次就推一下这个整形医生，潘悦毕竟是自己的女一号，演戏上没给自己丢脸，也就当做人情了。惠导跟项目的策划人史总还有宗制片商量了一下，看了看胡晓艺的故事，大家觉得创作想象力还行，完成现在这个项目没问题，就一致同意了，惠导给胡晓艺打了电话,说打算让胡晓艺来主笔,保证署名权,价格来了以后面谈,胡晓艺两眼放光一口答应,说等着惠导一行人大驾光临。

胡晓艺上班时间表现得特别有精神,在办公室里坐着想入非非,虽然只是一个电话,并没有真正签订合同,但胡晓艺的心已经飞出了医院,开始趴在桌上奋笔疾书写故事了。胡晓艺心想自己本来就不是做医生的材料,早就该换条路走走,大家都说自己现在应该知足,但是自己是个有情怀的人,什么叫知足?有个工作就叫知足了?人想要的不一样,谁都不能用自己的观念去给别人讲道理,自己现在就知足了,那当年康熙他爸干吗不当皇帝要当和尚,那句诗怎么写来着:悔恨当时一念差,黄袍换却紫袈裟。我本西方一衲子,为何流落帝王家?

胡晓艺心想一定得把握这次机会,把身给翻过来。一个女人来到前台,说要咨询做鼻子,刚好佩佩今天休息,苏医生办公室有顾客,张敏把人分到胡晓艺办公室里来。女人一坐下胡晓艺就闻到了一股浓烈的香水味,胡晓艺凭借香水的味道就了解了这女人的品位,并且猜测这女的估计没啥正经工作。

女人一坐下,就说听说田院长手术做得特别好。自己有好几个姐妹就在田院长这里做的手术,所以今天也想来咨询一下。胡晓艺问怎么没有姐妹陪着一起来,女人说有些隐私不好让别人知道。胡晓艺笑说做个鼻子而已有啥见不得人的,女人摇摇头说:其实我不是来咨询做鼻子的。

胡晓艺问:那,您是想咨询什么?

女人想了想说:我想了解一下私密项目。

胡晓艺一皱眉,心想自己还没跟女顾客聊过这个,但是看见女顾客那么信赖自己的目光,也就放开拘谨问:您是想改善什么状况,是想更紧致还是色泽更红润?

女人说:当然是都想了,毕竟这个对我未来择偶还是很重要的。

胡晓艺有点不解地说:您择偶应该看对方的各种条件吧,干吗把这个看那么重。

女人说:医生啊,不瞒你说,我生了孩子以后,前夫不争气没钱给我花,我自己条件有限.带个孩子工作也不好找,我只能让自己各方面变得更好。现在我还不算太老,也有人愿意跟我过日子,我是想用自己自身条件找个靠得住的男人,靠得住的男人怎么才能喜欢我,第一我还有些姿色,第二就是那方面要让他满意了。

胡晓艺笑了笑说:我可以理解,从医院的角度来说,您做什么项目我们当然都欢迎,您在我们这里消费我们求之不得。不过呢,从另外一个角度说,我们觉得你做私密手术不该是为了取悦别人,而是为了生活更和谐。您带有一些目的性,可能结果不如你想的那么美好,两个人在一起光靠性是远远不够的。

女人说:哎胡医生,我觉得你跟其他医生不一样哎,我咨询了很多家医院了,每个咨询医生都支持我的想法,让我快点做,并且说他们有很多顾客就是这样拴住了自己男人,但是你说的话跟别人不一样哎。

胡晓艺说:因为我就是个男人啊,所以,你相信我才坐到我面前,我就得跟你用心交流。

女人说:是啊,你这么一说我就更相信你了。你是我面诊碰到的第一个男医生,我以为咨询医生都是女的呢,男的做咨询医生确实好少,还有个医院的医生跟我说做咨询医生的男的多半是GAY。

胡晓艺被这句话噎住,吞了吞口水问:你看我像吗?

女人说:眉清目秀的嘛,我觉得你要说你是我也信。

胡晓艺再次被噎住,心想万恶的咨询医生,自己一定得走到影视创作的路上去,要不以后别人看自己眼神都不会正常。女人被胡晓艺几句话打动,彻底相信胡晓艺的职业素养,加上自己几个朋友被田院长打造得动人非凡,决定就在这里完成自己的人生蜕变。女人问胡晓艺:医生,那你现在需要不需要先做检查,你看看需要怎么做,大概价格是多少。

女人说着就要脱自己的裙子,胡晓艺急忙制止,说检查只能让女咨询医生和田院长做,自己看不了,于是把情况转达给了苏医生,让苏医生去沟通。苏医生沟通完后,女人痛快地交了定金,约定了手术时间,临走时还不忘跟胡晓艺约好吃饭,说感谢胡晓艺对她的善意提醒。张敏好奇地说:哥,你跟她聊了什么呀,怎么又让苏医生咨询了,还对你那么信任。

胡晓艺说:她不是来做鼻子的。

张敏问:那她来干吗的?

胡晓艺瞅了一眼张敏说:寻第二春。

惠导一行人要来的头一晚,胡晓艺晚上睡不着,在家练着吉他。李艾迪不满地嘟嘟嘴,说胡晓艺就是没出息,一点事就沉不住气。胡晓艺说:你不懂,这是一个难得的开始,我盼了那么多年,写了那么多废稿子,这是念念不忘,必有回响知道吗?

李艾迪说:我问你,假如这次这个导演给你机会写这个剧本,你就打算辞职了吗?

胡晓艺说:当然不是啊,我肯定得尽量抽下班时间来完成,这可是个机遇,但是这件事还不足以让我把我现在的工作全部放弃了,我还得靠工作养活自己。

李艾迪说:就算这个写完了,下一个又来了,剧本一个接一个来找你了,你就觉得你会走上这条路了吗?

胡晓艺有点不高兴地问:你到底想表达什么啊?我这怎么着也算是一件好事吧,为什么听你的意思是我做了见不得人的事一样?

李艾迪说:你没做见不得人的事,只是每当我看见你为你的梦想痴狂的时候,我就开始为我们的未来感到担心,我是真怕你义无反顾去干这行。这条路每个人都走得通,那得需要多少运气才能换来一个成名机会?就连现在已经成名的那些人,不也有接不到活的时候?不管是导演、演员还是编剧,等活干的人一大把。

胡晓艺说:这些我都知道,你有点太敏感了。我从来没说我现在就要放弃我的工作,只是我愿意抽出时间做我想做的事。能不能给我点信心,或者不要在我还没开始做的时候就向我泼冷水行不行?

李艾迪说:你在意你的梦想,我在意我的生活。你已经三十岁了,马上到中年了,要是以后我们有了孩子,你还没有成功,还那么痴迷你自己的梦想,那我真没有任何安全感了。

胡晓艺懊恼地说:什么叫我马上中年了,我才三十岁好吧?我知道生活很现实,我们要面对的生活很具体,可是如果你不让我去完成我自己的梦想,我会活得很痛苦,未来是有压力,但我不能让自己像行尸走肉一样活着。

李艾迪知道跟胡晓艺掰扯不清楚,干脆自己玩手机不再说话。胡晓艺也知道这种事情聊起来谁也不会说服谁,有的人一辈子都在菜市场和家之间两点一线,安守生活最循规蹈矩的轨迹,有的人永远在办公室和出差的路上,十几年如一日地当那个自带枕头的空中飞人。但是谁的人生方式是一定正确的呢?两者互相不屑又互相羡慕。在生活面前大家越来越发现自己懂得太少,越来越发现自己的肤浅狭隘,但是越来越觉得自己的选择才是对的。

晚上胡晓艺在李艾迪熟睡后看着她的脸,李艾迪像个孩子一样躺在胡晓艺身边,均匀呼吸着。胡晓艺发现自己好久没有这样看过李艾迪了,自己喜欢李艾迪的单纯乖巧,但是从来没想过李艾迪在生活里带给自己的是成熟理性的相处方式,胡晓艺觉得自己更喜欢她的蛮不讲理和无端任性,但是理性起来李艾迪比自己还要老成稳重,胡晓艺不想这样,因为很多事不是按照规矩来就能做好的，何况，胡晓艺本来就是个不喜欢被任何事情束缚的人。遇见李艾迪后胡晓艺开始觉得这是冥冥之中的命运，老天可能觉得自己该结婚了，选了一个这样的女孩来管住自己。

早上起来，李艾迪给胡晓艺煎好鸡蛋熬了一碗粥，胡晓艺胡乱吃了两口准备走，李艾迪叫住胡晓艺说：干吗不吃完？

胡晓艺说：赶时间呢！

李艾迪说：给你专门熬的五谷杂粮粥，你没发现你洗头的时候掉了很多头发吗？

胡晓艺吃了一惊：真的假的，我怎么没发现？

李艾迪说：你一天到晚就知道忙，只能让我为你操心，等你发现的时候头发早就掉光了。

胡晓艺赶紧把一碗都吃完，亲了亲李艾迪然后出门。

胡晓艺带着憧憬，边开车边想象着之后的事儿，惠导一行人终于要大驾光临了，接下来，自己就要以编剧的身份大干一场了。

30

刘瑛的又一个夜晚

惠导、宗制片和史总来到渝州市的这个晚上,唐宇正和刘瑛安排了商务车提前去机场等候接机,本来胡晓艺打电话跟惠导说自己会去接机,惠导说不用了,这边投资公司已经安排好了,到了以后给胡晓艺发信息,让胡晓艺直接去酒店碰面。

唐宇正和刘瑛接到惠导一行人后,直接安排去了南山上自己的别墅餐厅。唐宇正投资这家山上别院就是为了接待自己的特殊客人。唐宇正觉得投资影视是自己人生的另一面,自己已经厌倦了现在这一种身份,渴望着另外一种虚荣。

惠导下飞机后问清楚了要去的地方,说发个定位给编剧,让编剧也来。胡晓艺接到了位置信息,一看竟然是南山,心里暗暗叫苦,心想大晚上的上什么南山啊,但还是给李艾迪说了情况,说今晚可能会很晚回来,然后加速向南山开去。

惠导一行人来到唐宇正的山中别院,这晚上微风正好,气温不冷不热,伴随着山风送来幽幽花香,惠导、宗制片和史总都舒服极了,对这个地方赞不绝口。饭局就安排在小院外面,红酒和渝州的特色菜刚刚上桌,瞬间提起了几个人的胃口。唐宇正作为这部剧的主出品人,之所以那么看重这帮人,还是因为惠导通过关系找来了一个当红小明星串场。刘瑛这几天帮唐宇正审阅了剧本,觉得还行,虽然不是自己喜欢的风格,但是觉得还蛮有意思。

唐宇正则是在之前跟李艾迪、薄羽和段依依吃饭时候听她们无意聊起来这个小明星,几个女孩都对这个人特别感兴趣。唐宇正想这个小明星一来,到时候再叫上薄羽、段依依吃个饭,肯定能乐坏她们。李艾迪就算不来也没关系,至少薄羽和段依依心里肯定会再次拿自己跟胡晓艺做对比,觉得对方远不如自己。唐宇正发现感情的世界里有两种幸福感,一种是自己过得很幸福,第二种是别人过得不太幸福但以为自己过得很幸福。虚荣心的确能让人快乐,至少可以麻痹别人的同时也麻痹自己。

唐宇正和刘瑛一起举起酒杯,跟惠导他们畅饮欢谈,大家对这部作品充满了期待,沟通得无比畅快。唐宇正问编剧什么时候到,惠导马上给胡晓艺打了一个电话,胡晓艺说还有十分钟。刘瑛和唐宇正听着惠导在电话里叫晓艺,心里纳闷怎么跟胡晓艺名字那么像。当胡晓艺走进别院来到餐桌前的时候,唐宇正和刘瑛都惊讶地看着胡晓艺,胡晓艺跟惠导握手后来到桌前,也无比意外地看着唐宇正和刘瑛。

惠导看着双方的表情,疑惑地问:你们……是认识吗?

唐宇正笑着点点头对胡晓艺说:胡医生,请坐!

胡晓艺尴尬地坐下,刘瑛为胡晓艺上了一副碗筷,对胡晓艺礼貌一笑。

唐宇正说:想不到胡医生竟然是个世外高人啊,您居然是编剧?

惠导急忙解释:唐总,没想到你们认识,晓艺主业是医生,但是副业专门从事剧本创作,他的剧本我看过,非常不错,这部戏我们也打算让他作为第一编剧来完成剧本。

唐宇正说:原来是这样,胡医生,真的没看出来你那么厉害。

胡晓艺笑着说:一直热爱,一直没放弃,没想到在这里能遇到你们。唐总,咱们挺有缘分。

唐宇正笑着点点头,心想咱们真是太有缘分了,本来对李艾迪的心死了大半,既然你来了我就不得不跟李艾迪再产生点牵连了。

刘瑛心里对胡晓艺的好印象在那次撞见拥抱的事以后就没剩多少了,这次看见胡晓艺觉得这个人真是太奇怪了,很难想象一个整天跟整形手术打交道的人竟然还会干这个。刘瑛故意问胡晓艺:胡医生,你做编剧多久了?

胡晓艺回答:也算不上真正的编剧,只是写过一些剧本,出过两本小说。

刘瑛问小说叫什么名字，胡晓艺说了自己写过的两本小说的名字，刘瑛拿出手机一查，还真能查到，刘瑛对胡晓艺再次刮目相看，假装恭维了一句：想不到给我面诊的胡医生还是个作家，我得买本你的书来看看。

胡晓艺说：哪有，当时就是脑门一热，写了两本书，也没卖出去多少本，现在我自己都看不下去，你千万别买。

唐宇正问胡晓艺对这部作品有什么想法，胡晓艺说大纲体现的故事已经足够精彩，在形成剧本的时候会根据人物的性格特征把台词创作得更有意思，增加人物的故事性。唐宇正说挺好，自己认可胡晓艺的想法，希望胡晓艺能顺利完成这部作品。惠导和宗制片、史总三人心里松了口气，心想，唐总要是觉得他们找来个医生当编剧，要求换人，这顿饭恐怕吃得就不愉快了。三人也没想到这个唐总如此年轻，年龄比他们小那么多，但是举手投足间都有着一种小总裁的范儿，再看旁边的女助理刘瑛，风韵妩媚，话语适当而得体，一看就是个城府深厚无坚不摧的女强人。唐宇正无意间提起来串场的这个明星，问什么时候能请过来聊两句，惠导说只要签订了合同就让他过来一趟，然后叮嘱胡晓艺要给这个小明星加五十场戏，胡晓艺插嘴说自己女朋友也很喜欢这个小明星，虽然自己不认识此人。这时刘瑛偷偷看了一眼唐宇正，唐宇正微笑的表情里出现一丝犀利的眼神。

饭后，大家聊得差不多了，惠导连续打了几个哈欠，唐宇正让惠导一行人早点休息，明天会派车来接大家去公司签合同。又问胡晓艺晚上用不用留宿，胡晓艺说自己开车了，等下叫个代驾回家。唐宇正说不用叫代驾，让刘瑛帮忙开车送胡晓艺，让司机送自己回去。胡晓艺赶忙说不用，刘瑛理解唐宇正的意图，是想让她多跟胡晓艺接触，更加了解这个人，于是主动跟胡晓艺说别客气，刚好还想请教胡晓艺一些问题，胡晓艺也不好推托只能答应。

在车上,胡晓艺坐在副驾,心里沉思着今晚的事。刘瑛转脸看了一眼胡晓艺的侧脸,心想这个奇葩男人还真挺耐看。胡晓艺心里在想这个刘瑛肯定跟那个唐总关系不一般,要不然怎么会一个老总亲自带她来医院咨询整形。

刘瑛问胡晓艺:你是我遇到的人里面极少数让我感兴趣的。

胡晓艺顺着刘瑛的话接了一句:你是我遇到的人里边极少数有条件装但从来不装的。

刘瑛对这句话很受用,笑着说:我想再听明白一点。

胡晓艺说:意思是,你高贵得很真挚。

刘瑛说:这可是个很高的评价呀。

胡晓艺说:你身为这么大企业老板的左右手,但是从来没对我表现出半点高冷,反而很随和热情,我挺感动。

刘瑛说:为什么一定要装呢,再说,即便是我要装,咱们认识的地方让我有求于你,我也装不起来呀。

胡晓艺说:我想你和唐总看到我肯定很意外。

刘瑛说:嗯,是,真的挺意外的,无论如何都想不到你竟然还会写剧本。

胡晓艺说:当医生是我的生活基础,艺术才是我的梦想。但是我一直没能成为一个职业编剧,我只能不停创作,希望有天能有个机会改变我的人生。

刘瑛说:不错呀,那你活得很充实,很多人都做不到你这样,你生活应该很快乐吧。

胡晓艺说:平淡无奇吧,我一直希望生活里有很多不平凡的事,但是最后发现平凡的事才是生活最安心的地方。

刘瑛说：哟，听你说话感觉你是用心思考过人生的人。

胡晓艺说：没有，只是遇到一些事，才知道安心的重要。

刘瑛问：你遇到过什么事儿了？

胡晓艺说自己前不久遇到了一件特别奇怪的事，自己遇见了一个叫莫女的人，这个人喜欢自己，而自己只是把她当朋友相待，最后让她回到了家庭，回归于工作。这个女孩决定跟他告别，因为不愿意破坏他的生活，在最后分别的那个晚上拥抱了他。但奇怪的是，不知道谁拍下了他跟莫女拥抱的照片，发给了他的女朋友，让他俩的感情差点破裂，直到现在他还不知道到底是谁干的。

刘瑛听了以后内心翻涌着，心想大千世界无奇不有，胡晓艺解不开的谜题就是她，当然她打死也不会告诉胡晓艺真相。刘瑛同时也重新认识了胡晓艺，发现这个人真的挺招人喜欢，如果自己是莫女，身处在那个环境里，肯定也会无法控制地对他产生好感。

把胡晓艺送到家门口后，刘瑛下车准备打车，胡晓艺坚持要刘瑛开自己的车回去，说反正明天也要去刘瑛公司签编剧的合同，正好把车开回去，一来二去这么有缘分，就别客气了。刘瑛开胡晓艺车回去的时候心里一阵舒服，虽然胡晓艺的车比自己的差得老远，但是开起来感觉还挺好，不知道是不是对胡晓艺这个人有改观的缘故。胡晓艺之所以对刘瑛如此体贴也有原因，毕竟刘瑛也算是出品方的人了，自己的剧本说不定还得交到她手里把关，所以现在当然得把关系维系好。

胡晓艺深夜到家后跟李艾迪兴高采烈地说了明天签约剧本的事，大概有十多万的报酬，李艾迪并不在意胡晓艺能赚多少钱，但心里很高兴，毕竟李艾迪很少看到胡晓艺有如此发自内心的快乐，李艾迪主动提前到楼下超市买了一瓶酒，又做了两个小菜，胡晓艺有点意外，李艾迪说不管怎么样，这次是胡晓艺努力的结果，也算是一笔非常不错的收入，值得庆祝。胡晓艺觉得今晚是自己喝酒喝得最畅快的一次，同时也觉得李艾迪今晚是最通情达理善解人意的一晚。李艾迪在家里等待胡晓艺回来的这几个小时也思考了很多，她仿佛从来没有特别支持过胡晓艺的梦想，多是抱怨胡晓艺的幼稚和不稳重。回过头来一想，胡晓艺工作其实并没有松懈，自己的追求又在坚持，对她的体贴也没的说，如果每次都在胡晓艺最在意的事情上泼冷水，不知道哪天也许就真让他伤心了。李艾迪是个无比聪明的女孩，一想明白马上就给胡晓艺张罗着夜宵，想在胡晓艺心情舒畅的时候再给他锦上添花。从这个晚上起，李艾迪思想有了转变，想给胡晓艺多一点支持和鼓励。

刘瑛把胡晓艺的车停到了自己的车库里，回到家洗完澡舒舒服服躺下的时候，做了个决定，自己必须得还胡晓艺一个人情。因为自己的原因让胡晓艺蒙受了冤枉，胡晓艺对自己却那么真诚，自己对胡晓艺的印象又重新回到了以前，觉得这个男人还是挺招人喜欢，至少比她见过的那些男的干净，换成是他们，要是有人投怀送抱早就控制不住了。

这个夜晚，刘瑛脑子里通过胡晓艺这个人联想到了很多很多事，就连刘瑛自己也觉得意外。这几年里好像除了钱和工作，自己很少想过关于爱情的问题，刘瑛今晚却想到了多年前自己老家的那个男朋友，他跟胡晓艺一样不招人讨厌，当时有不少女孩喜欢他，可他只喜欢刘瑛。那年单纯的刘瑛稀里糊涂地谈了自己人生第一次恋爱，有了自己第一次女人的体验经历，也第一次做出了痛苦的决定，当时刘瑛为了一个机会，在男朋友毫无察觉的情况下离开了老家，后来听说这个男的疯狂地寻找自己，但是家里人都没有告诉他。

刘瑛不甘心小县城风平浪静的生活，来到渝州市以后自己变了很多，除了名字还保留着家乡的气息，其他一切都不一样了，刘瑛甚至会告诉别人自己就是渝州本地人，从小就生活在这个地方。今天晚上，刘瑛在脑海里转头看了一眼过去，发现古老县城的街道上有个陌生的男子让她喜欢，但是她永远都不可能走到他身边，而在这个城市里，她在会议室里和各种酒场上所接触的各路精英，没有一个人能给她一个简单如初的生活，没有。

刘瑛看清了自己未来的道路，未来只能靠自己拼命了，满足自己一切生活所需，让她在别人眼里一直那么高冷有魅力，想得却不可得，成功地过这一生。或者，幸运地遇到一个能让她感到温暖的人，像她的初恋一样，给她的生活注入激情和炽热。可能吗？刘瑛问自己，对着漆黑的夜空，刘瑛疲惫地闭上眼睛睡着了。

31

侧面交锋

胡晓艺第二天来到唐宇正公司,刘瑛提前在门口等着胡晓艺,把车钥匙还给他之后说改天一定要请他吃饭,感谢胡晓艺借自己车。胡晓艺连说不用,多大点事。刘瑛说自己的车从不外借,胡晓艺有这个心就值得感谢。

上午唐宇正跟惠导等人签订了影视项目合同以后,顺便也跟胡晓艺签订了编剧协议。唐宇正让胡晓艺每写完一集就发给刘瑛,自己也可以看看,让惠导也多提意见,大家全力推进,争取让这部剧成为佳作。

中午唐宇正请大家吃了午饭,惠导等人下午要去机场,唐宇正派了专车送行,胡晓艺本来想送惠导,好好表示一下感谢,结果一看没机会了,心想饭后等惠导走了就回医院去。临行前,惠导、宗制片和史总跟胡晓艺一一握手,惠导拍了拍胡晓艺肩膀说:好好写,你没问题的!

胡晓艺本来准备了一大堆话,当着那么些人的面也不好脱口而出,只好简单说了个谢谢,就看着惠导等人拿着行李上了商务车,挥手告别。

惠导走后,唐宇正看着胡晓艺打趣地问:胡医生,要不要再上去坐会儿?这两天也没招待好你。

刘瑛听得出唐宇正话里的味道,分明是对胡晓艺的不屑,但自己此时也不好说什么。

胡晓艺说:唐总,不用了,我还得回医院。您放心,这个稿子我会按照进度完成,不会打折扣。

唐宇正笑着说:期待你的大作。

胡晓艺说:那我先走了。

刘瑛赶忙说:我带你去取你的车。

唐宇正看着胡晓艺背影,不自觉哼了一声,转身上楼。刘瑛把胡晓艺送到车库,胡晓艺上车后,刘瑛对胡晓艺说:晓艺,谢谢你啊。以后你遇到什么问题我们可以多沟通,如果在剧本创作上遇到什么事我也可以帮你协调。

胡晓艺笑着说:感谢感谢,放心吧,我没问题。

刘瑛说:行,那改天一起吃饭,到时候你一定要来。

胡晓艺点头,开车离开。唐宇正回到办公室,正闭目冥想,刘瑛走进门给唐宇正桌上放了一杯咖啡。

唐宇正闭着眼睛说:看得出来,你对他印象变好了。

刘瑛笑着说:您没睡着啊?

唐宇正睁开眼睛:我很想知道,你是怎么样一步一步对一个你本来不会瞧得上的人发生情感变化的?

刘瑛说:情感变化说不上,只是有些点他触动到我,让我想到我以前的生活和一些事。

唐宇正:他这个人,说是单纯我不信,说精明我也不信。

刘瑛说:就是一条,率真,这种人我们这个行业里见不着。

唐宇正说:如果你的男朋友是这样的人,你会满意吗?

刘瑛说:昨天以前应该不会考虑,但是今天以后,我觉得应该会考虑。

唐宇正说:昨天?改变那么快?

刘瑛说:唐总,我一直有两个微信号,一个全是能见面的朋友和客户,另一个是绝对不会见面的陌生人。一个是真实身份,一个是虚假的,慢慢我发现,真实的我在说违心的话,虚假的我在说真心的话。

唐宇正笑:意思是你对我说的话也是违心的。

刘瑛说:那倒没有,只是有些做法不是很认同。

唐宇正说:比如说。

刘瑛说:比如你根本不想让胡晓艺来做这个编剧,你根本瞧不上他,但你还是打算让他来做。

唐宇正说:哎?这就是你的看法偏颇了,我瞧不上这个人,但是不代表我会彻底否定他的专业能力,我可以给他一个机会让我看看他的作品。

刘瑛说:我知道,你是想通过这件事,在李艾迪面前证明自己要比她男朋友优秀,她男朋友也不过是个为你项目服务的小编剧。

唐宇正脸色沉下来,刘瑛的话撕开了唐宇正伪装的外衣,既然被刘瑛点破了,自己也不用装得那么不在意了。

唐宇正阴沉着脸说:对,你说得一点没错。这个事是巧合,但也是天注定,注定给我机会告诉李艾迪,你没有选择我,你失去的是比你男朋友更优秀的人,你失去了一个得到更好生活的机会。

刘瑛说:那这样的话,这个项目可能对您来说就不单纯了。

唐宇正笑了一下说:你觉得我会转型靠投资影视剧挣钱吗?我是想发泄,是想在别人看得到我的地方发泄一次。当然,投资影视剧的好处就是发泄完后可能不会有损失,也许还会赚点,不过都不重要,重要的是满足我自己的想法。

刘瑛说:我其实特别想知道,如果没有李艾迪,您会怎么考量这个项目的价值?

唐宇正说:没有如果。我没想过如果,就是因为我想让曾经认识我的人都觉得我厉害,仅此而已。包括李艾迪,当她看到她曾经拒绝的我,曾经为她改变命运,现在能把她男朋友和她喜欢的那些小明星呼来唤去的时候,她一定会失落,哪怕让她失眠一晚上,就够了,我就会舒服。

刘瑛笑了笑:我觉得,感情用这种东西衡量不了吧?

唐宇正提高声音说:衡量不了?那为什么你当时会选择抛弃掉你小县城的男朋友背井离乡来到渝州?而不在那个小地方安安稳稳过一辈子?

唐宇正的话刚好触及刘瑛最不愿去触碰的内心,刘瑛心里升腾起了一丝厌恶,觉得唐宇正可笑又无聊。心想,如果现在要她在唐宇正和胡晓艺之间选一个,她一定不会选择唐宇正。

刘瑛点点头说:唐总,我觉得,您比过去要有个性得多了。

唐宇正说:过去,我只不过是我爸的傀儡,是他的一个木偶,只有在你眼里,可能还算个人。现在不一样了,我有了业绩,有了成果,我能把控的事更多。我积压了很多情绪,我想发泄出来,我是一个人。

刘瑛说:我理解,特别理解。

唐宇正说:我感谢这几年你对我的支持和帮助,没有你我也不会进步那么快,但是刘瑛,你得正确看待我,我们都一样,都有内心无法妥协的东西,我们心里都会有压抑。

刘瑛说:我知道了唐总。

唐宇正说:好了,让我安静会儿吧!我告诉你,我没那么阴暗,我不会给胡晓艺找任何麻烦,不会故意让他难堪。作品质量你和惠导一起来把控,不行就换人,钱照给他,如果完成得不错我再奖励他。

刘瑛走出了唐宇正的办公室,刘瑛惊奇地发现自己原来也不属于唐宇正这类人,自己一直给自己定位是一个势利物质的女人,跟唐宇正一样,想通过各种物质条件来满足自己对生活的欲望和内心,但是今天,准确说就在刚才,刘瑛非常嫌弃唐宇正身上的那种味道,自己完全理解唐宇正的想法,并且认可唐宇正的行为,并不是阴暗也不卑鄙,可他言语里透露出的气息却开始让自己反思想要逃离这个圈层,猛然感觉自己那么多年没有真正呼吸过纯净的空气,自己一直被自己蒙蔽。

唐宇正跟惠导约好,剧本一出来,就约主要演员来渝州,自己会召开一个小型的发布会,宣布自己进入影视业。唐宇正心里甚至更希望胡晓艺能写好这个剧本,到时候会额外给胡晓艺一些奖励,因为这一切李艾迪和李艾迪身边的人一定都会知道。唐宇正一定要让李艾迪心里不是滋味,让李艾迪身边的闺密和同学惋惜李艾迪没有选择自己。

胡晓艺回到医院，坐在办公室里完全无心工作，开始认真阅读着大纲构思起剧情来。张敏带着一个女顾客来到胡晓艺的办公室，胡晓艺还没有回过神来，猛然看见面前坐了一个美人，她的完美身形，不借助任何香水也能嗅到浓烈的女人味，微微烫卷的长发恰到好处垂到胸口。胡晓艺立马吓出一身冷汗，都不知道刚才自己在沉思幻想里是什么表情。

胡晓艺吞吞吐吐地问：啊，这个，您，是想咨询什么项目？

女顾客眼神扫了一下张敏写的表单，示意胡晓艺自己看，胡晓艺一脸羞愧地立马拿起表单，看到一个名字：施玉玉。

胡晓艺再一看手术意愿里填写着鼻子和面填，施玉玉带着奇怪的笑容看着胡晓艺，仿佛在看一只猴子，胡晓艺第一次觉得自己在顾客面前那么狼狈。

胡晓艺说：这个，您对自己的鼻子和面部具体哪里不满意？

施玉玉像个拷问学生的老师，微微一笑说：你看看呀，你觉得我会对哪里不满意？

胡晓艺从施玉玉的语气里感受到这个女人平日里的柔和气场和深藏不露的个性，心里猜测这一定是个特别独立的女人，但是表面上和颜悦色，这样的女人医院里来过不少，不过施玉玉无疑是这一年来颜值最高的一个。胡晓艺表情尴尬地盯着施玉玉的脸看了一下，施玉玉眼睛一直盯着胡晓艺，胡晓艺明白这女的目前对自己根本没有信任感，也不是那么好随意糊弄的。

胡晓艺坐直了说：就我看来，您的脸不需要动。非要动您说的这两项，行，鼻子高度有了，微微做个延长，甚至不需要假体，铺一层筋膜就够。鼻头有型，但是不够圆润，差点高度，鼻中隔支架加耳软骨塑形后，多上的软组织和筋膜更饱满一点，这样您鼻形的长度高度和弧度还有比例就都完美了，粗略一看应该这么来做。

施玉玉一挑眉毛:那再仔细看看呢?

胡晓艺说:粗略一看的感觉往往是最准确的,因为我首先把自己放在一个常人的角色,这样来跟你分析不会太刻意。如果要细看细说,恐怕对于您这样脸型的人,不太合适,因为您的基础已经很好,再动手术会过犹不及。

胡晓艺自己也没想到几句话说到了施玉玉的心里面,让施玉玉立刻对胡晓艺刮目相看。施玉玉来这里之前咨询过好几家大医院,跟好几个专家交流沟通过,那些咨询医生面对施玉玉猜测到她是个不差钱的主,基本上都建议施玉玉做肋软骨塑形,其实施玉玉根本没打算开自己的胸口取肋软骨,不想遭受那个罪,何况本来也知道自己基础就好。胡晓艺这几句分析再加上后面不经意的夸赞,让施玉玉特别受用。胡晓艺不知道,施玉玉来这里之前,问了一个朋友,就是萱萱。萱萱极力推荐施玉玉去胡晓艺的医院,纯粹是觉得田院长技术靠谱。施玉玉抱着随便聊聊的心态来到医院,没想到胡晓艺抱着你爱做不做的心态竟然得到了施玉玉的认可和好感。

施玉玉咨询了几个医院以后对胡晓艺有一种新鲜感,进门的时候觉得这男的看起来挺文艺,也不摆范儿,发现自己失态后的举动又有点傻,说起她的项目恰好又全说到心坎里了,并且胡晓艺的聊天方式不像其他医院几个咨询医生,并没有非在顾客面前显得特别专业。

施玉玉接着问胡晓艺:鼻子跟我想得差不多,面填呢,给点建议呗?

胡晓艺心说你不相信我也不会在这儿做还问那么多干啥,胡晓艺再瞧了瞧施玉玉的面孔,随口说:按照常理来说,你太阳穴和额角还有苹果肌以及面颊都可以填充,但是我想到你鼻形完成以后,你面颊的微微凹陷反而可能更显出你的气质,你的太阳穴是个硬伤,填充完后再在额角的地方补充一点,额头不用动,会好看很多。就这两个地方,动起来轻松,跟你鼻子加起来也就三个小时完成,价格也不高。

施玉玉听完直接对胡晓艺说:我就在你这里做这两个项目,按照你说的来,手术那天你得在。

胡晓艺有点愣:你是说你定下来了?

施玉玉说:萱萱推荐的果然没错,问了这么多医院,这里算是来对了。

胡晓艺这才彻底明白施玉玉是怎么来到这里的。

施玉玉说:到时候你能在手术室里看我完成吗?就按你定的项目执行。

胡晓艺犹豫了一下说:好吧,我去跟田院长请示一下!

施玉玉说:算算费用,给我个折扣,我相信你,你说多少就多少,我现在就交钱。

32

胡晓艺(他)是哪种人

施玉玉跟胡晓艺约定，等自己去菲律宾旅游回来的第二天就来做这个手术，先定下了手术时间。胡晓艺礼貌地送走了施玉玉，然后给萱萱发了一个信息，说接待了萱萱的朋友，让萱萱放心，萱萱接到胡晓艺信息，觉得胡晓艺办事还挺周到，回复说请胡晓艺照顾好自己的朋友。

胡晓艺下班回到家就开始疯狂地创作，马不停蹄地在房间里写稿子。李艾迪知道胡晓艺现在处于极度亢奋的状态，自己不能打扰他，做完卫生后给胡晓艺泡了一杯茶，悄悄关门走出去。李艾迪又约上了薄羽和段依依，三人到奶茶店里喝饮料。薄羽和段依依问起李艾迪的情况，李艾迪说胡晓艺最近疯了，都不会正眼看她了，这个剧本要是不写完他是不会变成正常人的。薄羽说她家老秦最近也是忙疯了，在处理一个网络诈骗的案子，天天深夜才回来，但是也没办法，薄羽说现在开始有点理解男人的苦了，累得不像人样还不敢吭气。李艾迪也说自己也想通了，与其不支持胡晓艺的梦想让他难受，不如让他去尝试一番，撞了南墙自己回来老老实实做整形。段依依和薄羽说不对呀，胡晓艺现在已经开始写剧本了，这说明人家的梦想有起色呀，说不定以后你就可以享福了。李艾迪却不以为然说，这个东西你要是没背景没运气，这一个本子写完了下一个呢？又等几年？大家也觉得有道理，讨论来讨论去总而言之就是男人有自己的正当爱好或者追求是好事，并且男人很容易痴迷于自己的兴趣，这个是没法治疗的，只能支持他们换来感情和谐。

李艾迪和薄羽问起段依依感情有没有着落，段依依说没有，李艾迪和薄羽不信，段依依说真没有，虽然有几个来追自己的，但是自己看不上。薄羽和李艾迪又逼问到底为啥看不上，段依依说一个条件不错，但是长得很沧桑，吃了一顿饭感觉像在跟长辈交流；另一个长得还行，但是说话办事太轻浮，饭还没吃完自己就找借口走了；还有一个条件不错长得还行也年轻，不到三十岁。可以考虑，但是也仅仅是可以考虑。

李艾迪有点不爱听了，什么叫不到三十岁还挺年轻，难道胡晓艺三十岁出头就是老人了吗？段依依说胡晓艺显年轻，自己面对那个二十六岁长得像四十六岁的男人，那吃饭的时候真叫一个恐慌，生怕说错一句话显得自己没礼貌。三个人接着商量着什么时候结婚，三个女孩说好最迟明年，明年三个人一起结婚，段依依说自己可能有点悬，现在还没确定下来，薄羽和李艾迪说那没关系，段依依不是没得选，而是选择太多，走在大街上都有那么多人驻足欣赏的女人怎么会找不到一个合适的男人结婚？先定下结婚时间再说，然后再慢慢找。

晚上萱萱在餐厅里忙活，突然看到施玉玉坐在角落里，萱萱赶紧走过去，问施玉玉怎么来了，施玉玉笑着看着萱萱说：来看看你。

萱萱说：干啥这是，我又不缺爱。

施玉玉说：我缺呀。

萱萱说：行了，什么事儿快说，要吃什么自己点。

施玉玉说：来，喝两杯，感谢你一下。

萱萱一脸奇怪地问：感谢我？感谢我什么？

施玉玉说：感谢你让我选了一个靠谱的地方。决定了，就在你给我推荐的地方做手术。

萱萱说：你去了？谁给你咨询的？

施玉玉说：胡晓艺，一个男医生。

萱萱说：还真是他，怎么着，他一说就把你说心动了？

施玉玉说：还真是，本来一进去觉得这男的挺二的，好像还在沉思什么事儿，没想到聊了几句我觉得他还挺有眼光的，说的跟我想的一样，看了看他们医院案例我就定下来了。

萱萱说：你觉得他人怎么样？

施玉玉不理解：人？什么意思？

萱萱说:就是这个胡晓艺啊,你觉得人怎么样?

施玉玉说:感觉不错,印象挺好,说话得体,人还挺真诚。

萱萱说:你可要千万小心,别对他有任何意思,他可是有女朋友的人。

施玉玉噗一下笑出来:我至于吗我,你怎么了你,我是那种随便会被人吸引的人吗?

萱萱说:莫女你认识吧?

施玉玉:莫女?好久没见她了,怎么了?

萱萱说:想不想听听她跟胡晓艺的事儿啊?

萱萱把莫女如何在医院做手术被胡晓艺迷住,如何为胡晓艺朝思暮想,如何为胡晓艺改变自己回家上班,最后又是如何伤心放弃离开彻头彻尾讲了一遍。施玉玉听完大吃一惊,心想那么清高的莫女竟然会对胡晓艺这小子有兴趣,还被迷成这样,这胡晓艺给人感觉也就还行,不至于那么让人迷恋吧,反正自己是不可能看上他的。

施玉玉问萱萱:胡晓艺这个人属于哪种啊?连莫女都会对她感兴趣。

萱萱说:就我跟胡晓艺接触以后,觉得他属于那种招人喜欢的。

施玉玉说:看来你们道行太浅了。

萱萱说:是,哪儿像你啊,遗世独立,羽化登仙。

施玉玉说:别讽刺我啊,我只是觉得适合自己的太少,所以也不想费心去找。

萱萱说:曾经你那个唐总对你那么倾心,你非要拒绝人家,现在你看你自己活得多累,后悔不?

施玉玉说:后悔什么呀,他虽然有钱有成就,但是比我还小两岁,家底太好,成功太早,靠不住的。

萱萱说:我一直以为,你现在并不想找个一辈子的感情。

施玉玉说:不是不想,是不敢想。我要是接受了他,也许钱来得更容易,但是以后一定不会独立,没有自己的自由。

萱萱说:这句话不错,为你的骨气咱们得喝一杯。

施玉玉说:行了,今天就别喝了,我就是来看看你,跟你说一声,我去趟菲律宾,回来后就手术,到时候住院你来陪我吧?

萱萱说:没问题。

施玉玉开车回到家里,刚洗完澡出来接到了唐总的电话。电话那头,正是唐宇正。

施玉玉是唐宇正除了李艾迪以外,真正想得到却没得到过的女人,当时唐宇正出席一个酒会,施玉玉陪自己朋友参加,施玉玉的朋友对唐宇正大献殷勤的时候,施玉玉在旁边沉默不语,当时,一袭旗袍的施玉玉凹凸有致的曼妙身材让刚喝完红酒的唐宇正气血上涌,唐宇正本来以为施玉玉是那种一顿饭一个包就可以搞定的女人,但是让唐宇正意外的是,施玉玉根本对唐宇正不感兴趣,更拒绝了唐宇正的礼物。唐宇正通过施玉玉的朋友了解到了施玉玉的大概情况,河北女孩,大学毕业后在广告公司上班,后来转行做地产营销,好几个老板都对施玉玉表示过好感和追求,施玉玉也明确表示拒绝,所以工作努力的施玉玉一直没有得到提升,从施玉玉朋友嘴里的信息,唐宇正知道了施玉玉属于另一种人。这样的女孩你想得到,千万别谈条件。对她默默无闻的支持就是最好的条件。唐宇正当时立刻从手里分下一个小项目,让施玉玉和其朋友来对接,并且给出了相应的报酬。施玉玉和其朋友都心知肚明这是唐宇正变着方法在示好,那种项目换成谁都能做成,但两个人还是心安理得地拿了报酬。此后,唐宇正经常让施玉玉参与到自己的小项目里面来。

后来为了绑住施玉玉,唐宇正主动提出跟施玉玉一起经营一家餐厅,唐宇正出钱打造,施玉玉负责平时管理,占百分之二十股份,每个月拿固定工资。如果有特殊客人来需要唐宇正接待,施玉玉就回避。施玉玉当然答应,施玉玉的管理能力和应酬能力在此时真正体现出来,唐宇正的客人都被施玉玉迅速拉近了关系,推进了业务进程。唐宇正才发现施玉玉那么不愿屈服于有钱人的原因,是施玉玉本来就具备这样的能力,施玉玉跟刘瑛不一样,虽然都出身低微,但是刘瑛认准了自己的外表是最大的优势,施玉玉却从来不将颜值身材作为成功的手段。就像唐宇正开玩笑说的那样:明明可以靠长相,却偏偏要靠才华。

自从李艾迪出现后,唐宇正就暂时放弃了对施玉玉的进一步想法,因为唐宇正觉得这份工作,施玉玉虽然没有对他低头,但是目前的情况等于还是因为这份工作而屈服了自己,心甘情愿给自己管理着这个餐厅,每个月给自己汇报收支和客户情况,但是施玉玉像个石头一样从来没有对他动心,或者动心过,然后又变硬了。这次这个影视项目,施玉玉没想到唐宇正会给她机会,让她出演里面的角色,所以施玉玉才动了心,打算去稍微动一动自己的脸。

电话里唐宇正问施玉玉考虑得怎么样,施玉玉说自己考虑好了,可以演一个不太重要的角色,感谢唐宇正给她的机会。唐宇正笑着问施玉玉打算怎么表示,施玉玉说恐怕今生只能欠着你了。

唐宇正听出来施玉玉的意思,无论唐宇正给予施玉玉多丰厚的机会和报酬,都诱惑不了她,唐宇正倒是很敬重施玉玉的骨气,但是心里却十分地不爽,心想老子开南山别墅餐厅本来是想金屋藏娇,结果真的给我做成了一个餐厅,这点业务对我来说算个屁,一年最多挣个两百万我也看不上。唐宇正想好了,施玉玉已经是一根啃不动的骨头,世界上哪有那么好的事,又给你机会给你好处给你平台,但是你什么都不付出,凭什么?我又不是你爹?唐宇正决定了,这个影视项目让施玉玉来出演一个角色,南山餐厅暂时停止营业,施玉玉也只有那点干股,等她拍完戏回来如果还是不愿意屈从自己,就滚蛋吧。

施玉玉其实并不傻,从开始给唐宇正管理南山别墅餐厅的第一天就知道唐宇正是想把自己圈养在这里,几次唐宇正晚上给她暗示,施玉玉都找借口回避了。施玉玉一口气竟然将这里做成了南山最有意境最有口碑的高端聚会场所,唐宇正后来在朋友的口中听说现在南山别墅餐厅已经被很多高端人士追捧了,自己竟然都不知道。更多人都在夸赞女老板有魅力还风情万种,却不知道幕后大老板是唐宇正。

唐宇正意外之余才暗暗佩服施玉玉,觉得这个女人看似是个花瓶其实还是个难得的人才。施玉玉在利用管理别墅餐厅期间也累积了自己的人脉,很多高端顾客对施玉玉的能力和外貌都倍加推崇,还主动邀请施玉玉到自己的企业里参与管理,施玉玉都一一拒绝,说唐总相信她,得帮唐总把事儿做好,如果有天唐总不要她了,到时候还请各位老总赏口饭吃。

那些对施玉玉求之不得的各路老板恨不得唐宇正现在就把施玉玉解雇掉,或者这个别墅餐厅哪天失火烧没了,让施玉玉走投无路,到时候别说给施玉玉赏饭了,给施玉玉喂饭都行。施玉玉说是要请假带母亲去菲律宾度假,其实是另外一个老板开出了一个高价,说只要施玉玉参与到自己项目里来,事成后会有一大笔提成,这个项目就在菲律宾完成,施玉玉只要跟自己去一趟,谈完就回来,也不会被别人怀疑。施玉玉知道,这个老板也想用唐宇正之前那招,想把她从这里挖过去成为他的人,施玉玉心想反正没做过对不起唐宇正的事儿,也不会跟唐宇正长久合作下去,就答应了老板的要求,说报酬可以降低,就当这次是带妈妈去度假顺便帮朋友一个忙,陪他去参加这次商谈。

李艾迪回到家里,胡晓艺还在对着电脑埋头打字。李艾迪瞪着大眼睛看着她给胡晓艺泡好的茶一口没动,胡晓艺甚至都不知道她已经回来了。李艾迪嘟嘟嘴,有点心疼胡晓艺,觉得胡晓艺确实对梦想太热爱了,只有在这个时候,胡晓艺可以忘掉所有的烦恼,忘掉世界,变得真正快乐起来。

李艾迪轻轻地叫了声:亲爱的!

胡晓艺愣了一下,抬起头看着李艾迪,对李艾迪一笑。

李艾迪说:已经十一点了,你休息一下吧!

胡晓艺这才看到时间,惊讶自己已经写了这么久,说以为才过了一个小时。胡晓艺打着哈欠伸了一个懒腰,慢慢起身走到卫生间里。

胡晓艺洗完澡后躺下,李艾迪也洗澡上床,胡晓艺在枕边告诉李艾迪,说自己一直有个愿望,要是这笔钱拿到以后,打算再买一辆小车。李艾迪问买小车干什么,胡晓艺说:这样,无论刮风下雨,我们俩都有自己的小车,就不用去坐公交挤地铁了。

李艾迪说:那多没必要,养两辆车多浪费钱?

胡晓艺说:钱可以挣,但你不能受委屈。

李艾迪抱着胡晓艺,胡晓艺劳累过度先睡着了,李艾迪听着胡晓艺均匀的呼吸声,心里想着薄羽和段依依的话,李艾迪知道,无论胡晓艺能不能实现梦想,未来的生活都会很辛苦,都不会太轻松,她也一定要努力挣钱,明年跟薄羽和段依依一起举办婚礼,嫁给胡晓艺。

33

后路博弈

施玉玉手术的当天上午,胡晓艺一直在手术室里陪着。可施玉玉心里还是充满着不安,毕竟这是自己第一次动刀子,对自己满意了那么多年,突然有了变更美的心思,还是战胜了内心的小恐惧。手术时萱萱也来了,在外面等待着。施玉玉手术前又跟着胡晓艺和田院长沟通了一次,再三叮嘱自己只是微调,不能太过。

在太阳穴和额角填充之后,胡晓艺眼睛紧紧注视着田院长,田院长打开施玉玉的鼻子,在鼻中隔上挖出了一片拇指大小的软骨做支架,从耳朵上取下了另一片更小的软骨。胡晓艺在一旁提醒田院长包裹一些筋膜软组织,这样鼻头圆润,不能做尖。因为术式简单,填充和鼻子一共三个小时出头就完事了,胡晓艺亲手拍下了施玉玉手术前后的对比照片。施玉玉在胡晓艺和护士的搀扶下走出了手术室,来到休息床上头脑还没完全清醒,有点想吐。胡晓艺让施玉玉坚持一下,说很快就会恢复,施玉玉点点头,胡晓艺提醒萱萱照看施玉玉,四十分钟后再让施玉玉睡觉,自己走出去回到办公室继续赶稿子。

施玉玉睡着后,萱萱来到胡晓艺办公室,胡晓艺把手术前后对比照给萱萱一看,萱萱惊讶地说:天哪,这个做得也太美了,感觉这鼻子线条好优雅啊。

胡晓艺说:瞧着吧,等鼻子消肿,绝对气质嗖嗖往上升。

萱萱说:嗨呀,你说我没早认识你,要是在我结婚前认识你,估计我也会来整了。

胡晓艺说:结婚后也可以整啊,整形应该是取悦自己,而不是别人。

萱萱点点头:嗯,有道理。唉,你这儿有没有因为爱情而想把自己变漂亮那种女生?

胡晓艺说:好像还真没遇到,因为恨的倒是有一大把。

萱萱说:恨?不会吧?

胡晓艺说：两个人在感情上，女方得不到重视，得不到体贴，心寒之后一气之下干脆让自己变更美，不再受男方约束，从此活出自我。

萱萱一听，瞪了瞪眼：所以女人很多时候是让男人给逼的。

胡晓艺说：也不都是，也有男的为另一个男的来。

萱萱再次瞪大眼睛：啊？你说什么？

胡晓艺说：这还理解不了？

萱萱来了好奇心问：那他来整什么呀？

胡晓艺说：他来做隆胸手术。

萱萱吃惊地叫起来：天哪，竟然还有那么可怕的事。

胡晓艺说：这叫可怕？这是感动！再说了，本就有少部分人对自己的性别不满意，他们总想改变自己一次，哪怕是局部的改变。

萱萱说：这不是心理变态吗？

胡晓艺说：以前我也觉得是，可现在有了新的看法。

萱萱问：那你怎么看？

胡晓艺说：世界本来就很乱，如果一个人没给他人造成伤害，就不该去轻视甚至看低他的任何事。允许生活里的那些奇葩存在，这样自己也能活得更轻松惬意。

萱萱眼睛一亮：还真有道理。胡晓艺，看不出来你说话还挺有趣的，难怪那会儿莫女会迷上你。

胡晓艺一愣，脸露尴尬，有点不知所措。

萱萱看见胡晓艺的尴尬，笑着说：是我不好，我不该提她。

胡晓艺说：没事没事。其实我还挺想知道她过得怎么样。

萱萱说：过得还行吧，现在生活很规律，跟她爸爸妈妈关系也融洽了，步入正轨了。只是偶尔会跟我打个电话，我还是能听出来她不算很快乐。

胡晓艺说：我真的不想伤害她，特别想帮助她，但是我也没有办法。

萱萱说:不不,跟你有什么关系呢?你做得已经够好了,还为了这个事受了委屈,如果你因此而动摇了,跟莫女发生了什么你才有问题。

胡晓艺说:我有时候想不明白,为什么人会对不合适不可能的人动心?好像很多人都会经历这种无奈。

萱萱说:我就不会啊,我从认识我老公到现在,都觉得特别满足,没有可能再遇到第二个比他更适合我,更让我喜欢的人了。

胡晓艺说:你这样的人太少了,这个社会上不满足的人要远远多于知足的人。

萱萱说:可能是我更单纯,无欲无求吧!

胡晓艺说:你应该给莫女介绍个男朋友。

萱萱说:算了吧,她家里给她介绍了一车她一个都看不上,我就别去自讨没趣了。

胡晓艺说:这个世界也太小了,我发现人怎么转来转去都认识,我根本想不到施玉玉是你朋友。

萱萱说:你知道吧,施玉玉跟你沟通完以后立马就信任你了,你挺适合做这一行的。

胡晓艺说:我在努力逃离这一行。

萱萱说:为什么?你要知道现在一个男咨询医生多可贵多难得呀。

胡晓艺说:有些事,真就是自己勉强不了的,感情和追求都这样。

萱萱说:我知道,莫女也跟我说过,你梦想能做一名导演编剧。

胡晓艺说:那个只能看运气,但我一直又想去碰一碰这个运气。

萱萱说:我理解,有梦想的人都过得不快乐,有情愫的人都过得不轻松。不过,你的职业和你的追求都挺让人羡慕和尊重的,我支持你。

胡晓艺会心一笑。

施玉玉彻底清醒后,萱萱买来了粥和面包。施玉玉吃了几口就吃不下了，胡晓艺说麻药劲没过，明天就会好很多了。施玉玉看了看自己术前术后的对比照片，惊讶地说：太好看了！比之前好看太多了。

胡晓艺说：其实也没太多变化，还是很自然的，就是鼻子弧度和鼻尖高度调整了，给你的感觉是变化了很多。

施玉玉问自己脸大概多久消肿，胡晓艺让施玉玉等个七八天就会好很多，一个月后会特别好看，施玉玉愉快地看着胡晓艺说：谢谢你！

下班后胡晓艺回家继续赶稿子，萱萱要多陪施玉玉一下。施玉玉告诉萱萱，自己做这个鼻子和面部填充，其实就是为了自己上镜更好看，其实自己小时候一直有个演员梦，这次去过过瘾就行了，自己太了解唐宇正的企图，不过就是想得到自己，哪怕就一次，可是自己偏偏不愿意妥协，第一是自己不愿意最终走上那一步，沦为一个人的宠物，第二是自己一直在找后路，相信自己离开了唐宇正也可以活得很好。

萱萱说：我知道你的为人，我相信你肯定会过得很好的。

施玉玉说：你还是不了解我，我并没有那么纯洁高尚，我一直在利用我老板对我的欲望来挣钱，现在这个跳板马上就要断了，我踩上去太久，现在该起跳了。

萱萱说：打算换地方了？

施玉玉说：从他跟我说要暂时关掉餐厅，让我去演戏，我就知道没有退路了，他开始给我最后通牒了。后路我已经找好了，演完这个戏我就走。

萱萱说：你那么精明，一定会成功的。不要给自己下定义，你本来就很出色。

施玉玉说：我相信自己的能力，也认可自己的行为，可是我内心觉得难受的是，明明这个人给了我机会和空间，我却没有半点感恩之心，我不想回报他，有时候晚上想起来，我竟然可以这么坦然去利用一个人，我觉得自己很冰冷无情。

萱萱说:我不这么认为,你老板想得到你,给你这些是应该的。而你虽然没有满足他,却也给他创造了价值,你非常优秀,只是他对这些价值视若无睹而已。

施玉玉自嘲地说:如果我能出生在一个好的家庭,如果我有一点点背景基础,我都不愿意过成现在这个样子。

萱萱说:别瞎想了行不行?人生没有如果,现在的你就是最好的。

施玉玉对着她说:萱萱,我觉得,认识你特别幸运。

萱萱说:哎,别煽情啊,多大点事儿。

施玉玉说:在所有人都觉得我心机深重的时候,只有你觉得我只不过在为生活执着努力。

萱萱说:就算我也不理解你又怎么样?你自己知道自己怎么想的就行了。

施玉玉露出微笑,头上的瘀血引流管让施玉玉看上去特别滑稽,萱萱忍不住拿出手机跟施玉玉合拍了一张照片,说自己要一直保存下来。

唐宇正和父亲隔桌对坐一起喝茶,父亲问唐宇正现在的情况,唐宇正说一切都好,父亲却说唐宇正负责的板块这个月业绩又没有起色,告诉唐宇正这非常危险,如果电商产品板块内容做不起来,这个板块可能瞬间从优势变成公司甩不掉的累赘。唐宇正告诉父亲,自己有把握,自己请来的总监给自己做了汇报,需要用时间去改变,唐父对唐宇正的态度不满,开始担忧。唐父知道,企业的第二次转型马上就要到来,如果这次不能抓住机会,很可能会一败涂地。唐宇正父亲太知道自己企业多么依赖传统的消费习惯,如今这样的优势正在一点点地消失,自己已经看到了很多同行企业的倒闭或者转让,唐宇正现在所做的正是让企业以新的方式走向辉煌。可是唐宇正看不到,企业旗下的各种实体和传统方式依然在为企业创造着丰厚的利润，只是一个政策变化，也许这些东西就会瞬间覆灭。唐宇正对这些并没有察觉，短暂沉溺于儿女情长并不可怕，可怕的是一个企业的未来执政者没有真正看清趋势，毫无预判，这是最致命的。

唐宇正此时确实无心跟父亲沟通，心里想着的是施玉玉的事儿。唐宇正这次不想再给施玉玉留下后路了，毕竟施玉玉这个没钱没门路的女孩靠着自己已经过了很长一段惬意的时光了，说句不好听的，换个人可能早就愿意用一切方式报答自己了，但这个施玉玉却又臭又硬，明知道自己想什么却心安理得地靠自己挣钱又利用自己的资源，把自己当傻子吗？唐宇正心里真正愿意考虑结婚的还是李艾迪。想到李艾迪，唐宇正又联想起胡晓艺，这个整形医生竟然又撞进他手里，唐宇正并不想用卑劣的手段去整胡晓艺，但是心里却不想让这个人好过，不为什么，就因为让他讨厌。唐宇正并不知道施玉玉也跟胡晓艺建立起了关系，但想起刘瑛竟然对胡晓艺的态度有了这么大转变，还向着胡晓艺说话，十分不爽，这个胡晓艺感觉像一个瘟神一样突然出现在他生活中，用各种方式来让他难受。

胡晓艺在李艾迪的身边认真写着稿子，不知道这个世界上还有人同时感谢着他和厌恶着他，这些人又生活彼此关联着，又各自随生活流转前行着。胡晓艺在聚精会神创作的时候暂时忘了迷茫，李艾迪能感受到胡晓艺忘我的状态和心底的快乐。李艾迪甚至觉得胡晓艺的快乐是她没有能力给予的，这是李艾迪无奈的事，一个人的梦想和爱情本来就不能归为一谈，不要矫情李艾迪这样安慰自己。

李艾迪悄悄靠近胡晓艺，把头轻轻地倚靠在胡晓艺的肩膀上，看着胡晓艺慢慢延伸的故事剧情，李艾迪心中升腾起了一种温暖。李艾迪第一次随着胡晓艺敲动键盘的手看着胡晓艺的思维在文稿上涌动，看见了胡晓艺的奇思妙想和内心从未表达过的语言，不知不觉又是一个小时过去，随着胡晓艺剧情的推动，李艾迪发现胡晓艺剧本里设置的人物是如此鲜活,仿佛已经看到了这部影视剧上演的场景。李艾迪忍不住用手抚摸了一下胡晓艺的脸,胡晓艺才意识到李艾迪正在自己身边。胡晓艺对李艾迪一笑,吻了吻李艾迪的额头,李艾迪问胡晓艺累不累,胡晓艺摇摇头。李艾迪起身去给胡晓艺倒上牛奶,胡晓艺看着李艾迪,露出欣慰的微笑。

李艾迪问:你笑什么?

胡晓艺说:觉得自己命好。

李艾迪问:你命哪里好?

胡晓艺说:你开始支持我了。

李艾迪吸了口气说:我没有支持你,但也不想给你压力和阻碍。我只想你能多点快乐,但是现在发现只有在你做这件事的时候,你才能忘记平时的烦恼。

胡晓艺停下了手中的创作,想了想对李艾迪说:我平时的样子你很不喜欢吧?

李艾迪说:你什么样子我都喜欢,但是你快乐的时候会感染我,不快乐的时候也会。

胡晓艺保存好了稿子,关掉了电脑,坐在李艾迪身旁,李艾迪看着胡晓艺。

胡晓艺说:你知道吧,我在医院里要面对许许多多的人,很多人外表看似冷漠但是内心却很软弱,很多人看着很可怜但是却过得很惬意。看过了这么多人,我发现了,那些看似快乐和看似不快乐的人完全取决一件事,他们有没有做他们喜欢的事情。我喜欢的事情就这一件,我希望能重新走上自己最初的道路,每当我沉下心来一个字一个字打在电脑上,我能找到自己的价值,我能暂时抛开生活的压力,得到一丝轻松的宽慰。

李艾迪说:我明白,以前我不理解你是觉得你太痴迷你的爱好,会给你带来痛苦,但是现在我知道了,因为我能感受到你的状态,我以后一定会支持你，不管这条路有没有希望。

胡晓艺笑着看着李艾迪，心里对李艾迪的爱是真实的，但从未对李艾迪说，心里对她也有着隐约的防备，尤其在他迷茫的时候，面对着李艾迪，甚至不知道两个人到底适不适合结婚，适不适合跟李艾迪这样比自己年轻的人一起生活？胡晓艺心里无数次对自己说如果有天李艾迪对他厌倦失望了，自己会毫不犹豫答应李艾迪分手的条件。但是今晚，胡晓艺觉得李艾迪会跟他走下去，会走很远很远，在沉沉夜里，胡晓艺听着李艾迪均匀的呼吸声，觉得李艾迪是一个属于他的女人。

34

素颜段依依

在胡晓艺边构思剧情边工作的这俩月，李艾迪身边还发生了一件大事。段依依官宣了自己的恋情。

段依依是个不折不扣的美女，胡晓艺弄不懂薄羽、段依依和李艾迪三人是习惯了相互夸赞还是三人真觉得对方很漂亮，胡晓艺问过薄羽的男人老秦，老秦说可能这就是真的友谊吧，不遗余力说对方好。胡晓艺说这就危险了，女人相互在一起互捧的时候，就会各自损自己的男朋友。老秦说不见得，女人损男朋友其实跟自夸差不多，也是在变相地捧男朋友，再好的女人都会有小心思，因为虚荣心这种东西可以说是人类与生俱来的，会伴随着人类诞生直至人类消亡。胡晓艺和老秦猜想，如果段依依能确定感情，另一半肯定是非富即贵的，就凭段依依的颜值和家境，一般人段依依肯定看不上，一般男人也不敢看上段依依。

胡晓艺那天刚面诊完一个女模特，女模特嫌自己脸太大，说每次 P 图都要把瘦脸值调到一大半才能看，胡晓艺看着这位浓妆艳抹的模特，那张脸确实太大，把正常比例的五官都给衬小了，但问题关键是，女模特的脸咬肌并不大，面部脂肪也不多，而是骨骼大，这就麻烦了。通过打瘦脸针和下面部轮廓环吸的确能改善那么一些，但是效果并不明显。若想大改就只能削骨，田院长的精美整形还不具备削骨的资质，不过就算具备也没几个人敢做，因为所有面部手术里，只有削骨才是创伤和风险最大的。模特问胡晓艺那不能削骨还能怎么办？胡晓艺建议她做鼻子和下巴再加一个外眼角，模特不满意地说：我不想做其他的，我对我鼻子和下巴很满意呀，我是嫌我脸大呀！

胡晓艺耐心地说：你的脸是大，但是现在把你脸改小的方案已经行不通了，只能把你的五官做得更立体，这样从视觉上会显得脸小很多的。

模特说：那要是做了不好看怎么办？

胡晓艺说：你的眼角、鼻子、下巴，基础都不错，但是都有可以调整的空间,哪怕鼻子延长抬高一点,下巴不加长但是变翘一点,外眼角稍微延伸一点,这三个一点就会在你脸上形成明显的比例改变,你五官更精致,轮廓做了改动,脸就不会显得那么圆,虽然并没有变小,看上去却能让人感觉你脸没那么大。

模特犹豫了一下说:我明白你说的意思了,是要通过调整我脸部五官比例改变脸型的视觉效果。

胡晓艺点头:你挺聪明啊,总结得很有水平。

模特说:本来我是想看看怎么瘦脸,以为一个手术就可以搞定了,现在脸不动,要动其他三个手术,我得好好想想,等想明白了我再来找你吧!

胡晓艺说:没问题。

送走了模特,胡晓艺接到了李艾迪电话,说晚上段依依请吃饭,让胡晓艺必须也参加。胡晓艺下班后跟着导航来到了一家名叫川田藤的日料店,胡晓艺来这里吃过一次,这家日料店开在中央广场的十三楼,装修精致菜品上乘,价格当然也高,是普通日料店的三倍。胡晓艺想难道段依依中彩票了,干吗突然在这里请吃饭。胡晓艺走进店里,看到人都到齐了,李艾迪旁边空了一个座位是留给自己的,胡晓艺赶紧过去坐下。

段依依坐在一个跟她差不多年龄的男人身边,一看也比胡晓艺小很多岁。胡晓艺跟李艾迪在一起一年以后才习惯李艾迪朋友圈的聚会,因为李艾迪身边的朋友都比胡晓艺年纪小很多,一开始胡晓艺总感觉自己像个长辈坐在他们中间,非常尴尬。

段依依介绍说:今天跟大家说个事儿,我现在有家室了,这是我的男朋友,叫司阳,大家可以叫他阳阳。

段依依说完,又跟自己男朋友阳阳挨个介绍了一遍自己的朋友,阳阳客气地跟大家打招呼。众人的眼光都认真地盯着阳阳看,阳阳也坦然地迎接着大家的目光,开玩笑似的说:从大家看我的眼神里我就能知道,依依跟我恋爱你们是多么惊讶。

李艾迪和薄羽不好意思地笑笑,李艾迪说:不是跟你恋爱不可思议,是依依恋爱了不可思议,我们都为她着急两年了。

阳阳说:现在你们不用为他担心了,以后我一定不会让你们失望,好好对她,不会辜负她,更不会欺负她。

胡晓艺和老秦两个人在旁边听着觉得别扭,心想这都没开始呢,干吗说话像是在跟段依依爸妈表决心一样。胡晓艺偷偷扫了一眼阳阳,感觉这家伙家境肯定不错,人里外都透着一种不羁的气息,要是家里条件差肯定装不出来这味道。胡晓艺又偷看了一下段依依和阳阳,觉得两个人说不上来多般配,但是也不至于不般配,可能两个人还没有在一起生活过,所以没有那种共生共长的相融气息,胡晓艺很久没见到段依依了,看到段依依今天竟然没有怎么化妆,而李艾迪和薄羽多少都打扮了一番,其实段依依不化妆也是标准的美女,比起今天来面诊那个模特不知道好看多少,那模特要是卸妆了估计又得是另外一个人。胡晓艺现在心里对美女有了一种新的定义,什么叫真正的美女,真的美女就是明明脸上有很多地方可以整得更好,但是你看见了以后却觉得不想让她再整的女人。

阳阳特地预约了日料店的大厨,点遍了菜单上所有的特色菜,胡晓艺明白,这顿饭每一道菜都是在跟段依依的闺密表决心,人生里这顿饭一定得经历,胡晓艺第一次请段依依和薄羽吃饭时也是这样,就怕这顿饭钱花得不够,菜点得不多,给人留下小气的印象。菜上完之后,大家看着桌上堆积得差点放不下的菜肴,也不客气地狼吞虎咽吃起来。

等到每个人都撑得吃不下的时候,女人们的话题才正式打开,李艾迪和薄羽问阳阳如何看上了段依依,问他觉得段依依哪里好,还没等阳阳回答,李艾迪和薄羽就先说了一大堆段依依的好话。阳阳也一点不害羞地说,自己看上段依依就是因为她太好看了,觉得身边真没出现过一个像段依依这么好看的女孩，李艾迪和薄羽听着开始起哄，段依依笑而不语，心情极好。

阳阳说自己最喜欢段依依素颜的样子，因为觉得依依的素颜比很多女孩化妆还要好看，那种与生俱来的美是很多人没有的，阳阳在说段依依的时候，胡晓艺和老秦在一旁又开始觉得别扭，心想你不遗余力地这么夸你女朋友那我们怎么办，是夸还是不夸。阳阳把段依依从头到脚夸完一遍，夸得李艾迪和薄羽确信无疑阳阳这辈子铁了心要给段依依当奴才了才收住口，拿起水杯喝了一口水，段依依在一旁自始至终都没说一句话，一直在不好意思地享受着爱情的语言滋润。喝完水之后，阳阳又多补了一句：我家里公司四百多员工，两百多女的，至少有五十个整过容，有时候一看到她们，我就想，这些人怎么想的，是有多不自信啊？要抱着钱受着苦往整形医院跑，我就喜欢依依这样自然的。

胡晓艺一听挑了挑眉毛，尴尬地笑笑，段依依不知道阳阳会突然冒出这句话，段依依不敢看胡晓艺表情，在桌子下踩了踩阳阳的脚，阳阳立刻意识到自己话多了，但不知道段依依踩自己是怎么个意思，心想难道李艾迪或者薄羽整形了？李艾迪和薄羽却毫不避讳地看着胡晓艺尴尬的表情，忍不住捂嘴笑。阳阳看见了以后发现了大家目光朝着胡晓艺去的，心想你这家伙一个大男人不会去整形了吧，你整了才长这样，不整以前得是有多丑。阳阳为了化解尴尬，对着胡晓艺说：对了，聊了这么半天，我还不知道老胡和老秦是做什么的？

胡晓艺也为了避免尴尬，礼貌地说：我做影视。

阳阳说：影视啊，那得经常见着明星啊？

胡晓艺说：也没有，小打小闹而已。

阳阳问老秦：老秦，你呢？

老秦说：公安，苦累的命。

阳阳一听说:哎呀,那厉害了,以后说不定还得请你多帮忙。

老秦说:客气了,都是朋友了,冲着这三个仙女咱们以后也得多照应。

薄羽说:哎,你们别带坏阳阳,阳阳以后得跟我们结成统一战线,免得有啥事你们串通好来欺负我们。

老秦笑笑说:哪儿能呢,平时你们不聚,我跟老胡也没联系过。

阳阳说:哎对了老胡,你做影视主要是做哪一个板块,负责什么职务?

胡晓艺说:主要是编剧吧,一些广告片什么的也做个小导演。

阳阳说:不错不错。最近我有个合作的朋友好像投资了一部影视剧,就在咱们这拍,前两天跟他碰了一面,听说还挺有前景。

胡晓艺说:是吗?我最近也在写一部戏,好像这两年来这里拍戏的越来越多了。

阳阳说:有空我可以把你介绍给他认识下,说不定你们还可以合作,他投资项目都不小,听说这次还选了几个明星来客串。

胡晓艺笑着说:有机会可以聊聊。

段依依对阳阳说:就是,你有这些关系可以多给老胡推一推,人家李艾迪以前对我可好了,老胡的事儿你就当自己的事儿来做。

阳阳说:放心,放心。我明天就跟我那朋友说说,好像他对这个编剧也不太满意,我觉得你可以去谈谈,特别搞笑,你们猜那编剧是干吗的?我朋友说那家伙是个做整形的医生,不务正业去写剧本。

胡晓艺正喝水,突然一口喷了出去,不住地咳嗽。大家再一次尴尬地看着胡晓艺,阳阳不知道发生了什么,还在一旁说:哎哟慢点慢点,别呛着。

大家不知所措地看着胡晓艺,段依依脸都红了,已经忘了该再去踩一脚阳阳。胡晓艺涨红了脸,咳嗽完对着阳阳慢慢说:你说这个还好,医生干不了去写剧本,要是剧本写不了去干医生就悲剧了。

大家听完忍不住笑起来，胡晓艺是强颜欢笑，老秦是似笑非笑，阳阳是放松一笑，薄羽、李艾迪和段依依听了胡晓艺最后的自我圆场两分欢笑三分假笑五分尬笑，大家笑完后，胡晓艺心想真是撞鬼了，竟然像安排好了一样，可以如此紧密细致一环扣一环地排列在自己面前，胡晓艺不知道命运为何戏耍自己，让自己在女友和她的闺密面前那么丢脸，本来自己就一把年纪了，在一桌比自己小五六岁的男孩女孩面前还要出这种洋相。

晚上，阳阳在KTV定了一个最大的包间请大家唱歌，胡晓艺本来特别不想去，李艾迪知道胡晓艺已经没了兴致，是在为自己撑场子，捏了捏胡晓艺的手。李艾迪也觉得这事咋那么巧，李艾迪更担心的是要是这个人对胡晓艺不满，真把胡晓艺给换了，胡晓艺肯定特别失落。李艾迪还不知道，胡晓艺的幕后老板正是那个一直无法对自己释怀的唐宇正。

KTV里三个女孩唱歌喝饮料，三个男人聊天喝酒。胡晓艺全程都面带微笑不停跟阳阳和老秦碰杯，一杯一杯地喝，三个女孩看着三个男人喝酒，谁也没去多阻止。三个男人喝多了，等三个女孩唱累了以后后程发力，相互拼比歌喉，一个比一个卖力，胡晓艺唱完一首歌后猛然发现自己唱的歌要比老秦和阳阳唱的要老旧很多，顿时也没了唱歌的兴趣，又回到沙发上喝酒，胡晓艺一喝酒，老秦和阳阳也不唱了，过来跟胡晓艺接着喝。

夜深人静，三个男人被三个女孩搀扶着上了各自的车，三个男人分开之前抱在一起醉醺醺地约定要好好再喝一次，阳阳吞吞吐吐地说：老胡，老秦，你们……以后多……照应……老胡，你的事儿以后我……铁定给你帮忙，依依说话我不敢不听。

胡晓艺也失去了意识，吐词不清地说：谈不上，谈不上，你朋友……请的那个编剧，就是……我就是……那个整形医生……

老秦也醉得失控，像个傻子一样拍着胡晓艺哈哈哈笑起来，胡晓艺也笑着看着老秦露出了自嘲的表情。三个女孩知道他们几个喝多了，立即架起各自的男朋友飞快上车离开。

胡晓艺回到家后，进门就跌跌撞撞进厕所哇哇吐起来，吐完之后喝了几口自来水，一下子栽倒在沙发上，让李艾迪给自己准备热水，自己要喝热水，李艾迪赶紧去烧水，等烧好水又兑了点冷开水端到胡晓艺面前，却已经听见胡晓艺微微打起来鼾声。

老秦回到家也直接躺在了沙发上，薄羽直接给老秦盖上了一床被子，老秦第二天还有任务，薄羽想尽量让老秦多睡一会儿，就不折腾了。

段依依是最为难的，刚确定了两人的关系，但是现在阳阳喝多了，是送他回家还是带他回自己家，想了想段依依还是带回自己家里去。因为送阳阳回家自己找不到地方，大晚上让他家人来接不礼貌，如果去酒店显得怪怪的，干脆就去自己家里吧，反正自己一个人住，就让阳阳睡沙发吧。段依依把阳阳搀扶进门，阳阳来到沙发面前也一头栽倒。三个女孩不约而同让自己男朋友睡到了沙发上，疲惫的同时都想到了一件事，第二天要给男朋友做个早餐，薄羽是觉得老秦辛苦，段依依是觉得阳阳今天给足了自己面子，要犒劳一下他。而李艾迪是觉得胡晓艺太可怜了，陪自己吃顿饭就被这么糊里糊涂地羞辱了一次，还坚持陪自己到底，实在是委屈，自己当然得对他好点。

35

大杂烩

胡晓艺因为阳阳的一句话,开始不安起来。胡晓艺不明白为什么这个唐总会质疑自己,作为一个编剧,身兼其他的职业太正常不过了,胡晓艺带着纠结的心继续创作,在快写到一半的时候,将剧本发给了刘瑛,说可以通知大家开会审稿。

刘瑛收到胡晓艺的剧本后自己先大概看了一遍,虽然只有前十六集,但是刘瑛看得还挺有兴趣,觉得胡晓艺真能编故事,能将这些年轻人的经历编得那么离奇,猜想胡晓艺前十年估计干的不正经的事儿也不少,不然是怎么写出来的?

刘瑛把剧本进度汇报给了唐宇正,说可以通知惠导、史总还有宗制片来开会讨论,唐宇正问刘瑛感觉怎么样,刘瑛说自己并不专业,只是从一个普通观众的角度来看还不错,并且自己只是看了剧本,要是换成演员来演,应该效果更佳。唐宇正没有多说,让刘瑛自己安排。刘瑛说马上联系他们,顺便把那个小明星也带过来。

唐宇正最近忙得没时间见施玉玉,不知道施玉玉去整形了,唐宇正想这次碰面让施玉玉也参加,提前把施玉玉定下来。唐宇正给施玉玉打了电话,施玉玉高兴地说谢谢。唐宇正淡淡地说了句:你跟我说了两三年的谢谢,以后不用再说了,我都记住了。

施玉玉知道唐宇正这句话是在抛出他的底线,如果她不做出表示,唐宇正以后会彻底放弃对她的帮助,施玉玉已经做好了准备,但是施玉玉内心也犹豫过,问过自己后施玉玉还做不到,在这个开放的时代,她也不是个保守的人,但是如果是因为利益她是绝不会妥协的。刘瑛一直知道施玉玉的存在,也想见见这个人,但是明白这个人只是跟唐宇正私生活有关,自己不会去触及,即便陪唐宇正到南山别墅餐厅去应酬客户,也不会多想这个人是谁。

惠导一行人第二次来渝州市的时候,唐宇正在自己的公司会议室里招待他们。胡晓艺被刘瑛通知了时间来参加。唐宇正跟惠导、史总、宗制片聊得很火热，却对胡晓艺极其冷淡，让胡晓艺确信阳阳的话是真的，胡晓艺心里也气不打一处来，以为唐宇正觉得自己不专业，一个整形医生来做编剧。

惠导也没忘夸夸胡晓艺说：前两天我们把故事看了，胡晓艺的故事还真不错，我相信这个故事经过我们打磨肯定会有好的反响，胡晓艺你继续抓紧写，我信心挺足的。

胡晓艺点点头说：行，我继续写。

唐宇正吃口菜问：胡医生，我挺好奇，你说你白天在医院面对那么多顾客，那下班后还有精力写稿子吗？

胡晓艺客气地说：争分夺秒呗，上班时候也不是随时有顾客，就见缝插针地写。

唐宇正说：行，辛苦了，就是怕你工作忙起来影响剧本质量。

胡晓艺说：放心唐总，不会，剧本每个环节大家都把控着，有任何问题我也可以及时修改，不会耽误咱们的进度。

唐宇正根本没正眼看胡晓艺，接着说：今天还有个事儿要跟大家商量一下，我有个妹妹，一直想推荐她来演一个角色，今天把她也叫来了，看看大家的意见，能不能给她一个机会。

唐宇正说完就打电话让施玉玉进门，施玉玉进来，大家眼前一亮，刘瑛也瞪大眼睛，心想这姑娘难道就是唐宇正的小情人，没想到那么有气质。最要命的是胡晓艺，眼睛瞪得比谁都大，差点蹦了出来，心想天下咋就那么巧的事儿，怎么最近来医院咨询和动手术的人现在全在这里碰上了，从刘瑛到唐宇正再到施玉玉，这个公司像是专门为精美整形医院开设的一样。施玉玉微笑看着大家，跟大家打招呼，看到胡晓艺的时候惊住了，同样瞪大眼睛盯着胡晓艺问：胡晓艺，你怎么在这儿啊？

胡晓艺有点尴尬地说:我……负责写剧本。

施玉玉笑着说:嘿,那我们还真挺有缘分的。

唐宇正惊讶地问:你们认识?

施玉玉不避讳地说:当然认识,我为了这次机会去调整了一下鼻子,本来一直都对自己不满意,多亏了胡晓艺帮忙。

众人再次吃惊地看着施玉玉,惠导、史总和宗制片是惊讶这个美人如此大方,做了手术毫不避讳;刘瑛是惊讶胡晓艺医院的技术真的不错,这么好看的美人原来是后天打造出来的,感叹医院真是了得;唐宇正吃惊的是施玉玉竟然没跟自己知会一声去把鼻子改了,难怪进门的时候觉得施玉玉变美了不少,这才多久不见,原来去做手术了。

但是,为什么又是胡晓艺?

刚才施玉玉看胡晓艺的眼神充满了欢喜,唐宇正分明看到施玉玉已经把胡晓艺当成了朋友,而自己付出了那么多,给了施玉玉那么多机会,却什么也得不到,还一直被施玉玉礼貌地防备着。

唐宇正的怒火升腾起来了,心想自己算是被老天捉弄了,从自己去追李艾迪的那天开始,无论生活、感情还是工作,各种不顺心,并且这个胡晓艺身为李艾迪的男朋友,让李艾迪死心塌地,自己情感受挫了不说,胡晓艺又以整形医生的身份给刘瑛洗了脑,让刘瑛和自己产生了一些对抗情绪,接着又神奇地成了编剧来给自己写剧本,像个狗皮膏药一样甩都甩不掉,现在竟然把施玉玉也弄去做了手术,还博得了施玉玉的好感,这个人分明天生就是来克自己的,简直就是自己的瘟神!

唐宇正这样想着,看着施玉玉美妙的面孔心里一阵烦乱,借口自己要开个会,让刘瑛继续跟大家商讨下一步的计划然后先离开了。刘瑛隐隐看出唐宇正情绪的变化,刘瑛能猜到原因,刘瑛也纳闷为何胡晓艺像个吸铁石一样把唐宇正看重的人全都吸到了他那边去,这也太神奇了,胡晓艺是唐宇正深爱的女孩的男朋友,又是唐宇正有所企图的施玉玉的整形负责医生,又是唐宇正第一个影视项目的编剧,自己也为胡晓艺说过好话,换成谁不会厌恶生活中的这样一个人呢?可是,胡晓艺自己却蒙在鼓里,什么都不知道。刘瑛想来想去,觉得这就是命,唐宇正和胡晓艺这种无法解释的关系,两人上辈子是一对夫妻都不夸张。刘瑛主持完了会,跟大家定好了后半部分剧本交稿时间,让惠导一行人好好休息,也跟胡晓艺客气了几句,让胡晓艺加油创作。

唐宇正来到自己的办公室狠狠地捶了一下墙,心里各种憋屈不知道该怎么发泄,唐宇正此时无法控制自己,毕竟唐宇正是个才二十五岁的青年,没有那么宽广的胸怀。唐宇正飞快下电梯来到车库,然后给施玉玉打电话约施玉玉车库见面,施玉玉来到车库后上了唐宇正的车,唐宇正脸色铁青不说话,直接开车离开,施玉玉坐在副驾驶上吓了一跳问唐宇正要去哪里,唐宇正说找个地方聊聊,车开到了江边一处空地上,唐宇正下车走到前面,施玉玉不安地跟上去,以为唐宇正想跳江,唐宇正突然转身看着施玉玉,施玉玉也停下了脚步。

唐宇正问:我想问问你,你跟我说句实话,我在你心里到底是个什么样的角色?

施玉玉不知道唐宇正为什么要这么问,想了想说:你是我的老板,也是我的贵人。

唐宇正说:贵人,那你应该知道,我曾经对你有过什么样的感情吧?

施玉玉镇定地说:知道,你以前对我的感情我能感觉到。

唐宇正说:那现在呢?

施玉玉说:现在,我相信你对我也是信任的。

唐宇正笑了一声说:信任,你觉得我对你信任什么?

施玉玉说:你交给我的别墅餐厅,我尽了我最大努力为你打理好了,从来没有亏损过。你的合作伙伴也尽心为你招待周全,我觉得应该算是支持了你的事业。

唐宇正说:对,但是你要知道,这个事儿很多人都可以做到,但是我选择了你,初衷是想帮助你。

施玉玉说:是的,所以你是我的贵人,我不会忘记这份恩情。

唐宇正挑衅地说:那你想过要回报我吗?

施玉玉说:如果我们是在有感情的基础下,我一定会用你想要的方式回报你,不管发生了什么我都不会介意。可我们没有感情基础,我不想以那种方式来报答你,我知道你对我的感情是真的,所以更不可以玷污这份感情。

唐宇正阴沉一笑说:你觉得我算是个好人吗?

施玉玉笑:当然是。

唐宇正说:可是我根本就没想当个好人,认识你的时候我被你迷住了,想得到你。但是我想得到就先得付出,所以我为你创造了一份事业,可是到头来我只是成了一个贵人和一个好人,你觉得可笑吗?

施玉玉一笑,没说话。

唐宇正继续说:我爱的人确实不是你,虽然现在你愿意报答我,我也不会强人所难,但是我想看到一个态度,让我觉得心里好受一点,我想看到我付出过的人也明白我的想法。

施玉玉看着唐宇正问:如果我跟你上床了,是不是你心里就会好受了。

唐宇正说:简单直接一点是这个意思。可是你听清楚,我在意的是你主动的想法,而不是一定要去完成这件事。

施玉玉说:唐总,我真的不是那样的人,我知道这样对你来说很不公平,但是我说服不了我自己去做这样的事。

唐宇正说:你知道我最可悲的地方在哪里吗？在我做了很多人为你做不到的事以后,得到的不是一个回报,而是一个听起来完全没问题的道理。

施玉玉说:是,我确实不地道,说真的,我内疚过。

唐宇正说:我觉得现在我连尊重都没有得到,你去整形你告诉我了吗？你为了这部戏去整形,这个机会是我给你的,你为什么不问问我的意见?

施玉玉说:我的形象基础并不差,我只是去做一个小的调整,并不是大动,所以我觉得你应该可以理解这样的行为,我希望我出现在镜头里的样子能更好看一点。

唐宇正冷笑一声说:那个编剧胡晓艺就是你的咨询医生吧?

施玉玉说:是,我有个闺密,跟他是朋友,介绍我去的。

唐宇正说:我说句实话,刚才你看胡晓艺的眼神,都是我从来没感受过的,我有一种感觉,胡晓艺想跟你发生什么都会比我要容易得多,哪怕你们才认识没多久,可他什么也没为你做过。

施玉玉听了唐宇正的话觉得无比可笑,不知道为什么唐宇正要用胡晓艺做对比,也不知道唐宇正这么说目的何在,施玉玉的确对胡晓艺有不错的印象,但从来没多想过什么,胡晓艺对自己还不构成吸引力。施玉玉不解地看着唐宇正说:唐总,我觉得,今天你说话很奇怪,我不知道为什么你会用这个人来假设,我觉得你是在侮辱我。

唐宇正说:人的尊严很值钱吗？不值钱！只有人的价值和财富才值钱,你觉得我是在侮辱你,我只是在替自己不平,我现在越来越觉得我做的不值,甚至在为他人作嫁衣,我特别可笑你知道吗?

唐宇正本来是说胡晓艺,但是在这样的气氛里,施玉玉完全认为这就是在说自己不要脸,说自己靠着唐宇正生活。施玉玉虽然已经做好了离开唐宇正的准备，但是没有想到唐宇正翻脸那么快，以为自己至少还能撑过这部戏拍完，现在看样子是不会了。施玉玉很快做出了决定，从现在起，离开唐宇正，这个等待的日子已经提前到来，就顺其自然不要再有念想，任何事只要不顺势而动就会让自己压抑不适。施玉玉看着情绪失控的唐宇正，面带微笑地对他淡淡说了几个字：唐宇正，我会一直谢谢你对我的帮助。

说完，施玉玉转身离开，留下了情绪未平复的唐宇正不知所措地站在原地。施玉玉走后，唐宇正转身看着流淌的江水和身后的城市，慢慢地也平复了自己的心情，觉得自己刚才的话太过激，明明是对胡晓艺这个混蛋的不满却都发泄到了施玉玉身上，现在怎么办，难道让自己再去把施玉玉追回来吗？简直是个笑话！唐宇正心里纠结着，觉得既然生活给自己开了一个玩笑，就得把这个玩笑开回去，唐宇正打电话给刘瑛，让刘瑛在办公室等着自己，唐宇正转身上车，在启动的一瞬间，做了一个决定，那就是胡晓艺必须要为此付出代价。

36

唐宇正的彻底黑化

短短的一次会议，史总和宗制片看出这个唐总对编剧胡晓艺的冷淡，回到北京后，两人跟惠导聊了这个事儿，说唐总明显对编剧有情绪，不知道是不满意这个故事还是不满意编剧这个人，惠导也看出来了，但是想不通为什么，又想了想也有可能是因为唐总的妹妹去了编剧的医院做了整形手术，唐总不知道这个事儿。

不过想想也可以理解，胡晓艺一个拿手术刀的编剧，一边给投资方老板写剧本，一边给自己的妹妹动刀，谁都觉得怪。大家又讨论起了唐宇正的妹妹，说这个施玉玉一看就不是唐总真的妹妹，肯定是唐总借这个演戏的机会要占人家便宜，不过施玉玉相貌身材确实没得说，就算是整的吧，也比自己见过的很多演员整得好看。大家商量了一下又扯回到胡晓艺身上，决定让惠导先问问唐总的意见，实在不行就换一个编剧，虽然胡晓艺写得也不错，但是不错的编剧也不难找，现在还是得以大局为重。

惠导之后联系了唐宇正，委婉地询问了唐宇正对剧本的看法，说如果不满意可以增加编剧。唐宇正坐在办公桌旁，接到惠导信息想了想，问有没有业内比较有名的编剧，希望到时候能在编剧上打上这个人的名字，起一点名人效应，比如作家六六，她写的剧就能火是因为好多观众都是冲着她的名字去的。惠导听完理解了唐宇正的意思，问现在这个编剧胡晓艺是怎么打算的，唐宇正说，可以让他写，稿费照样给，但是署名会变动一下，自己会让人去跟他沟通。

惠导把唐宇正的决定转达给了史总和宗制片，大家现在看清了，这个胡晓艺肯定是把唐宇正给得罪了，这个分明就是在恶心人。唐宇正心里也清楚，对于胡晓艺这样的人，做着本职工作还对创作剧本念念不忘，这个年龄的文艺青年把这样的机会看得比命都重要，如果自己的作品满大街播放却不能打自己的名字，这就好比十月怀胎后生下来的亲骨肉送给别人去养，每天相见却不能相认。唐宇正要的就是这个，本来跟胡晓艺无冤无仇,可是胡晓艺偏偏要像讨前世的债一样出现并且折磨自己,那就陪胡晓艺玩到底。

唐宇正把刘瑛叫到办公室,让刘瑛去跟胡晓艺沟通这个事儿,并说还是决定不让施玉玉来参加演出,毕竟她没有任何演员经验。刘瑛听了皱了皱眉,说施玉玉不来这可以理解,但是要跟胡晓艺说剥夺他的署名权这个恐怕胡晓艺不会接受。唐宇正说现在重要的不是胡晓艺能不能接受,编剧到处可以找,重要的是这个项目任何一个环节都需要产生效益。刘瑛对唐宇正的行为再次感觉到厌恶,唐宇正跟胡晓艺的关系自己再清楚不过,这么做无非就是想让胡晓艺难受,刘瑛实在不愿意给胡晓艺去面谈这件事,对唐宇正说:唐总,我觉得如果是这样,不如跟他说不用他,换个人当编剧。

唐宇正赶紧说:不,为什么要换?既然大家对他的剧本满意,他又那么积极,就让他接着写呗,但是编剧跟导演,我都希望是有一定名气的,六百万我投出去就是要赚钱的,情怀是第二,利益才是第一。

刘瑛无奈地笑着说:唐总,我说句实话,我觉得,胡晓艺犯不上让你这么去针对他。

唐宇正说:为什么你是觉得我在针对他?你对他印象好,我可以理解,但是我现在就想做这个事。

刘瑛说:合同已经签了,编剧有署名权。

唐宇正说:他一个整形医生来当编剧,给他的报酬也接近专业编剧的价格,已经对得起他了,很简单,在合同上另外附加一条协议,让他放弃署名权,但是公司可以增加报酬补偿。

刘瑛说:这样是可以,很多人都会愿意,但我觉得胡晓艺不会答应。

唐宇正说:哟?那看来你对他很了解啊,不答应好办,我可以不满意这个故事,让他改到我满意为止,现在,从头开始写,从第一集开始写。

刘瑛盯着唐宇正叹口气:唐总,我想过这个问题,换成是我也会厌恶他,但是我觉得以您的身份,为这个人去纠结真不值得。

唐宇正斜着眼看着刘瑛说:你说对了,我厌恶他,厌恶到不能自控,你知道为什么吗?因为这个人像个幽灵一样悄悄出现在我面前,然后就给我带来各种烦恼,我却还要为他的梦想买单,凭什么?我没那么大度,有钱有事业又怎么样,生活对我好吗?我年纪比你还小呢!我已经活得够累了!我的生活里没有乐趣!

刘瑛盯着唐宇正,一切都能理解,唐宇正遇上胡晓艺,是真正的有苦说不出。虽然自己对胡晓艺印象不错,可是站在唐宇正的立场想,是个人都恨死这个家伙了。

唐宇正接着说:我现在不想讲那么多道理,我要你去跟他说,第一,编剧得署其他人的名字,他没有署名权。第二,马上到公司来签订附加协议,继续创作。否则,这个剧本他就改一辈子吧,我这次一定要当个坏人。

刘瑛阴沉着脸点点头,转过身走出办公室。回到自己的办公室里,刘瑛喝了一口水,唐宇正的话让刘瑛想了很多,刘瑛在唐宇正身上看到了太多不稳定性,虽然唐宇正是个经商的天才,有着超越宵人的智慧和领悟力,可是这是因为他有个当后台的老爸。当初唐宇正父亲叮嘱刘瑛,要好好帮助唐宇正,刘瑛最开始只是把唐宇正当个小孩子一样引导。唐宇正的成长,自己是唯一见证者,可是刘瑛越来越觉得,有一样东西无法大跨步地超越,就是情感,唐宇正事业上的历练够了,已经超越了同龄人十年,可是在情感上,唐宇正还没有太深的理解。所以,当情感的折磨困扰了他,他就会原形毕露,变回那个二十四五岁的男青年。刘瑛冥冥之中觉得,唐宇正在感情上会永远失败。无论男人还是女人,想牢牢抓住一个人的最好方式,并不是把这个人攥在手心里,而是要把这个人放在手掌上。给对方自由和轻松,同时也给对方安全感,以唐宇正的生活经历,恐怕他一辈子也做不到。

刘瑛思来想去,觉得自己应该做两件事,第一是把情况反映给唐父,自己的功劳和苦劳唐父是知道的,但更应该让他了解一下自己儿子的真实样子。第二,还是去跟胡晓艺谈,身为唐宇正助理这个事就公事公办,胡晓艺你要是有骨气就别干了,没骨气你干完至少钱能拿到手,人生本来就是充满选择的不确定过程。自己还不一定什么时候要离开这里呢,说不定更有能力的人出现就把自己替代了,或者哪天老板给一个脸色,自己也会乖乖走人。

刘瑛来到精美整形医院楼下,胡晓艺正在陪田院长复查一个顾客的术后恢复,接到电话后立马下楼,以为刘瑛给自己带来了什么好消息。在医院楼下咖啡店里,刘瑛委婉地把唐宇正的决定一说,胡晓艺就傻眼了,这个消息让胡晓艺始料未及。胡晓艺愣了一下,看着刘瑛,刘瑛对胡晓艺微笑着,心里等着胡晓艺表露不满和愤懑,胡晓艺却没有表现出刘瑛想的那么激动,皱眉头问一句:是不是这个意思,我只有两个选择,要么不写,拿之前的报酬走人;要么写到底,但编剧不是我。

刘瑛解释说:编剧不是你,但是稿酬会比之前要多一些。

胡晓艺试探着问:有没有这种可能,如果你们想找比较知名的编剧来挂名,我的名字可以排在第二个,或者后面几个都行?

刘瑛吸了口气,抿抿嘴说:晓艺,这个很委屈你,我知道,我也提过,不把你的名字放在第一的位置,但是公司讨论决定,这个片子还是想借一个名编剧的 IP 热点,所以真得委屈你了。

胡晓艺点点头,捏了捏鼻子说:这样吧,我暂时答应,但是我想回去再考虑一下。如果我实在想不通,我就把稿费退给你们,当然了,如果你们觉得前面的故事可以用,那就按照前十六集来付费。

刘瑛连忙说:你的作品没问题,我看了以后觉得特别好,我还在想你做整形这行是不是浪费了自己的才能，虽然你整形工作也做得很优秀。

胡晓艺笑了笑说：你怎么夸起我来了，你不用安慰我，你们公司这么决定，我可以理解的，毕竟现在任何影视项目都希望有更大的流量介入。没事，我能接受。

刘瑛听了胡晓艺这句话，觉得胡晓艺这个人的韧劲和包容性要比唐宇正强得多，虽然两个人面对的委屈不一样，但是刘瑛可以断定，凭胡晓艺这样的性格，即便是遇到了感情的创伤，也不会失去理智而对别人产生报复的心理。

胡晓艺主动买了单，客气了几句回医院去了。刘瑛给唐宇正打电话，说胡晓艺暂时接受了，但是看得出来非常不情愿。唐宇正知道了，心里隐隐涌出一丝快感，唐宇正更希望胡晓艺能够继续写下去，把这个剧本完成得尽善尽美，最后眼睁睁看着它成为别人的作品。唐宇正不知道刘瑛跟胡晓艺谈完就去找了他的父亲，刘瑛悄悄跟唐父通了电话，这是刘瑛第二次跟唐父打电话，唐父知道刘瑛一定是发现了唐宇正的严重问题才会来找他，他也会绝对保密，因为除了公司的事情，儿子的成长也是自己最关心的事，这个只有刘瑛看得清楚。

在一个古色古香的茶室里，刘瑛恭恭敬敬地坐在唐父面前，把大致情况跟唐父说了一下。唐父喝了口茶，听刘瑛说完，低头用茶盖轻轻撩拨着茶叶说：这么说，现在，这个小子完全被感情冲昏了头脑，一心想要去折磨一个跟他无关的人？

刘瑛说：董事长，我想表达的并不是对唐总的这一件事的顾虑，而是从这件事，我能看到唐总身上的劣势，在情感上他并没有在事业上那么多的历练，这个也不是经验可以传授的，所以，现在的担心他会因为这件事耽误自己的正事，毕竟现在企业面临的竞争压力已经很大了。可是这个事，他放不下。

唐父一笑说：那你觉得，我把他撤掉，换一个新的人顶替他位置怎么样？

刘瑛微微心慌，赶紧说：不不，董事长，没有那么严重，我只是对唐总目前的情况有些担心，他把自己的情绪用在了一个完全不如他的人身上，但是还没有那么严重。

唐父说：作为一个企业领导人，在企业面临挑战的时候选择去跨行投资，甚至跟一个微不足道的小人物钩心斗角，我觉得已经很严重了。刘瑛啊，这些年你带他成长，帮助他支持他我都知道，你是什么样的人我了解，所以我从来不会亏待你。

刘瑛说：董事长，您对我恩情我记住了，唐总一直对我也很好，您放心，我会一如既往支持帮助唐总的。

唐父说：这件事你就不要多去给他建议了，你说得特别对，情感的经历没有办法传授经验.在这一方面他是有缺陷的，但是人生就是这样，看他的造化了。行了，你就好好休息吧！

刘瑛跟唐父谈完后离开了茶室，长长吐了一口气，刘瑛对唐父是真正敬畏的，刘瑛才到这个公司还是个涉世未深的女孩，就看见唐父怎么样把对手一个一个斩于马下，听闻过太多太多这个人的传奇经历，恐怕是唐宇正一辈子都超越不了的。刘瑛不愿意面对唐父，除非是确定自己的事能让他引起重视，也能凸显自己敏锐的眼光和观点，这样才能更加突出自己的重要性，而今天，刘瑛又来对了。每一次唐宇正的部门业绩突出，刘瑛除了拿奖金外，都会收到一个陌生号码的来信，上面写着“辛苦了”三个字，接着就会收到一笔令人欣喜的奖金。刘瑛知道这是董事长对她的奖赏，毕竟她辅佐的人是董事长的心头肉，正因如此，她虽然身为一个助理，但在公司也是人人尊敬不敢得罪的一姐。

唐宇正下班后本来约了一个饭局，刚走出公司就接到了唐父的电话，唐宇正说自己忙,唐父要唐宇正晚上一定要来陪自己喝个茶。唐宇正无奈地答应,心想又得听老头的一顿说教了,唐宇正并不知道,唐父在跟刘瑛交流完之后,做了一个让唐宇正意想不到的决定。

37

万万想不到

晚上匆匆喝了几杯酒，谈完事唐宇正就赶到了唐父的私人茶室里，唐宇正从父亲的口气中隐隐感觉到传唤自己肯定有什么重要的事。唐宇正踏进茶室，唐父刚好泡好一壶新茶，已经为唐宇正倒好，唐宇正走进屋里坐下，对唐父说：爸，是什么事必须要今天说？

唐父吹了吹滚烫的茶水说：刚泡好，别人从云南给我带的老茶，味道不错。

唐宇正象征性地喝了一口，放下杯子看着唐父，唐父慢慢悠悠品了几口茶，唐宇正预感到唐父将要跟自己说一件大事。唐父抬起头看着唐宇正说：你有没有想过，换一种生活？

唐宇正诧异地看着唐父说：我不明白，你什么意思？

唐父说：你告诉我，你觉得现在以你的能力和智慧，你能担当得起这个一百多亿市值的企业的命运走向吗？

唐宇正盯着父亲，犀利地问：你是想把我撤掉？

唐父一笑：哼，撤掉，撤掉你的话我就不用把你叫来了。我是觉得，以你的能力和经历，给你那么重的担子确实太强人所难。你年纪太轻，企业并不能靠你担当起来，正常的生活你也没过好，我现在觉得作为你父亲，我很内疚。

唐宇正冷笑：内疚？你现在说这话是不是太晚了，现在谁不知道我的身份，我离开这个企业，还能在其他地方立足吗？你真可笑！

唐父说：所以有个办法，你依然留在公司，但是找个更有经验的人替你做事，你的生活不变，唯一变化的是你有更多时间享受生活，同时也可以关注公司的动向。

唐宇正听了一字一句地说：你想架空我？

唐父喝了口茶：幼稚，我犯得着花心思架空你吗？企业是我的，撤掉你对我来说就是一句话的事。你是我儿子，我要给你更好的生活方式。

唐宇正:这么说我要谢谢你了,你找一个人来,让他来干涉我的事,让所有人都知道我从此以后就是个无用的寄生虫,让我活成一个笑话?

唐父说:看来我的一片苦心你是理解不了了,我希望你更优秀,也希望你活得更有滋有味,才做了一个这样的决定,不要像我一样最后成为一个冷漠无情的成功者,你以前不是总说你缺失的生活让你感到痛苦吗?

唐宇正喝了口茶。

唐父说:我想做的事情很简单,就是让你在生活里找到更多自己的乐趣。同时这个企业永远是你的后台。有一件事情我考虑了很久,你也可以想想。

唐宇正看着父亲:什么事?

唐父说:刘瑛,你满意吗?

唐宇正说:满意,如果没有她,我可能撑不到现在。

唐父说:我信任她,不论能力还是人品都信任她。我做了一个假设,假如她来顶替你的位置,会不会是最佳的人选?

唐宇正一愣,看着父亲说:你让她来代替我?

唐父说:简单一点说,是让她替你操更多心,但是所有人都会觉得是你在为公司付出。

唐宇正问父亲:你真的就打算让我放弃这个企业了?

唐父说:宇正啊,最近我觉得身体不如以前了。这个企业我有最多的股份,但也承担了最多的风险和责任。我这一辈子过得不快乐,是你那次的爆发点醒了我,生活要快乐。

唐宇正没想到父亲跟自己说出这样的话来,深吸一口气。

唐父说:我有个自私的想法,我们的家产够你这一辈子快乐生活了,但是企业,需要一个人来主持大局,可是除了自己的亲人,我谁也不信任。你还太年轻,这不是你可以扛起来的。

唐宇正说:那你就那么相信刘瑛?她只是企业里的一个员工。

唐父喝口茶,看着唐宇正,问了一个让唐宇正万万想不到的问题:你觉得刘瑛适合你吗?

唐宇正瞪大了眼睛:你说什么?

唐父说:我想过,这个想法看似荒唐,但是可能是目前能把你从这种生活里摆脱出来的最好方式。

唐宇正说:你想让我跟刘瑛结婚?

唐父点点头:前提是你能接受她。

唐宇正忍不住笑出来:爸,你没糊涂吧?

唐父说:我猜到你不一定会答应,我只是告诉你我的想法,你可以拒绝,但是你最好也考虑一下。刘瑛没有任何背景,但是一直对我忠心耿耿,对你也像一个老师和一个姐姐,你对刘瑛曾经也崇拜仰慕过,这是肯定的。如果刘瑛成为我们家的人,企业会有人来担当,而你,可以完全放松下来。

唐宇正仍然觉得不可思议。

唐父说:突然跟你说这个想法,是有点唐突,我这个想法自己都觉得荒唐。

唐宇正说:那太便宜她了,她有这个能力吗?

唐父点点头说:有,刘瑛是一个非常有原则和城府的人,我观察过她,在一开始带你成长的时候她有太多机会可以在公司拿到更大权力,也可以利用职务便利拿到丰厚的额外收入,当时她很穷,可她没这么做。而她现在的能力也在你之上,却从来没有替你做过任何一个决定,只是给你建议。这很难得,她知道自己的身份。

唐宇正认真听着唐父的话,发现自己竟然那么不了解刘瑛。

唐父说:感情的事不能勉强,只是,从你的一辈子来看,刘瑛是个好人选。

唐宇正陷入了沉思，唐父知道唐宇正被打动了。刘瑛确实是自己最看好的一颗棋子，只需要给予她打工无法挣到的回报，刘瑛一定会心甘情愿永远成为唐宇正的附庸，永远为自己的事业付出。刘瑛对事业的执着是远远超过唐宇正的，唐宇正也可以过上轻松无压力的生活。

晚上回到家，唐宇正在阳台上坐了很久，烟灰缸里堆满了烟蒂。今天唐父的话让唐宇正重新审视了一遍刘瑛。唐宇正记得很久以前，所有人都专注企业产品单供应输出的时候，刘瑛坚持要唐宇正提出企业扩展自己的品牌线下店，赢得了品牌竞争力。所有人不看好电商转型的时候，刘瑛力促唐宇正成立电商市场和营销部，并在一年之内就起到了至关重要的作用。一个没有高学历的年轻女人，能有这样前瞻的眼光和独特的能力，并且从来不越俎代庖，替代自己做任何一个决定，真是太难得。唐宇正清晰地记得刚进公司，像个孩子一样被刘瑛辅助，曾经也幻想过这个散发着迷人魅力的女人跟自己亲近，并且无意中听见企业的员工在私下开刘瑛的玩笑。但是无论是谁，都会忌惮刘瑛的身份，她是唐董事长最信赖的人，也是唐公子的私人助理，就连唐宇正自己也不能乱想，所以唐宇正迅速改变了对刘瑛的想法，一心把刘瑛当半个老师和一个姐姐，在刘瑛帮助下飞快成长。唐宇正发现，自己的成就其实内核里都离不开刘瑛，每个重要决策里都有刘瑛的想法。但是，自己得意忘形的时候，刘瑛总是默不作声，这个女人太可怕了，能这么韬光养晦，是不是一直在等待自己人生的一个重要时机呢？

唐宇正失眠了整晚，天亮的时候，唐宇正对着天花板，喃喃地自语：刘瑛，难道这辈子我跟你就得绑在一起了？

唐宇正满脑子里考虑刘瑛的晚上，施玉玉把南山别墅餐厅的钥匙交给了老管家，说自己要离开一段时间。老管家不知道这是什么意思，疑惑地问:施经理,您这是要离开了吗?

施玉玉说:暂别吧,我也有我的事,你辛苦了。

施玉玉把别院里自己房间的东西都搬上了萱萱的车,留下了形单影只的老管家,远远看着施玉玉离开,眼神充满了悲伤。

萱萱说:那个管家看着挺舍不得你的。

施玉玉说:他是个可怜人,老板和儿子都没了,在这里兢兢业业工作,一个人干几个人的活儿,就是想找个生活依靠,现在这别院开不下去了,也不知道他能去哪儿。我也不知道能为他做些什么,我们都是漂泊的人。

萱萱皱了皱眉没有说话。管家孤独地回到房间里,看见自己桌上有个信封,管家打开一看,里面放着一沓现金,老管家看着现金,眼泪从苍老的脸上掉了下来,不知道接下来自己又得去哪里漂泊。正在伤心难过的时候,老管家突然听到门口有汽车喇叭声,起身走出门一看,萱萱和施玉玉又回来了。

老管家惊讶地问:施经理,你怎么又回来了?

施玉玉一笑,萱萱下车,递给老管家一张纸,老管家不解地看着萱萱。

萱萱说:管家,听说你特别能干,我店里想招个人,这两天你收拾下你的东西,去我餐厅里谈谈待遇。你们施经理在那里可有专属座位,以后你就负责给她做饭。

老管家一听像个孩子一样眼里闪烁着星光,高兴得不断鞠躬:谢谢老板!谢谢老板!

萱萱和施玉玉相视一笑。

萱萱帮施玉玉把东西搬回家里,从楼下搬到楼上来回三四趟,两个女孩累得气喘吁吁。

萱萱不满地说:你呀,干吗要我来干这个苦力,你请人干不好吗?

施玉玉也气喘吁吁地说:不行,我就得靠自己,我要比男人更男人,要把这扭曲的路给走直了！

萱萱问：你这两年存了多少钱啊？

施玉玉说：合计了一下，刚够一套房子首付，按揭就得靠接下来努力了。

萱萱说：还不错，没给你老板白干，你老板真是脑子有问题，那个餐厅开着多好。

施玉玉说：都是命，命里这一段该结束了，老天给了我半步捷径，给我解决了首付，接下来就该让我受苦了。

萱萱说：听你说起来我好惭愧，感觉自己就像个废人。

施玉玉说：你行了吧，你这个富二代就别酸我们这样的苦命人了。

萱萱笑着一推施玉玉的脸：说什么呢你！

施玉玉哎哟叫了一声，萱萱刚好推到了施玉玉鼻子上，施玉玉捂着鼻子，萱萱也吓着了，赶紧看碰歪没有，两个女孩对着鼻子看了半天，好像没有歪，但是还是不放心，决定明天要去整形医院让胡晓艺看一眼。

胡晓艺跟刘瑛分开以后，情绪一下子低落起来，胡晓艺明显能感觉到唐宇正对他的冷淡，但不知道为什么总觉得除了对他专业的质疑还有别的原因。虽然自己是个业余编剧，但剧本质量过硬，只是唐宇正对他似乎越来越苛刻。

晚上胡晓艺回到家，李艾迪因为这个月多发了奖金，高兴得特地提前回去做了酸菜炖排骨，炒了土豆丝，还给胡晓艺准备了一罐啤酒。本来李艾迪想借酒助兴，让胡晓艺跟自己一起开心一下，胡晓艺却借酒消愁，一口气喝了一大半，闷闷不乐地吃着菜。李艾迪不高兴地对胡晓艺说：你这什么意思啊？回来也不正眼看我，也不跟我好好说话，我像个保姆一样给你做饭，你一句夸奖都没有。

胡晓艺点点头说：你辛苦了！

胡晓艺还不如不说这一句,李艾迪听着胡晓艺低沉的声音,一下觉得受委屈了,觉得自己的好心都成了空气,嘟着嘴快要哭了。胡晓艺赶紧安慰李艾迪,说自己工作临时遇到了不顺心的事,确实不是有意要破坏李艾迪的情绪。哄了半天,李艾迪情绪又稍微好了一点,但依旧不满地说:你能不能以后别把工作的情绪带到家里来,要是我跟你也这样,那这个地方就不是家了。

胡晓艺说:是是,是我不对,我一定改正。

胡晓艺跟李艾迪把饭吃完了,自己喝了一罐啤酒还觉得不够,想下楼再买一罐,李艾迪不允许,说胡晓艺得寸进尺。吃完饭胡晓艺主动洗碗,让李艾迪好好休息,看看综艺节目。其实胡晓艺是怕自己再不主动干活,李艾迪情绪又上来就麻烦了,自己本来就一堆压抑的事儿在心里难以平复,李艾迪要是再和自己过不去估计真得疯了。洗了碗之后胡晓艺出门丢垃圾,跟李艾迪说顺便下楼买盒香烟,李艾迪又念叨起来说胡晓艺答应过自己多少次说要戒烟。胡晓艺下楼后买了烟直接进了车库,坐在车里抽烟,觉得内心闷得慌,但是无法跟任何人倾诉。有句话说得没错,人到了一定年纪,连崩溃都是无声的。胡晓艺虽然没崩溃,但是也感觉被生活重重地割了一刀,疼得沉默无言。车里面真是个好地方,可以让人在这里自我封闭,短暂地疗伤,不用伪装,打开车门又得戴着面具去给生活表演了。

胡晓艺回到家跟李艾迪看了会综艺节目,确定李艾迪心情好了,才回到里屋继续写稿子。胡晓艺边写边想着这个故事将变成一部连续剧,出现在家里的电视里,编剧却是另外一个人的名字,心里十分难过。胡晓艺自我安慰着想,不管怎么说,钱自己是挣着了,一定要给李艾迪再买一辆代步的小车,胡晓艺决意要把故事写完,拿起手机发了微信语音给刘瑛,说自己可以放弃署名,把剧本负责到底。刘瑛本来以为胡晓艺会赌气放弃,对于一个有创作追求的人来说,自己的作品高于一切,万万想不到胡晓艺竟然那么快就决定继续了。刘瑛回信息问胡晓艺为什么,胡晓艺淡淡地说了一句:我就想写完它。

从这几个字里刘瑛看到了胡晓艺的无奈和难过,同时也看到了胡晓艺做事的执着,对胡晓艺更加认可了。刘瑛此时对唐宇正感到不满,想到自己对唐宇正多年的引导和包容,竟然都没有教会他一种东西,就是大气。一个大气的人是不会用这样的方法夺人所好的,一个大气的人即便身为刀俎也不会随意将一个弱势的人视为鱼肉,也许,大气根本不是可以教会的,可能就是一个人与生俱来的品质,跟贫富无关。

刘瑛无法改变唐宇正的想法,却愿意帮助胡晓艺,想在报酬上为胡晓艺多争取一些,毕竟自己曾经也坑过胡晓艺,这样可以让自己更安心。

38

同病相怜

施玉玉急急忙忙将东西收拾了以后,累得早早睡了。施玉玉以为唐宇正会回来找自己,却一个电话也没接到。施玉玉有些失落,毕竟唐宇正曾经那样迷恋自己,转念又一想,自己已经在唐宇正那里占了便宜,却什么也没给过唐宇正,说不定唐宇正正恨着自己呢。不要希望男人专情,特别是有钱有势的男人,这是个常识。施玉玉不知道唐宇正心里正经历着一次前所未有的内心斗争,根本无暇考虑自己。

胡晓艺早上起来,李艾迪又提前准备好了鸡蛋三明治和牛奶,胡晓艺洗漱的时候李艾迪已经在厨房忙活了。李艾迪在胡晓艺睡着的时候,感受到胡晓艺的呼吸都是沉重的,心想胡晓艺一定在做着噩梦。李艾迪觉得胡晓艺肯定有很多心事没告诉自己,但是又没办法及时消化,所以才会在晚饭时表露出那样的情绪。李艾迪非常不喜欢胡晓艺的焦虑,可换个角度想想,胡晓艺一直在用心工作,追求着自己的梦想,经历了不少挫折,自己难道不该更理解他一点吗?李艾迪发现自己也需要调整。

胡晓艺吃着李艾迪做的早餐,李艾迪问胡晓艺好不好吃,胡晓艺点点头。李艾迪问胡晓艺爱不爱吃,胡晓艺又点点头。李艾迪摸了摸胡晓艺的头,温柔地说:每天都给你做。

胡晓艺这次摇摇头,说:以后我们在外面买早饭,你早上可以多睡会儿。

李艾迪说:不行,在外面买多不卫生啊!以后我都给你做。

胡晓艺把车留给了李艾迪,说自己不用打卡,不着急上班的。等李艾迪匆匆忙忙出门了,胡晓艺把碗洗干净了以后才慢慢走出小区,叫了个滴滴去医院上班。

到了医院,张敏分诊过来一个女顾客,坐下以后忐忑不安。胡晓艺一看单子,三十多岁,脸一看就是动过的,但是还挺好看。女顾客看了看胡晓艺,没想到是个男咨询医生,对胡晓艺说想切副乳。胡晓艺一听心里想,张敏怎么又不问清楚什么项目就把人分诊给自己?也只能让女顾客脱了外衣让自己看看。女顾客脱掉外衣又脱了里面的衬衣,只穿着内衣,有点尴尬地看着胡晓艺。胡晓艺假装不尴尬地给女顾客检查,确实有点严重,说可以手术。女顾客问胡晓艺还会再长吗,胡晓艺说放心,不会。女顾客还是不放心,问自己的副乳为什么比别人都严重。胡晓艺安慰说副乳是乳腺生长导致的,切掉副乳同时也要清除这一部分的乳腺,就永远不会复发。女顾客听了这才安心,交了订金约好时间后离开。胡晓艺走到饮水机前喝了几口水,本来想叮嘱张敏以后要提前询问顾客咨询的项目,身后一个人拍了拍他,胡晓艺一转身,看到施玉玉在身后对他笑。胡晓艺吃惊地问:哎,你怎么来了?

施玉玉说:昨天跟萱萱出去玩,鼻子被她不小心碰了,这不还没一个月吗?检查一下,看有没有歪。

胡晓艺把施玉玉带进办公室,给施玉玉捏了捏鼻梁,看了看鼻尖和唇珠的对位,让施玉玉放心,一点没有歪,说可以在满月的时候再过来复查一次。施玉玉检查完鼻子,问胡晓艺剧本写得怎么样了,胡晓艺苦笑了一下。施玉玉问怎么了,胡晓艺说现在自己是在为他人作嫁衣了,把唐宇正的决定一说,施玉玉也挺意外,不知道唐宇正为什么会这么做。但是为了安慰胡晓艺,施玉玉告诉胡晓艺自己已经被扫地出门了。这回胡晓艺更意外了,问这是为什么。施玉玉说这个说来话长,不过能跟胡晓艺认识还挺有缘分的,不管怎么说帮自己变漂亮了,还差点成为一部剧里的同事。胡晓艺问施玉玉接下来有什么打算,施玉玉说准备重新找个工作,自己在唐宇正那里待着也积累了一些人脉,也有老板愿意接纳自己,养活自己肯定是没问题,顶多就是比以前累一点。

中午,胡晓艺请施玉玉吃饭,带施玉玉去了医院附近的一家东北菜馆。施玉玉平时吃精致的菜吃惯了,很少吃这样粗糙的午饭,一尝味道却觉得特别好吃,竟然不知不觉就吃了一整碗米饭,胡晓艺吃得也很香。施玉玉吃完抹了抹嘴巴,对胡晓艺说自己好久没有吃到这样有滋味的午饭了。胡晓艺问施玉玉知不知道为什么家常菜吃不厌,施玉玉摇摇头,胡晓艺说这是因为家常菜是做给家人吃的,不用在外形上花心思。施玉玉听了觉得有道理。胡晓艺问施玉玉失去了这个机会会不会很失落。施玉玉说有一点,失落了一晚上,想想自己本来也不是演员没演过戏,失去了也就失去了,就当作自己没那个命。施玉玉又问胡晓艺失去了编剧的署名权失落不失落。胡晓艺说特别遗憾,毕竟自己的梦想从来没放弃过,却遇到了这么奇怪的事,但是每件事发生了有它的原因,至少通过这个剧认识到了圈里面几个人,让人也看到自己的能力,如果赌气甩手走了,谁也不会在乎他,他就真的把路给断了。施玉玉听了觉得胡晓艺心态还挺好,也让人挺心疼。她生活里还没遇到过像胡晓艺这样的人,胡晓艺跟她有一个共性,就是内心里存在着一片净土,无论外面的世界变成什么样子,这片土地是永远不会改变的。施玉玉对胡晓艺说:我在想,也许这个剧对我来讲最大的意义,是认识了你这个朋友。

胡晓艺问:为什么?没有这个剧,你只要认识萱萱也会来找我的。

施玉玉说:如果没有这个剧,我可能不会做鼻子,因为我对我的脸还算满意,并不是一定要做。

胡晓艺说:我也没帮你什么,认识我不认识我也没什么大不了。

施玉玉说:以后你还会帮助我的,我有这个预感。

胡晓艺说:你那么看好我,那下次你还想整哪里我一定负责到底。

施玉玉说:怎么找你就只能整形呢?其他事儿就不能找你吗?

胡晓艺说:行,都行,咱们现在也算同病相怜了,以后都不用客气。

吃完饭施玉玉陪胡晓艺走到医院楼下,胡晓艺转身上楼后,施玉玉看着胡晓艺的背影若有所思,打电话给萱萱,说晚上去找她聊个天儿。

唐宇正来到了唐父的办公室,告诉父亲自己已经考虑好了,可以接受刘瑛,但是在这个之前,自己必须先把手里的这个影视项目给做完,企业交给刘瑛自己放心,自己也觉得可以大大减轻压力。唐父说他猜到唐宇正会答应,唐宇正问为什么,唐父说因为做企业到最后会发现最高级的能力不是做事,而是用人,人生也如此。听了这句话,唐宇正觉得自己真的还差得不少,至少刘瑛做得比自己好。

施玉玉来到萱萱餐厅,没想到老管家已经来了,看到施玉玉进门乐呵呵地给施玉玉倒水。

萱萱笑着对施玉玉说:我办事效率高吧?

施玉玉说:行,你做了件大善事,现在我跟你说个重要的事。

萱萱问:你哪件事不重要啊?

施玉玉说:特别重要的一件事,你得帮我。

萱萱不解地问:什么啊?

施玉玉说:今天我去找胡晓艺了。

萱萱说:然后呢?

施玉玉说:我对胡晓艺印象特别好,我自己都没想到,跟他那么有缘分。

萱萱立马说:等一下,打住! 你不会告诉我,你喜欢上他了吧? 我的天哪,胡晓艺到底什么神仙,我身边两个最女神的姐们儿,一个莫女一个你,怎么都沦陷了? 但是莫女的事儿你都知道啊,我劝你别想了。

施玉玉听萱萱说完,笑了笑说:是挺喜欢,因为觉得他人不错。但是不是那种想追求的喜欢,只是印象特别好。

萱萱说:那就行。那你想跟我说什么?

施玉玉说:这段时间我都在跑房子的事儿,我一个外地人首付要求太高了,交了首付我是一分钱都没有了。

萱萱说:我都提醒过你,之前你挣得不少,花得更多,你要是节约点,现在不至于这样。

施玉玉说:人家销售告诉我,最好的办法是我能嫁到这个城市来,然后把户口转过来,因为我名下无房,买个房子首付就能低很多很多。

萱萱说:那你想嫁给谁呀?

施玉玉说:胡晓艺怎么样?

萱萱瞪大了眼睛:什么!你疯了吧,人家有女朋友的。

施玉玉说:但是他也没结婚,今天吃饭聊天,我们俩现在同病相怜更熟悉了。我是这么想的,跟他扯个证,把协议都签好,我户口一过来我马上买房,然后就跟他离,就等于他帮我一个忙。

萱萱不可置信地看着施玉玉说:我的姐,这个办法也只有你这样的女神能想出来,你觉得可能吗?谁敢那么随便就结婚啊?还是因为这个事儿。

施玉玉说:怎么听你这意思跟我结婚吃多大亏似的,你又不是不知道多少人对我有企图,我就是怕随便找个人扯证以后甩不掉怎么办。胡晓艺至少各方面我是信任的,我是对他放心,何况他还有女朋友呢。

萱萱嘲笑说:那人家凭什么要帮你这个忙啊?人家跟自己女朋友过得好好的,就因为你要买个房子,突然就变成了一个二婚的人,让他家里知道了你觉得谁会最先扒他的皮?

施玉玉说:哎呀,那没办法,世界那么大,目前让我放心的只有他了。

萱萱说:反正我觉得不靠谱,但凡是个正常人都不会答应你这种要求。

施玉玉说:我试试吧,你先给我保密啊,别走漏风声,他要是答应了我,我这一辈子都把他当亲人恩人供着。

萱萱明显感觉到,施玉玉对胡晓艺也有了好感,一个女人即便是为了买房假结婚，也绝对不可能找一个自己不喜欢的男人，一定是胡晓艺触动到了施玉玉，让这个一向理智的女人突然变得毫无智商可言。萱萱想到胡晓艺的样子，心想这个人是怎么回事？桃花运那么旺。但是又一想，这都是些什么破事儿，没一件正常的，难怪整形医院里咨询医生都是女的，男的干这行确实够呛。

胡晓艺下午跟田院长开会，老奚请假说来不了，自己住院了。田院长一追问，老奚说自己在家里昏倒了，田院长吓了一跳，老奚说去医院检查出贫血症，医生说要是来不及输血可能人就没了。胡晓艺听田院长说完后心想老奚那几年夜夜笙歌，估计是喝酒引起的后遗症，还好现在自己手里客户还算稳定，手术都非常满意，一个又带一个来，不用再去夜场找那些经理谈生意了。

下班后胡晓艺去了趟医院看老奚，想着跟老奚各忙各的工作，也好久没一起喝个酒谈谈心了，这下估计老奚酒是不敢喝了。胡晓艺对老奚始终有一种敬重，毕竟是老奚的帮助才让胡晓艺继续留在整形医院跟着田院长一起干事业，对自己是真心帮助过的。胡晓艺买了点水果来到医科大附属医院，老奚躺在病床上玩手机，家人在旁边聊天。胡晓艺进门，老奚意外地问：嘿，你怎么来了？

胡晓艺说：你都昏过去了，我还不来看看你，像话吗？

老奚说：嗨，上了年纪，没办法。

老奚要请胡晓艺吃晚饭，胡晓艺坚持要请老奚吃饭，两个人散步到医院附近的一个小餐馆里，点了几个清淡的小菜和汤。胡晓艺问老奚是不是压力太大，老奚说医美行业越来越难做了，尤其在运营部门最能感受市场的压力，因为整形需求大，医生待遇是普通外科医生的好多倍，大量老板想投资开医院，政策一放宽，大批二流三流医生都拿着医师资格证开医院，但是技术跟不上，就到处买案例和盗案例，还有大批渠道医院拿出高额返点拉人引客,顾客又不知道到底哪家技术好,这种行业利益催生的乱象,让精美这种不张扬的医院受到很大影响。毕竟现在中国市场,大多数人对整形还是盲目的,缺乏医学方面的常识性认知。虽然现在田院长的口碑做起来了,但是靠口口相传还是太慢,老奚想的是通过品牌建设和口碑一起配合,在今年内拿到可观的融资,这样就可以把精美做成一个中型的机构,产生更大的影响力。

胡晓艺也认可老奚的说法,说做大以后应该再找个专打低价项目的医生,这样一来,就可以把切眉、眼袋、线提拉以及吸脂、隆胸之类的低技术手术分流给新的医生,田院长可以一心做价格高、难度大的定制隆鼻和鼻修复之类的手术。高低价差也可以拓宽顾客面,毕竟现在医院还是拒绝了很多低价顾客,有很多人并不了解技术的价值,价格成了选择医院的标准。而现在太多普外科转整形的医生,需要大量的顾客来给自己练手,这些医生很有前瞻性,知道未来一个高技术医生的优势所在,根本不在乎现在能挣多少钱,就靠着低价来引客供自己进步。老奚说非常对,正是这个意思,中国医美市场现在处于从混沌到清晰的过程,这个过程中一定会淘汰一大堆整形医院,现在精美整形就是要在这两年的历史转变中站稳脚跟。

两个人操心完精美的事情,胡晓艺问老奚准备啥时候结婚,今年都三十六七岁了。老奚说这两天自己也好好想了想这个问题,要是自己哪天又在街上昏倒起不来了,连个后人都没有。老奚母亲来医院陪了老奚一天,对老奚没关心几句,反而念叨了一大堆对老奚后继无人的担忧。胡晓艺说自己也是三十出头的人了,周围没结婚的好像除了自己就是老奚了。胡晓艺前不久参加了一个朋友的二婚婚礼,周围的朋友都拖家带口,那天李艾迪上班没去,胡晓艺自己一个人坐在那里,感觉与世界格格不入。老奚感叹了一句:以前那些为了我死去活来的女孩现在都当妈了,我一天忙成这样也没时间认识女孩,可能我注定要单身一辈子了。

胡晓艺说:我比你好一点,至少还有人愿意跟我过日子,李艾迪跟我也比以前磨合得更好了,应该不会把我给踹了。

老奚说:你知道为啥我拼了命也要出来跟老田一起搞这个医院吗?就是想有个自己的产业,不然等我老了都没法养活自己。

吃完饭,老奚母亲打了几个电话催促他回去休息。老奚最后对胡晓艺说了一句话:早点结了吧,别跟我一样。

39

刘瑛的第三个夜晚

在胡晓艺感慨着生活变得沉重时，刘瑛经历了人生中一次无法用语言来形容的事情。

唐宇正跟唐父已经商量好，由唐父出面跟刘瑛沟通。父子俩都知道，对于结婚这个事刘瑛肯定是愿意的，因为如此一来，刘瑛的地位和财富将是普通人无法企及的，更是她靠自己奋斗无法达到的。现在关键问题就是刘瑛跟唐宇正之间应该不会有真正的爱情，但是会有真正的利益共赢。爱情也许不是虚幻的，但也绝对不是永恒的。唐父吃准了刘瑛这样的人最缺失的就是地位和物质，这个没有背景却有天赋和能力的女人，不可能愿意回头过那种粗茶淡饭的日子，现在给她这个机会，她一定会特别珍惜。

当然，唐父也想好了，自己打下的江山一定得留给唐宇正，而刘瑛，接下来就会永远跟唐宇正绑在一起，唐父占有企业百分之三十七的股份，会送给刘瑛一套小别墅和公司百分之五的股份，这对刘瑛来说应该足够有吸引力了。

当唐父把这些条件放在刘瑛面前的时候，刘瑛被这个决定给彻底震惊了。刘瑛脑子里一片空白，思绪完全被打乱了，甚至都来不及想这个事情本身。晚上回到家，刘瑛在房间里才慢慢回过神，开始理智地思考这个问题。那套别墅不说，刘瑛太清楚在企业里能掌握百分之五的股份是什么概念，对于自己这样的人，恐怕是一辈子也挣不到的。更何况，唐父今天说得很明白，只是为了唐宇正以后有人管住，企业能够继续做大做强，刘瑛也将有至高无上的权力、地位。这些对刘瑛来说都太有诱惑力了，可是这个代价，就是自己将永远成为唐家的人，成为唐宇正的附属。刘瑛对唐宇正毫无感情可言，却非常理解唐父的做法，并且也觉得特别公平。

刘瑛点燃一根烟，她已经有好久没碰香烟了。刘瑛迅速整理了思路，将她人生的变化梳理了一遍，然后总结出了一个问题问自己：自己的婚姻到底能不能“卖”？

刘瑛的问题让她陷入了苦恼，这无疑是靠灵魂来换人生的大事，可关键要是没这个事，她都不知道自己还有灵魂。刘瑛想起了过去，走出家乡，离开那个单纯的男孩的时候，她就把灵魂出卖给这个世界了。未来的日子，假如是要过一种没有爱情的优越生活，也许许多人能接受，自己也能，一定能。只是不能多想一步，多想一步也许就沉重了。刘瑛曾经面临过许多诱惑都坚守住了底线，因为自己非常懂得利令智昏的道理，可现在，几乎就要控制不住了。

此时，刘瑛突然想到了一个人，胡晓艺。

现在身边的任何人都会支持刘瑛接受这一切，却隐隐地感觉到胡晓艺不会，刘瑛不知道为什么这时会想到胡晓艺，只是觉得此时要是能听到一个不同声音也许能让自己更清醒。刘瑛看了看时间，不算太晚，问胡晓艺现在方便不方便见一面。胡晓艺正在家里垂头丧气地赶稿子，接到刘瑛的信息说要跟自己见面，胡晓艺想这大晚上的来找自己难道是事情有转机了，可以署名了？转念一想，要是好事在电话里说不就完了，干吗要见面说？那肯定不是什么好事，也许刘瑛怕说了以后自己受不了，当面说比较稳妥。

胡晓艺估计是这个唐总要跟自己死磕到底，可能找到了新的编剧，想让自己走人了，刘瑛能亲自过来看自己一下也算重情重义了。胡晓艺关上电脑走出书房，李艾迪在客厅里边看综艺边备课，胡晓艺说自己下去见一下出品方的负责人。李艾迪问，这么晚来找你干吗？胡晓艺说，可能要把自己给炒了吧。李艾迪急忙安慰胡晓艺，说不会的，哪有那么不讲理的人？你的剧本又没问题。胡晓艺说干这行的不讲理的人多了去了。李艾迪说，那也没事，不管怎么说这次也让人看到你的创作水平了，以后还有机会。

胡晓艺拖着阴沉的心情和躯体“游离”到楼下等着刘瑛，刘瑛开车过来，让胡晓艺上车，说换个地方聊，胡晓艺疑惑地上车。刘瑛把车开到滨江路上，找到一处空阔的地方停下，胡晓艺一看这地方刚好是莫女曾经跟自己表达感情的地方。胡晓艺不知道刘瑛到底要干什么，刘瑛跟胡晓艺说实在不好意思把胡晓艺叫出来，但是自己没办法。胡晓艺说没关系，自己已经想到了更坏结果，让刘瑛但说无妨，自己已经有了心理准备。刘瑛哭笑不得地说胡晓艺误会了，自己想说的事跟胡晓艺没有半点关系。胡晓艺也愣了，刘瑛开始说起了她的事情，既然不是自己的事，胡晓艺松了口气安安静静认认真真听完，然后盯着刘瑛看。

胡晓艺问：现在轻松一点了吧？

刘瑛点点头笑着说：轻松多了，这事憋了我一天了。

胡晓艺不解地问：我想知道，你为什么要把这个事儿跟我说啊？

刘瑛说：因为我想听一个我比较信任的人的看法。

胡晓艺说：你为什么信任我？

刘瑛说：工作上跟你没有交集，没有利益来往，对你的性格和为人满意，我愿意在你这里听到一个旁观者的想法。

胡晓艺想了想说：我听了你的事儿吧，首先我最大的感触就是……

刘瑛竖起耳朵听，胡晓艺说：就是我咋遇不到这么好的事儿？

刘瑛一下子被噎住，不知所措地说：这个……那你觉得……我就该欣喜若狂了？

胡晓艺说：不不不，我首先得肯定这个事，证明你是个优秀的人。你的价值足以让人用婚姻和事业来交换，说明你本身是极具价值的。

刘瑛点点头：说下去，我想听。

胡晓艺说：我也不是圣人，你没必要一定要听我的建议，我也不是个正常人，说的话可能还会误导你。

刘瑛问:为什么你不是个正常人?

胡晓艺说:大家都这么说,包括我女朋友以前也这么觉得。

刘瑛说:我觉得你没有什么不正常啊,倒是你的行业跨度让我很意外。

胡晓艺说:就是这个原因,我本来可以成为一个很有前途的医生,未来不管是收入还是名气都会很好,可是我选择了自己内心的追求,想成为一名编剧,这个是我完全无法掌控的命运。你也看见了,你们公司一个想法就能把我的名字抹去,可是我还是热爱它。

刘瑛笑说:晓艺你知道吗?你让我很敬佩。

胡晓艺说:如果我不那么坚持梦想,也许我就没那么累,前途也会更好,可是你不会对我有这一层敬佩。那对我来说,别人对我坚持梦想的敬佩,最关键的是,我内心的坎儿我自己过不了,让我放不下。

刘瑛认真点点头。

胡晓艺接着说:我们的人生是不一样的,你跟我面临的事也不一样,我没法给你意见,只要你觉得心里能放下,以后让自己心情不沉重,怎么选都行,反正两个字——舒坦。

刘瑛笑了,胡晓艺的话让刘瑛有了答案。

是的,刘瑛被种种条件迷惑了,想到的更多是自己以后将拥有的权力和物质,可是有一点自己却忽略了,权力和物质需要用你的自由和灵魂去作为代价去交换,得到本来自己得不到的东西,就得付出自己付不起的沉重。

刘瑛把胡晓艺送回家后,自己开着车往回走。刘瑛做出了决定,立刻回复唐父,拒绝这一切,立刻,不然时间一拖可能自己又要动摇,毕竟这件事诱惑太大。刘瑛评估了一下自己的能力,在任何一家同类企业做个行政或者营销部门总监没问题,在这个城市立足没问题,即便是拒绝了唐父，他也不会轻易赶走自己，因为她对于这个企业来讲还是有着非常重要的作用，甚至了解企业中不为人知的一面。

胡晓艺回家后李艾迪问什么结果，胡晓艺说自己虚惊一场，出品方那边的人过来跟自己瞎扯来了，把事情一说，李艾迪开始还没多想，只是感慨了几句人跟人命运不同，后来一想，不对呀，这个人跟你胡晓艺有啥关系，犯得着找你来谈心吗？胡晓艺说是没关系，就是觉得自己靠谱，把自己当朋友。李艾迪说这女的肯定想法不单纯，胡晓艺解释半天解释不清楚，最后把李艾迪又说生气了。李艾迪生气了就盘腿坐在沙发上叉着腰看电视，也不说话。胡晓艺去阳台点了一根烟，无聊地跟着晚上的小风唱起小歌来。

刘瑛回到家里编辑了一条长长的信息，反复改了很多次，最后鼓起勇气发给了唐父，总的来说是自己深思熟虑之后决定拒绝，因为自己实在不敢拿唐宇正的人生来开玩笑，虽然这是自己人生中的一件机遇、好事，可是还是不能做出违心的决定，日后自己还是会一如既往为企业尽心尽力。因为害怕自己动摇，所以等不到天亮就提前发给唐父。信息发出后，刘瑛长长地舒了一口气，把头埋在了被子里。

唐父和唐宇正晚上在一起喝茶，唐父告诉唐宇正，现在就等刘瑛的消息了，唐宇正心里咯噔一下，略略紧张，这是一件大事，是影响自己一生的大事，唐宇正此时发现人在命运面前如此渺小，即便自己面对这样的事情也无能为力。唐宇正曾经觉得自己已经掌握了人生，可是这一段时间发生的所有事情，一件连着一件都在打自己的耳光。

唐父的手机响起，唐父一看是刘瑛发来的信息，有点意外，没想到刘瑛那么快就回复了自己，这不是刘瑛的做事风格，如果刘瑛想好了，也一定会在自己限定的最后时间回答自己。唐父拿起手机，看到信息后脸色慢慢地变得严肃。唐父无论如何没想到，刘瑛竟然拒绝了！唐父耐心看完信息后，努力调整了自己的情绪，这是刘瑛做出的抉择，从字里行间看出来，刘瑛没有半点的虚伪，即便给出了如此吸引人的条件，刘瑛还是拒绝了，唐宇正并没有被刘瑛接受。唐父叹了口气，刘瑛的答案让自己失望，或者说，唐宇正让自己失望，没想到唐宇正会如此被嫌弃。唐父缓缓地把手机放到唐宇正面前，唐宇正不解地看着唐父，唐父淡淡地说：你自己看吧！

晚上，唐宇正开车回家，一路上都是一个表情。唐宇正觉得自尊心已经被作践到尘埃里，在每一个自己在意的时刻，在每一个自己愿意去动心的人面前，都如此没有分量，如此不值一提，唐宇正心里有种莫名的窝火。

夜里，唐宇正没有睡觉，刘瑛却睡得非常安稳。

第二天唐宇正没有去公司，在家里待了一天，刘瑛到公司后发现唐宇正没有来，原定的一个会议不知道该怎么进行。刘瑛发信息给唐宇正，唐宇正在家里接到了微信却没有回复。刘瑛不知道到底是不是自己的原因，不知道唐宇正是不是被自己刺激了，心情非常忐忑。刘瑛取消了会议，在办公室里沉默。刘瑛开始回头想这件事，发现自己这一步走得太冒失，拒绝唐宇正，也不应该那么快，除了让唐父意外，更重要的可能会伤了唐父和唐宇正的自尊心。刘瑛心里有种不祥的预感，觉得可能因为这件事，自己在这个企业就此失去一些东西，虽然自己无论走到哪里都会找到待遇不错的位置，但自己在这里积累的一切就这么丢失了是非常可惜和遗憾的，刘瑛之前还从来没想过要离开这里。

到了晚上，唐宇正终于调整好了心态，努力回到之前的状态里。

虽然刘瑛拒绝了自己，但是自己是刘瑛的领导，自己无法强迫刘瑛，但是不能因为刘瑛就放弃了事业，否则企业的其他股东和上上下下所有人都会把他当个笑话看的。唐宇正用了一天时间来消化这种情绪，到了晚上给刘瑛回了个信息，说自己今天有事，明天会议照常进行。刘瑛接到信息后才缓缓松了口气，凭刘瑛跟唐宇正这么多年的默契，知道唐宇正正在从自己给他造成的刺激里挣扎出来，努力当成什么都没有发生过。

唐宇正晚上约了一个合作伙伴喝酒，想大醉一场来排解自己的不良情绪，明天走进公司自己依然是位高权重的唐公子。来到会所，合作伙伴已经等着自己，唐宇正走进门亲切地叫了一声司阳，然后看见司阳旁边依偎着一个有点面熟的女孩，唐宇正一愣，喊了一声：段依依？

40

偶尔顿悟

段依依陪男朋友阳阳参加一个聚会,在会所的房间里见到唐宇正以后才知道,原来圈子那么小,原来事情会那么巧。段依依怎么也没想到,原来唐宇正就是阳阳那天嘴里说的投资影视剧的合作伙伴,李艾迪的男朋友胡晓艺正是这部剧的编剧,嘲笑胡晓艺的就是唐宇正。唐宇正见到段依依也很是意外,跟段依依寒暄了几句后,跟阳阳攀谈起了商业合作的事,关于这部影视剧只字不提。后来阳阳开玩笑提了一句,让唐宇正给段依依留一个角色,自己想让女朋友出个镜,唐宇正说绝对没问题。段依依此时逮住机会,插嘴问道:宇正,你这部剧的编剧是胡晓艺吗?

唐宇正回答:是啊,怎么了?

段依依说:没什么,我就问问,我觉得太巧了。

阳阳听了说:胡晓艺?就是你闺密李艾迪的男朋友吧?

段依依点点头。阳阳说:原来是他呀,那这也太巧了。

段依依想起那晚他们三个都喝醉了,胡晓艺最后说了那个被嘲笑的人是自己,阳阳肯定没有记住,后来自己也忘了跟阳阳说。

唐宇正说:是很巧,开始我知道编剧是他的时候自己都不敢相信。

段依依此时没有多说话,出于一个女人的直觉,她觉得唐宇正肯定是不会给予胡晓艺支持的,李艾迪应该也还不知道这件事,估计胡晓艺也不知道唐宇正到底是什么身份,这个事儿得过后跟薄羽聊聊,再看用不用告诉李艾迪。唐宇正见到段依依就猜到这个事情迟早会被李艾迪知道,这样也好,本来跟李艾迪不会有交集了,现在的情况,胡晓艺被删除了署名权,李艾迪或许会坐不住来找自己。这晚,段依依没有多跟唐宇正聊天,只是静静地听着唐宇正和阳阳谈着一些遥遥无期的商业合作。段依依给薄羽发了信息,说第二天要碰个头。

胡晓艺带着一种悲怆的心情每天写着故事,既然决定写下去,那就把这个作品写完美,带着对自己遇到的不公的赌气和追求的坚韧,胡晓艺又写到了半夜，李艾迪睡了又醒来，发现床边没人，发现胡晓艺还在外屋赶稿子，李艾迪催促了几次胡晓艺才上床睡觉。

第二天，胡晓艺哈欠连天来到医院，没精打采地在办公室里陪着田院长面诊顾客。今天来的顾客有两个都想做面部填充，但是脸部都很饱满完全没必要。两个女孩都说还想让自己脸庞再饱满些，田院长直接拒绝了，说夸张的网红脸不会好看，两个女孩还是要把额头和苹果肌再加一点，胡晓艺闹不明白这些女孩咋想的，为了照相能好看竟不顾一切。两个女孩被拒绝后不悦地走了。

下午又来了一个主播，不知道是谁推荐的，直接来找胡晓艺。女孩说想做眼睑下至，胡晓艺看着女孩本来就挺不自然的脸，问她为什么要做眼睑下至，女孩说自己不够甜美。胡晓艺告诉女孩，这个手术无论在哪里都不要去做，眼睑下至是近两年网红潮流的兴起而产生的一种手术项目，这种手术绝对违背了正常人的面部生理原则，很多女孩做了这个手术不但没有变得更可爱，反而变得吓人，下眼皮过度外翻会导致下眼血肿，形成可怕的面部血槽，几乎没有修复的可能。女孩听了胡晓艺的话之后说自己很多姐妹都做了，效果非常好。胡晓艺最近也没太多耐性，说别的医院愿意做，我们医院是不会做的。女孩站起身来没说话就走了，张敏看见顾客出来把女孩送到电梯口，女孩说听说你们医院技术那么好，连一个简单的手术都不敢给人做，张敏也只是笑笑没解释。

胡晓艺送走了顾客，想趁机小睡一会儿，结果又有人来找自己。胡晓艺抬头一看，是施玉玉，胡晓艺诧异施玉玉怎么又来了，看看施玉玉的鼻子，一点问题没有。

胡晓艺问：唉，怎么，你又来了？

施玉玉说：怎么，我不可以来？

胡晓艺笑说：没有没有，你不是才来过吗？还是对鼻子不放心？

施玉玉说:不是,我是想跟你沟通个事。

胡晓艺说:嗯,你说。

施玉玉有点难为情地说:要不,咱们还是换个地方说吧?

施玉玉来找胡晓艺果然是为了买房的事,换句话说,是想来找胡晓艺扯结婚证的。施玉玉来之前一直都觉得这个想法很是荒唐,胡晓艺多半不会答应,可是,万一答应了呢?自己的生活难道还不够荒唐吗?在所有人都以为自己被一个有钱的男人圈养在一个小别墅里的时候,只有萱萱相信自己清白,自己在别人的流言蜚语中努力地积累未来的生活基础,现在好不容易要开始一段新的生活,拒绝了那些追求自己的富二代和大老板,为了买房才找胡晓艺帮这个忙。无数人结了婚可以为了买房假离婚,为什么自己不能因为买房假结婚?这么想想,也不是特别荒唐。

施玉玉说服了自己才来找胡晓艺,把胡晓艺从医院约到了一个广场上,做足了铺垫把想法一说,胡晓艺理所当然地吓了一跳,瞪大眼睛看着施玉玉半天说不出话来。施玉玉知道胡晓艺会是这个反应,又重申了一句:只是假结婚,不会有人知道,我把户口一办过来,马上就离。

胡晓艺脑子像被撞了一下,拍了拍自己脑袋说:不是,这个,你没事儿吧?

施玉玉说:我是深思熟虑以后才来找你的。我知道你的情况,但是我相信你,会很理性看待这个事儿,也不会占我便宜。

胡晓艺哭笑不得地想这到底是谁占谁便宜,自己这算是被人求婚了,长那么大第一次被人求婚竟然是因为这个破事,李艾迪要是知道了不扒了自己的皮才怪!

胡晓艺说:你这个事,你知道要是被我女朋友知道了你觉得她会同意吗?

施玉玉说:我想好了,这个事儿我会当着你女朋友的面说清楚,真的就是帮我一个忙，我太想在这个城市安家了。当然，我会多给一笔费用，当作你帮我的报酬。

胡晓艺摇摇头说：肯定不行，真的不行，这个事儿太大了，我真帮不了你。

施玉玉吐了口气：我知道，这事一般人都难理解，如果我在这个城市里还有另外一个我信得过的朋友，我一定不会来找你。

胡晓艺叹气，摇摇头。

施玉玉说：这样吧，你再想想，我真的需要人帮助我。

胡晓艺没有再说话，心想再怎么想也不可能嘛。施玉玉跟胡晓艺挥挥手说先走了。胡晓艺回到办公室心情更加郁闷，不知道怎么最近凡是让人费解的事都往自己身上扑。想起那天跟老奚聊天，老奚这段时间都得在家里休养了，他差点都因为贫血毙命街头了，自己还能坐在这里是不是应该庆幸了。这个年代谁都不差什么，就差健康和心情。

佩佩走进办公室问胡晓艺刚才跟那个美女顾客去外面干吗了，胡晓艺苦恼地说最近就没碰上一件好事。佩佩下午咨询完顾客正好没事，带着八卦的心一探究竟，胡晓艺大概把事情一说，佩佩乐了起来，说这是大好事啊，这么一个大美人来跟你求婚，虽然没听过这么新鲜的求婚方法。佩佩认定这个美女一定喜欢胡晓艺，胡晓艺解释说是对自己比较放心，确实买房迫在眉睫。佩佩说换成自己就答应了，跟大美女结一次婚也不吃亏。胡晓艺说那李艾迪非扒了自己的皮抽了自己的筋不可。佩佩感叹现在的女孩了不得，观念可以开放到这个地步，随随便便就敢找人结婚，不过也可以理解，现在的女孩活得也都不容易，要靠自己在一个城市立足，那真不是光靠踏实努力就可以办到的，还得动各种脑子。

胡晓艺跟佩佩聊到下班，佩佩的顾客刚好从手术室里出来，佩佩去看顾客了。胡晓艺收拾东西走出医院，在路边随便吃了个炒饭，不想那么快回家，心里有种不祥的预感，觉得有什么坏事要发生一样。胡晓艺知道自己多愁善感的性格，时常会有这样突如其来的悲伤感，不知道别人是不是也跟自己一样。

胡晓艺时常感慨造化弄人，命运无常。自己跟施玉玉同病相怜过，对这样的美女本来常人就会情不自禁怜香惜玉，想要是换别的事情自己可能都能答应，抑或是自己单身说不定也能接受这从天而降的馅饼，可自己毕竟不是那种可以随心所欲的男孩了。像施玉玉这样稍微改变一丝就惊为天人的女人，偏偏顽固得跟石头一样，不愿意对任何人妥协来快速改变自己的命运。自己也遇到很多其貌不扬但是通过整形在短短两个月之内就完成了人生的改变的女人。胡晓艺不相信这样的改变是绝对完美的，因为美貌是把双刃剑，如果有良好的心智来驾驭美貌，那美貌可以为你人生一路披荆斩棘奔走捷径；如果愚钝和欲望来利用美貌，则可能给你带来重重灾难。

胡晓艺吃完饭在大街上慢慢游荡，想起之前去参加一个整形机构举办的聚会，会场门口是像戛纳电影节一样的红毯秀，一位位风度翩翩、风姿绰约的俊男美女缓缓而来，落笔签名，左顾右盼，谈笑风生。胡晓艺不喜欢这气氛浮夸的场合，感觉每个人都极力地在伪装自己。当时有个女孩跟胡晓艺聊天，说起她也是为了生活迫不得已才来这里混圈子，说她最不喜欢这些整过形的女孩，自然原装的外表比什么都重要。胡晓艺在礼貌微笑的同时已经看清了女孩生硬的鼻梁和过长的硅胶下巴，再一看额头填充的痕迹还在，估计没超过一个月。胡晓艺心想，你这脸哪里是原装？完全是组装甚至是散装。胡晓艺下意识放低眼睛看了一眼女孩的胸部，心里猜着这胸大肌下假体的牌子。

倒是另外一个女孩反而让胡晓艺有不错的印象，那个女孩叫李璃，是一家房产经纪公司的主管，被朋友拉来参加这个聚会，跟胡晓艺沟通后大方地说自己也想把鼻子和下面部轮廓调整一下。李璃说自己觉得自己不丑，也很自信，就想微微动一下让自己更好看，每天看自己舒服点，工作也会心情更好点。几句简单的话让胡晓艺觉得这女孩挺真，不造作。后来不知什么原因，李璃果然来找胡晓艺了，说那天问了几个医院的人，只有胡晓艺在劝自己不用做手术，说自己的面部比例很好，其他医院的人都极力说做了会更好看，让自己去他们医院看看。胡晓艺说那既然我都说不用做了，为啥你还来找我呢？李璃说你都说不用做，我仍然坚持要你们做，这样你们会更谨慎更小心给我做得完美。那台手术两个项目只用了三个多小时，肋软骨方案完全不需要。胡晓艺守着田院长，看着田院长用两片鼻中隔和一点点耳软骨将李璃的鼻子做了一个微小的抬高，将膨体雕刻到最薄的程度然后缝合在了鼻梁上，两个鼻翼缘和鼻小柱都做了最轻微的下拉下推。手术完后，李璃看着自己粗看没怎么变，细看完全不一样的鼻子满心欢喜，说还好那天胡晓艺说了句负责任的话，要不然自己的鼻子可能真毁在了别的医生手里。

后来，李璃因为工作调动离开了渝州市，在走之前送了胡晓艺一瓶香水和一台小时候玩的插卡游戏机。胡晓艺问李璃为什么要送自己这俩奇怪的东西，李璃说，想让你在工作中多点魅力，工作外多点单纯。虽然香水和游戏机都是李艾迪在用，但胡晓艺真心感谢李璃这个人，觉得一个人的真挚和简单是能被感知和看见的。李璃走了以后跟胡晓艺偶尔还会有联系，让胡晓艺看看自己的鼻形正常不正常，胡晓艺都说没问题，很好看。在李璃的朋友圈里，胡晓艺看到她无比努力独立自主的一面，胡晓艺相信这样的女孩是一定能驾驭起一张完美的面孔的。

可施玉玉没有李璃那么好的命，没有家里给的基础和更圆润智慧的处世原则，但胡晓艺觉得施玉玉也一定会赶在自己变老之前得到自己想要的。胡晓艺忍不住给施玉玉发了一条信息，两个字：加油。胡晓艺想施玉玉应该能明白自己的意思。

今天晚上胡晓艺不想再带着疲惫赶稿子了，一天发生的事让胡晓艺想早点睡下。胡晓艺回到家，李艾迪正在跟一个学生家长沟通，胡晓艺没有打扰李艾迪，自己先去洗了澡，拿着手机躺下，看着看着就睡着了。不知道睡了多久，胡晓艺被李艾迪猛烈地摇醒了，胡晓艺瞪眼看着李艾迪，李艾迪一双水汪汪的大眼睛瞪着自己一声不吭。胡晓艺读不出李艾迪的表情，不解地问：怎么了？

41

误会啊误会

薄羽一大早被段依依约到咖啡厅，听段依依把这事儿一说，惊讶道：竟然有那么巧的事。两人一合计，唐宇正明摆着知道胡晓艺的身份，一定会跟胡晓艺过不去。上次唐宇正把胡晓艺那张照片给段依依无论表面上出于什么目的，内心里是肯定希望李艾迪知道后跟胡晓艺分手，自己好有机会乘虚而入，现在唐宇正对李艾迪死心了吗？这个不好说。

两人商量后的结果，还是得把这件事告诉李艾迪，让李艾迪知道胡晓艺现在的艰难处境，胡晓艺不知道唐宇正是谁，被为难了也不知道原因。两人等李艾迪下班以后约到一家菜馆，边吃边把事情给李艾迪讲了一遍，李艾迪也惊讶不已，苦恼地说怎么就撞到唐宇正那里去了，胡晓艺要是知道了整个事情就变味了，难怪胡晓艺最近那么憋屈，情绪那么低落，肯定是唐宇正在背后给他穿小鞋。李艾迪陷入两难，三个人讨论了半天，有两个选择，一个是让胡晓艺放弃，该拿的钱已经拿了，剩下的要让胡晓艺想通女朋友的尊严肯定要比这个机会重要，忍痛割爱吧。另外一个选择，不让胡晓艺知道任何事，李艾迪自己去找唐宇正谈，拉下脸来求唐宇正，让唐宇正帮助胡晓艺。只要李艾迪一出面，唐宇正无论如何都会答应给胡晓艺署名，李艾迪就此欠唐宇正一个大人情，作为一个男人，所喜欢的女人来求自己，这是一件特别愉快的事。无论哪个选择，对李艾迪来说都是不舒服的，所以，三个好朋友又想出一个办法，把事情摆在胡晓艺面前，让胡晓艺来选择——干吗要让自己纠结，这时候就是看男人态度的关键时刻，你的追求和女朋友的尊严哪个更重要？

所有的问题迎刃而解了，三个女孩心里轻松了下来，愉快地继续吃东西。吃完饭大家各自回家，李艾迪在车上又沉默了。李艾迪心想要是让胡晓艺选择，胡晓艺肯定会更加痛苦，所以不告诉胡晓艺也许是个方法，但是不告诉胡晓艺自己会很难受，把这么个事儿一直憋在心里谁也受不了。

李艾迪到家后琢磨了许久，胡晓艺还没回家，李艾迪接到了一个学生家长来的电话，说他家的孩子最近情绪很反常，除了李艾迪其他人说话都不听，李艾迪跟家长沟通了半天。胡晓艺回来了，没打扰李艾迪，直接洗澡，然后进卧室躺下。李艾迪跟家长聊完之后，身心俱疲地瘫在沙发上，突然想起胡晓艺已经回来了，叫一声胡晓艺没人答应，李艾迪走进了卧室，看见胡晓艺已经睡着了，手里还拿着手机，李艾迪心疼起来，觉得他真是太累，走到胡晓艺面前想把手机拿开，意外看见有一条未读的微信，上面几个字映入了眼睛，一个叫施玉玉的人发来的，写着：如果你能跟我结婚，我会特别感恩。

李艾迪屏住了呼吸，把手机拿过来，打开信息，后面还有一句：我知道对你来说很难，如果你真的做不到我也不怪你，你已经对我很好了。

李艾迪像傻了一样盯着手机上的信息，愣了好半天，然后又扭头看了看熟睡的胡晓艺，一时间慌了神。方才脑子里还在想要为胡晓艺牺牲自己的尊严去找唐宇正，没想到这一瞬间内心差一点全部崩溃了。李艾迪脑子里一片空白，手却不自觉地伸向了胡晓艺，不听使唤地摇动着胡晓艺，把胡晓艺从睡梦中摇醒，胡晓艺被突如其来的打扰弄醒了以后一脸蒙圈地看着李艾迪。

胡晓艺问：怎么了？

李艾迪盯着胡晓艺不说话。

胡晓艺撑起了身体问：你怎么了？

李艾迪轻声问：施玉玉是谁？

胡晓艺心里一惊，看了看手机上的信息，看清楚施玉玉发来的文字以后痛苦地闭上眼睛，睁开眼对着李艾迪说：你听我说，这个事儿完全就是一件很荒唐的笑话，本来我还打算讲给你听。

李艾迪说：确实很扯淡，竟然有人跟你求婚了我都不知道，真的是个笑话。

胡晓艺说:不是不是,你误会我了,亲爱的,这个事你听我解释。

李艾迪苦笑了一下:不用解释了,你对她已经很好了,我觉得自己太可笑了。

两行眼泪从李艾迪脸上流下来。

胡晓艺拉着李艾迪的手说:你能不能听我把话说完?

李艾迪挣脱开胡晓艺的手说:我现在听不进去,我现在不想看到你,我现在走。

胡晓艺赶紧一把拉住李艾迪,李艾迪使劲挣脱,越挣脱胡晓艺越使劲抱住她。李艾迪开始失控,用力打了胡晓艺脸一巴掌,胡晓艺捂着脸看着李艾迪,两个人沉寂片刻,李艾迪又起来要走,胡晓艺继续跟李艾迪僵持着,边拉扯着李艾迪边看着李艾迪眼泪止不住往下掉。胡晓艺大声说:好了!你走!可以走!听我说完你再走!就两分钟!

李艾迪红着眼眶,冷冷地说:说吧,说完!

胡晓艺吞了吞口水,用最快的速度把事情叙述了一遍,说自己已经明确拒绝了施玉玉,但是不知道为什么施玉玉要发这个信息给自己。李艾迪听胡晓艺说完情绪并没有半点好转,低着头用冰凉的声音说:说完了吧?

胡晓艺说:啊,说完了啊?

李艾迪说:那我可以走了吧?

胡晓艺无奈地说:说完了你就别走了啊?

李艾迪又起身,胡晓艺赶紧说:行行行,我走,我走,你留下我走行了吧?

胡晓艺边说边起身穿好衣服裤子,走出了卧室,李艾迪没有拦着胡晓艺,胡晓艺想难道真舍得自己大晚上跑出去,又走回卧室里看着一动不动的李艾迪，又坐到李艾迪面前，胡晓艺不知道李艾迪在想什么，问了一句：你真要我走？

李艾迪点点头，胡晓艺只得又站起来走到卧室外，里边没有任何动静。胡晓艺身心都累得不行，如果不走站在客厅里也不是个事儿，难道要站一晚上？干脆就拿着车钥匙出门了。门关上那一刻，李艾迪从自己的思维里跳出来，知道胡晓艺出门了。李艾迪想着自己今天为胡晓艺做出的决定，想着胡晓艺手机里那条短信，觉得自己真是太傻了，委屈得呜呜哭出声来。

胡晓艺大晚上开着车不知道往哪里走，气急败坏地想打电话给施玉玉，拨通那一刻又挂断了，自己无法去责怪施玉玉，觉得她也不容易，她也并不是故意给自己带来麻烦或有其他企图，相反，胡晓艺觉得施玉玉比自己有骨气，不愿委曲求全，自己却憋屈着在这里，苟延残喘。

在城里开车转了两圈，油箱报警的时候胡晓艺才停止了混沌的思绪，觉得自己该找个地方睡觉了，于是又开到家附近的地方选了一个酒店住进去。胡晓艺想起自己好像好久没有回家跟爸妈聊聊了，爸妈没事总催促胡晓艺的婚事，可胡晓艺一直觉得跟李艾迪还没有完全磨合好，虽然两个人在一起已经有了过日子的感觉，胡晓艺心里却觉得跟李艾迪差点火候，不知道是因为恐婚还是不自信。躺在酒店里，胡晓艺其实很想回家去，但是现在是万万不能回家的，两个人闹别扭的事让家长知道是最愚蠢最没情商的举动，除非是两个人确定过不下去了才该把这些事摊开让大家都知道。胡晓艺再次躺下后已经睡不着了，睁大眼睛盯着天花板，自己心里的卑微感此刻都被放大了，胡晓艺发现自己还不愿意马上结婚的原因，是觉得自己还不配，不配李艾迪这样的女孩。

李艾迪在卧室里哭完以后，无助地看着窗外，不知所措地走到屋子外，又重新回到卧室里躺下来，蜷缩成一团，身上颤抖起来。李艾迪此时也想打电话回家,跟妈妈说几句话,但想着父母都已经睡了,只能克制自己的冲动咬着嘴巴眼泪又掉下来。不知不觉李艾迪睡着了,屋里屋外的灯光都亮着,一直亮到了第二天早上。小区楼下小孩的喧闹让李艾迪醒过来,习惯性伸手去抓胡晓艺,发现胡晓艺不在,李艾迪一下子想起昨晚上发生了什么事情,支撑着疲惫的身子起来洗漱完后去上班,到了车库看到车位空荡荡,记起来昨晚胡晓艺拿走了车钥匙,李艾迪长长叹口气,给同事打电话,说自己病了,要请一天假。然后饿着肚子来到小区门口的店铺,点了一碗面吃了两口就无法再下咽,李艾迪此刻感到无助,她不相信发这样的信息的女人跟胡晓艺毫无瓜葛,她不敢想象胡晓艺在她看不见的时候是个什么样的人,她也不敢想接下来跟胡晓艺要面对什么样的情况。

胡晓艺早上起来也没任何心情,在酒店胡乱洗漱完后走出去,没有半点吃早餐的欲望。胡晓艺走在街上来到公交站,才想起自己的车就停在酒店楼下的路边,胡晓艺又往回走,走到了车前,看见车玻璃上交警贴的罚单才发现车没有停在停车位里。胡晓艺没有撕掉罚单,而是径直启动车开往医院,罚单在玻璃窗上被风吹得摇摆起来,尽情飘摇。胡晓艺进了医院,今天没有排手术,佩佩和苏医生都休息,胡晓艺想找个说话的人都没有,只能坐在办公室里发呆。张敏看着胡晓艺脸色不对,给胡晓艺倒上一杯开水,胡晓艺拿起来喝了一口,张敏试探着问:晓艺哥,你怎么了?

胡晓艺挤出一个比哭还难看的笑容说:没什么。

张敏说:是不是跟嫂子吵架了?

胡晓艺继续保持着比哭还难看的微笑摇摇头。张敏也不知道该说什么,转身走了出去。不一会儿一个女孩来咨询,张敏把顾客带进办公室,顾客一个月前做了吸脂,问胡晓艺为什么自己穿塑身衣的皮肤像是被晒黑了一样,胡晓艺没精打采地解释这是创伤性色素沉淀,三个月就会有好转,顾客又问自己脸上做了填充为什么吸收得那么快,才一个月就吸收得差不多了。胡晓艺懒得解释,说再给你免费填一次。顾客本来想再问几个问题,看到胡晓艺的样子也不想说话了,走到前台跟张敏说你们医生是不是生病了,张敏连忙赔笑,随口编了个理由说胡医生最近太累,把顾客送到了电梯口。中午张敏吃饭的时候胡晓艺也没点饭,张敏走过来想问胡晓艺吃什么,却看见胡晓艺趴在桌上睡着了。

熬过了一个下午,胡晓艺还是没接到李艾迪的电话,自己也无法说服自己主动打给李艾迪,正在走投无路之际,突然心里升腾起了一丝光亮,想起了萱萱,并不是找萱萱做什么,只是想找人说话。

胡晓艺开车来到了萱萱的餐厅,服务员说萱萱在二楼跟朋友吃饭,胡晓艺摇摇晃晃地上楼,在楼上的花园包房里喊着萱萱的名字,萱萱走出来意外地看着狼狈不堪的胡晓艺,萱萱后面又走出来一个人,这个人让胡晓艺也吃了一惊,竟然是莫女。

空气仿佛一下凝固了一样,莫女微微张开嘴,看着久违的胡晓艺的脸,缓缓往前走了两步,胡晓艺盯着莫女,不知道该不该笑一下。

莫女轻轻说了一声:嗨,好久不见。

胡晓艺也点点头说:好久不见。

萱萱笑起来说:你俩还真是有缘分啊,我以为你们俩一辈子都碰不到了。

两人不好意思地笑笑,萱萱看到莫女眼里出现那一丝光亮,说自己下去处理点事,萱萱走后,莫女和胡晓艺害羞地看着对方。

莫女说:看到我不习惯吗?

胡晓艺说:没有没有。

莫女说:那没话说呀?

胡晓艺说:哦,那个,你的鼻子现在真好看。

莫女笑起来:你呀,是不是有职业病?看别人都先看整过的地方。

胡晓艺不好意思地摸摸头说:是是是,我这就是有毛病了。

莫女说:你是来找萱萱的吧,我在这里会不会打扰你们?

胡晓艺说:不会不会,我就路过想来吃个饭,萱萱给我们医院介绍了好几个她的姐妹,我们已经很熟了。

莫女说:是吗,那你得感谢我,要不是我你也不会跟萱萱变得那么熟。

胡晓艺点点头,问:那你最近怎么样?

莫女说:挺好的,越来越好,现在习惯了按时上下班的生活了,工作也得心应手了,可能明年还能升个职什么的。

胡晓艺说:那太好了,祝你越来越好。

莫女看着胡晓艺说:谢谢你,都是你的功劳。

胡晓艺说:哪里哪里,本来你就优秀。

莫女看出来胡晓艺的状态不佳,猜到胡晓艺来找萱萱肯定有别的事,于是告诉胡晓艺自己有事要走了,希望以后能多联系,胡晓艺点点头。莫女走的时候,转身又看着胡晓艺,对胡晓艺一笑,问:我想知道,你有没有想着我。

胡晓艺一愣。

莫女又问:有吗?

胡晓艺点点头:有,有的。就希望你每天都能快乐、高兴一点。

莫女轻轻地说:我走了。

说完莫女转头走了下去,胡晓艺看着莫女的背影,心里莫名感伤,萱萱不一会儿走上来,让胡晓艺点菜,胡晓艺看到菜单才意识到今天自己啥都没吃,点了一盘肉丝、一个番茄炒蛋和一碗米饭,等菜端上来以后端起碗不一会儿就吃得干干净净,萱萱在一旁看得发呆,不知道胡晓艺到底受了什么刺激。饭吃了以后,胡晓艺喝了几口茶,打了几个嗝,说了一句:莫女越来越好看了。

萱萱说:那还用说,人家一直都好看。

胡晓艺说:你知道我来找你什么事儿吗?

萱萱说:不知道啊,我想等你吃完了就问你的。

胡晓艺长长叹了口气,把施玉玉的事从头到尾说了一遍,萱萱作为一个知道开头不知道结尾的听众,在胡晓艺讲完之后露出一种奇怪的表情,像是浑身发痒一样挠头抓脸,胡晓艺也不自在起来,问:你这是哪里不舒服吗?

萱萱摇摇头说:不是不是,我觉得,施玉玉她,确实做得不对。

胡晓艺说:她没有不对,她并没有想害我,也没有想追我,是她想让我帮忙,但是这个事儿在我女朋友那里看来是很严重的问题,现在还没给我发一条信息呢。

萱萱说:那你今晚又不回家了?

胡晓艺说:她不让我回去我哪儿敢回啊?

萱萱说:有时候吧,女孩的脾气就是男孩给惯的。

胡晓艺说:这件事还真不是,女孩心眼儿都比男孩小,况且那个信息实在是太要命了。

萱萱说:如果要快速解决这个问题,只有一个办法了。

胡晓艺问:怎么办?

萱萱说:让施玉玉自己去跟你女朋友解释,一下就通了。

胡晓艺说:关键我开不了这个口啊。

萱萱说:这样吧,我来说,你晚上就再委屈一下,住酒店去,我去跟施玉玉说,她应该会答应的。

胡晓艺点点头,感激地看了一眼萱萱,又情不自禁地打了一个饱嗝。

42

对峙

在很多个夜晚，很多看似不相同的事都因为某个人联系在了一起，世界上每天发生的故事会像蜘蛛网一样藕断丝连。

比如这个夜晚，胡晓艺仍然没有接到李艾迪的信息，只好又住进了家附近的酒店。与此同时萱萱打电话给施玉玉，把事情一说，施玉玉吃了一惊，没想到自己给胡晓艺造成了如此大的麻烦，但是要自己去替胡晓艺找她女朋友解释清楚，施玉玉又觉得太尴尬，说自己并没有其他意图，用不着解释，不想面对李艾迪。施玉玉不知道，在这个让人不适的夜空下，唐宇正又想起了自己，因为施玉玉消失得太快，让唐宇正发现原来人情可以这样淡薄，不知道自己在感情里为何那么失落。唐宇正没想到此时会接到一个电话，竟然是让他辗转反侧的李艾迪打来的，李艾迪思考了很久，最终想清楚了，不管跟胡晓艺接下来怎样，都要跟唐宇正再正面交锋一次，哪怕跟胡晓艺因为这件事分开，也要把自己本来想好要做的事情做了。

李艾迪白天给学生上完课以后，没有回家，而是直接坐地铁来到了唐宇正的公司，径直上楼，前台问李艾迪有没有预约唐总，李艾迪说没有，前台说如果没有预约那得提前联系，否则不能让李艾迪进去，李艾迪让前台去通报一下，说出了自己的名字，说自己跟唐宇正是高中同学，前台转接到刘瑛那里，刘瑛听到李艾迪的名字，好奇地过来，问李艾迪有什么事。李艾迪说有些私事想找唐宇正聊聊，麻烦刘瑛一定帮个忙。刘瑛打量着李艾迪，顿时知道了为什么唐宇正对这个女孩念念不忘，这是在唐宇正的圈子里不可能找到的女孩。

唐宇正在跟几个股东开会，接到了刘瑛的信息，深吸一口气，把手机放下，心里有种莫名的冲动，心想李艾迪还是来了。

唐宇正让刘瑛把李艾迪带到自己的办公室里，自己则不慌不忙地继续开会，李艾迪在唐宇正办公室里等了三个小时，几次有想走的冲动但还是忍住了。刘瑛陪李艾迪说了会儿话,李艾迪很有礼貌但是很冷淡地回答着刘瑛的问题,刘瑛很快摸清了李艾迪的性格,这个女孩并不圆滑,但是很有教养。对待不喜欢的人或者陌生的人会摆出一副彬彬有礼但绝不亲近的态度,直到刘瑛主动提到胡晓艺,说自己也看过胡晓艺写的剧本,感觉不错,李艾迪才跟刘瑛稍微多说了几句,随后又恢复到一副冷淡的状态。好不容易等到唐宇正会议结束回到办公室,刘瑛知趣地立刻离开了,唐宇正看见李艾迪假装意外地说:艾迪,你怎么来找我了?

李艾迪不拐弯直接说:我想跟你说个事儿。

唐宇正说:没吃饭吧你,我请你吃个饭,我们边吃边聊。

李艾迪说:不用了,饭就不吃了,我就想跟你说个事儿。

唐宇正笑说:我开了几个小时会,饿坏了,这样,找个地方,咱们随便吃点,你想说什么慢慢说。

唐宇正说自己饿了,李艾迪也不好再拒绝,跟着唐宇正到了公司附近的一家餐厅里。唐宇正点了两份精致可口的菜肴,李艾迪也饿了,面对着美食咽了几口口水,忍不住也多吃了几口。

唐宇正说:现在告诉我吧,是什么事儿?

李艾迪说:我,我是才知道,我的男朋友现在在给你的项目做编剧。

唐宇正说:是吗?我以为他早就告诉你了。

李艾迪说:他怎么会告诉我,他根本不知道你是谁。

唐宇正说:看来我想简单了,我以为那么重要的事他会第一时间告诉你。

李艾迪说:唐宇正,那我就直说了,我不知道为什么,到底什么原因他写了这部剧不能让他署名,我觉得你们有点欺负人了。

唐宇正点点头说:你说这句话,是不是心里在想,我因为你的缘故想故意刁难他。

李艾迪说:我没那么想,你作为这个剧的投资人也可以做这个决定,我今天来找你,是想你能看在我的面子上可以把这个署名权给他,哪怕加上别人名字的同时加上他的也行。

唐宇正看着李艾迪,沉默了几秒说:你来找我,我可以加。可是我不明白,你为什么会为了他来向我低头,我觉得一个男人不应该为了自己的事让女人替自己出面。

李艾迪说:他不知道我来找你。

唐宇正心里泛起了一丝醋意,原来李艾迪那么在乎自己的男朋友,明明亲口跟自己说不愿意再见面,却因为男朋友的梦想来找自己。

唐宇正面带微笑说:我觉得,他应该知足,找了一个比自己小那么多的女朋友,还来帮他解决难题。

李艾迪说:我没有委屈自己,来找你我也没受到什么伤害。我不了解你们这个项目的事,只是觉得让编剧在作品上加上自己的名字是天经地义的,让你帮这个忙也不会太为难你。

唐宇正说:你没有为难我,这个作品不加编剧的名字,纯粹是从效益的角度上考虑的,胡晓艺写了这部剧,我们公司给他相应的报酬,并且还增加了费用,弥补署名缺失的精神补偿,这些都是签订了合同的。

李艾迪盯着唐宇正,无法反驳。

唐宇正说:公司为了增加收视率,还刻意花钱买了现在很火的编剧挂名,并不是针对你男朋友,如果是针对他,我直接换人好了,所以你如果心里觉得我在故意为难他,艾迪,真的是你心眼儿小了一些。这个决定是跟导演、制片还有我们公司的负责团队商量后决定的。

李艾迪压住自己的火气,心里明明深刻感受到了唐宇正的压迫和伎俩,却无法用任何一句话来反驳,心里直骂唐宇正阴险卑鄙。很多事道理上是完全说得通的,但情理上一想就有漏洞。即便要请个名编剧来署名,那同时署两个名字不行吗？

李艾迪强迫自己放低声音说：这样可以吗？如果方便的话，你能不能跟团队商量一下，加上一个名字，把他名字放在那个人的后面。

唐宇正说：既然你都开口了，明天，我一定会召开一个视频会议，跟大家商量这个事儿，有了结果我第一时间告诉你，好吗？

李艾迪心里不舒服到了极点，想起胡晓艺昨晚上跟自己解释微信里说的那个施玉玉，心想你要加减个女演员无非就是一句话的事，现在挂上胡晓艺的名字那么大费周章地在自己面前表演，就是想让自己欠个人情，欠个特别大的人情。李艾迪克制住愤怒，还是表面平和地对唐宇正说：可以，那我明天等你答复，不管成不成，我都请你吃个饭吧，这么冒昧来打扰你我很过意不去。

听着李艾迪生疏而见外的客套话，唐宇正心里也非常不爽，明白李艾迪是有意要拉远两人的距离，李艾迪这么不顾一切为了一个男人去委屈自己，这个胡晓艺竟然都不知道，太可恶了。唐宇正不禁想起了很多年前的高中岁月，李艾迪为自己也那么不顾一切地去面对重重压力和嘲讽，坚定地给了自己底气和温暖，可岁月终究飘散，时过总会境迁，现在李艾迪把自己当作一个对手一样在为另外一个男人争取着他的梦想。

唐宇正对李艾迪勉强一笑：我尽力，等你请我吃饭吧！

李艾迪拒绝了唐宇正送自己回家的提议，在走出餐厅时就叫了车，唐宇正眼看着李艾迪离开，那种想要尽快逃离自己的感觉使唐宇正浑身疼痛，忍不住握紧了拳头，想将胡晓艺狠揍一顿，对这个不知道是医生还是编剧的怪胎厌倦透顶了。唐宇正非常明确自己一定会还胡晓艺一个署名，但在李艾迪头也不回地上车离开后，决心要跟李艾迪最后再聊一次，这次不再有任何伪装修饰，要把自己心里积蓄的话全部说出来。

李艾迪还没到家就给胡晓艺发了个信息，让胡晓艺回家。胡晓艺今晚没有再去酒店,而是在街上游荡着,他知道在酒店里还是会失眠,不如在街上散散心。正当胡晓艺看到时间已晚,不知如何是好的时候,李艾迪的短信像黑夜里的一道光照射在胡晓艺心上。胡晓艺赶紧上车,开车回家去。快到家门口还在路边买了一份小龙虾,一进门看到李艾迪已经回来了,急忙把小龙虾递过去说:我买了你喜欢的蒜蓉口味,你赶紧尝尝。

李艾迪疲惫无力地说:我没有胃口,你自己吃吧,吃完早点休息。

李艾迪说完走进了屋里躺下,连澡也没洗。胡晓艺以为李艾迪原谅了自己,热情似火回来后像被泼了一盆冷水一样提着餐盒站在原地,看李艾迪在卧室里没动静了,把小龙虾放下坐在沙发上发呆。李艾迪很快入睡了,睡到半夜里醒过来,床的另一半没有人,李艾迪眯着眼睛起身来到客厅里,看到胡晓艺搂着抱枕,衣服也没脱在沙发上睡着了,李艾迪走过去碰了碰胡晓艺,胡晓艺醒来迷迷糊糊看着李艾迪,李艾迪用沙哑的声音说了三个字:上床睡。

胡晓艺困得没力气洗澡,跌跌撞撞进卧室躺到床上,李艾迪没有靠近胡晓艺,翻过身继续睡去,胡晓艺也没碰李艾迪,背对着李艾迪面对墙壁。漆黑的房间里,胡晓艺好像能感受到一条分明的线条把两个人隔开了,谁也越不过去。胡晓艺看了一眼时间,凌晨三点,沉重地闭上了眼睛。

心情一样沉重的不止这两个人,唐宇正睡觉前抽了好几根香烟,喝了一大杯洋酒。李艾迪今天的表现并没有如唐宇正预料的那样柔弱,反而在自己面前力证对男朋友胡晓艺的感情,本来自己想占个上风告诉李艾迪自己比胡晓艺优秀得多,结果得到的却是李艾迪为男朋友受苦受累还不让他知道的一片温情。

这是爱吗?狗屁!这是悲哀!唐宇正想起施玉玉对自己的决绝,刘瑛对自己的嫌弃,李艾迪对自己的逃离,这三个女人和一个胡晓艺,像是前世就约好今生要手拉手走到他面前来拍打他的脸颊让他颜面丢尽。就连父亲现在也开始轻视他，对他越来越不信任。一直以来他是被人称颂被人夸赞的天才精英，现在却可怜得谁也不会正眼看他一下，唐宇正的压抑像是暴雨前低沉的乌云，感觉自己快要窒息了，就连睡着以后，紧紧攥住的拳头都没有松开。

第二天唐宇正头发蓬松眼皮耷拉地来到办公室，刘瑛给唐宇正准备好了糕点和咖啡，看到唐宇正的样子吓了一跳，唐宇正没跟刘瑛说话，进办公室后直接坐下，打开电脑慢慢整理着会议信息。刘瑛尴尬地说了一句：唐总，糕点和咖啡准备好了。

唐宇正看了一眼，抬头看着刘瑛说：哦，辛苦你了，谢谢！

刘瑛对唐宇正这种客气感到非常不自然，别扭地说：唐总，你怎么突然那么客气，我觉得好奇怪。

唐宇正说：我也觉得奇怪，特别奇怪。

刘瑛说：奇怪什么？

唐宇正说：为什么，为什么我的生活突然变成了这个样子。前不久我还是被别人尊敬的唐总，现在我变得被人嫌，狗也不待见了。

刘瑛说：怎么会，你想多了，你还是唐总，以前和现在没有任何变化。

唐宇正自嘲地笑了一声，自言自语说：现在就是个笑话。

刘瑛安抚着说：唐总，你是不是最近太疲惫了，真的不是你想的那样。

唐宇正说：你不是也瞧不上我吗？

刘瑛不知所措地看着唐宇正，想了想说：是配不上。

唐宇正说：不用说了，现在我知道自己到底是个什么样的人了。帮我通知一下那个整形医生，可以给他署名，多给的钱也不用退。

刘瑛一愣说：什么？给他署名？

唐宇正说：去吧，跟他说吧！

刘瑛不禁多问一句:可以告诉我为什么吗?

唐宇正抬起头说:现在我比他可怜,你就别问那么多了。

刘瑛点点头,给了唐宇正一个微笑,转身走出去。

43

说不清的事

胡晓艺并不知道李艾迪为自己做的事，就连这个唐总跟李艾迪的关系都完全不知情，在被李艾迪叫回家后还是感受到李艾迪由内而外散发出的冰冷，李艾迪一反常态的行为让胡晓艺心里猜想可能这次两人真要出现问题了，施玉玉的信息太直接，换做任何一个女孩都会产生强烈的情绪，可自己没法要求施玉玉来替自己解围，施玉玉不是故意的，并且最近也需要重新开始自己的生活，都不容易，也怕让施玉玉来专门为自己解释反而会让她难受。

李艾迪早晨起来没有跟胡晓艺说什么话，胡晓艺临走前说了句：我上班了。

李艾迪嗯了一声就再也没有反应，胡晓艺只能硬着头皮走出门去。来到车库发现没带钥匙，胡晓艺不愿意再进门面对李艾迪的冷脸，只得来到路边车站跟人抢出租。李艾迪上班前发现了桌上的车钥匙，以为是胡晓艺故意留给自己的，拿起钥匙去车库开车。

胡晓艺心里祈祷这几天医院别有什么烦心事来打扰自己，不然自己真撑不住了，这几天失眠太严重。可是偏偏上午就有一个做了眼综合的顾客找上门来了，这个顾客是一周前胡晓艺一个同学介绍过来的，一个刚当妈妈的女人，多年来都对自己的眼睛不满意，面诊完了以后，除了基本的双眼皮成型以外，还有皮下脂肪去除、内眦调整和上睑肌无力提升，女顾客为了节约点钱，省去了上睑肌无力这个项目，说给自己去点皮肤就行，怕自己眼睛赘皮严重。胡晓艺为了照顾老同学的情谊，帮忙打了折，还跟田院长说这女顾客是自己多年的朋友。结果胡晓艺没想到这么一说，反而惹出个小麻烦。

田院长在切开女顾客眼皮时发现眼皮赘皮并不严重，反而是上睑肌的牵扯让眼皮看起来宽，并且涣散无神。田院长心想既然是胡晓艺老朋友，就别考虑这么多，干脆把上睑肌给提升了，皮下脂扐组织取出后，然后考虑到恢复更快速，直接用了定点眼皮成型的方式做了眼皮创造，没有使用全切，接着把内眦做了调整。

女顾客的眼睛是好看了，但是来之前女顾客打听了一圈，都说该做全切，就连手术单上也写的是全切眼综合，最后却做成了定点。女顾客回家以后对着镜子看着伤口，越来越觉得不对劲，一直心神不宁，后来在网上查了一些资料，确认自己不是做的全切。等到拆线这天，来找胡晓艺算账，说自己明明定好的是全切，为什么进去之后田院长给自己做成了定点，胡晓艺也一脸发蒙，心想眼睛手术田院长得心应手，怎么会出这样的纰漏，胡晓艺赶紧问田院长，田院长一说情况胡晓艺就明白了，回到办公室里跟女顾客解释，是因为田院长以为她跟自己是多年朋友，所以虽然之前减少了上睑肌提升的项目，但是实际手术中还是无偿做了，根据她的眼睛特点，提肌后做定点效果肯定更好，恢复得更快。女顾客听了却不高兴了，说为什么都不跟我说一声，做双眼皮又没有静脉麻醉。胡晓艺解释说因为田院长认定了咱们俩是很好的朋友，所以没有多解释，只为给你达到更好的效果。女顾客没多说什么，起身离开了。

胡晓艺以为完事了，结果没多会儿老同学就给他打电话，说女顾客一直发信息，说觉得特别后悔，怎么来了这么一家医院，竟然临时改手术方式都不跟自己说一声，自己眼睛现在看起来不错，如果做全切说不定能做得更好的，可是现在做成了定点，最多也只能像这个样子了。女顾客越说越委屈，觉得自己可能被坑了，一定是这个田院长图省事才给自己临时改了项目。胡晓艺的老同学也觉得不好多说，打电话给胡晓艺，问为什么会这样。胡晓艺解释了半天，老同学听明白了以后说那也没办法，毕竟她跟你不是朋友，也不了解你和你们医院，现在人家认定你们给她少了价格，为图轻松才改变了手术方式，至于田院长给他多加的项目，在眼皮里也看不见。

这事让胡晓艺心烦意乱，但手术已经做了，只能跟田院长如实汇报这个情况，田院长听了说：是我的疏忽，当时只想给她做好一点，确实没考虑其他的事。现在你那朋友是什么想法？

胡晓艺说：没想法，就是特别不安，心情急躁不停抱怨。

田院长问胡晓艺：那你觉得怎么办好？

胡晓艺说：这个我还真不知道，从道理上讲我们做得不对，但是从情理上讲我们没做错。

田院长沉默了一小会儿，把苏医生和佩佩一起叫到了办公室里，将事情说了一遍，问大家的意见。苏医生说：这个事是我们没有告诉她，但是按照医学角度，假如我们给一个阑尾病人做手术，打开以后发现是小肠有问题，那么我要做的肯定是改变手术方案执行，这是对病人的负责，我总不能把伤口缝合好再通知病人是另外一个问题，让病人再做决定吧。

佩佩说：关键是这个顾客来拆线了，我看了效果，很不错，她应该满意啊。

胡晓艺说：她觉得假如我们做全切的话，效果可以更好。

苏医生说：做全切但是不做提肌，效果不会比现在好，其实我们是帮了她。

胡晓艺说：是，我已经解释过了，帮的地方看不见，看得见的地方又没有按照她想的来。她也不懂，所以心里就不舒服了。

佩佩说：那等她恢复好了以后她会知道自己眼睛多好看，还可能感谢田院长给她加了项目，虽然临时改了方案，但是效果是在那里摆着的。

胡晓艺说：再多道理，也抵不过她当事人的情绪，她觉得是田院长为了省事才临时改的方案。

苏医生说：道理都讲清楚了，她还这么想就不可理喻了，效果在那里摆着呢。

田院长说:这个事儿,我认为可以当一个教训。一个眼睛价格也不高,退款吧!

苏医生听了愣住说:田院长,这个事儿有两面性,手术没有问题,效果她自己也看得见,我们没有任何理由退款。

田院长说:要说不退款,我们完全有理由;但是要退款,我们也不是完全委屈。毕竟整形医院是个商业机构,跟其他医院不一样。去其他医院的叫病人,来整形医院的叫顾客。

苏医生说:退款就等于我们认错了,可是我们做了一个漂亮的手术,没有过错,这一退款可能会造成不好的影响。

田院长说:现在顾客已经对我的行为产生了人品上的质疑,确实我也有自己的过失。退款能证明我们医院的尊严和口碑高于一切。当然,胡晓艺已经解释了原因,换一个人可能会更感谢我们,但是这个顾客就是不愿意领情,我们也不能强迫她,何况她本来一开始就没有意愿做提肌项目。

苏医生说:我都尊重你田院长,一个眼综合没多少钱,就怕开了一个先河,要是做好了手术还退款,那别的顾客知道了都效仿,我们还做不做医院了?

田院长笑说:我又不是每次都自作多情要去做好事。就这样吧,晓艺,你让她再恢复一个月来申请退款吧,效果满意也退。

胡晓艺点点头,回头就给老同学打了电话,让老同学转述了医院的意见。女顾客知道后很高兴,马上变了态度,说遇到了一家负责任的医院。老同学说女顾客终于放心了,还夸胡晓艺他们对顾客负责任,胡晓艺说就是因为太负责才会有这样的结果,要是冷冰冰照着手术单上来做,效果不会那么好,也不会产生这些事了。老同学让胡晓艺也消消气,说下次如果她还要来做其他手术,你就按照定下的项目做就行,你们医生技术那么好，手术项目一个不少，价格也一分不少，公事公办呗。胡晓艺感慨为什么人和人会如此地不一样？一边在认真想付出更多的时候另一边在高度怀疑戒备。世界上讲得清的是道理，但是说不清的永远是人心。

胡晓艺中午没吃午饭，在医院的储物间里坐着，关上灯后完全漆黑一片，胡晓艺闭上眼睛小睡了一会儿，醒来后不知道时间，胡晓艺摸着手机看到刘瑛的微信，惊喜地看到刘瑛说，经过公司商定，还是给胡晓艺署名。

李艾迪下午接到唐宇正的电话，唐宇正说今天已经以个人名义去要求，编剧一定要署名，这是对编剧的尊重，原作者胡晓艺也要放在署名的第一位。李艾迪听了认真地跟唐宇正说谢谢，唐宇正没有回答，问李艾迪还需要他做什么，李艾迪连忙说不用。唐宇正跟李艾迪在电话里沉默了十秒，两个人都觉得时间太长，李艾迪不自觉地说了一句：我可以请你吃个饭谢谢你吗？

唐宇正说：可以，你定时间。

李艾迪说：就今晚吧！

李艾迪在大众点评上选了半天，好不容易找到一家比较合适的餐厅，精致有情调，但是不贵。李艾迪把地址发给唐宇正，说唐宇正下班了以后可以来这里，自己先去餐厅等他，唐宇正却回了一条信息说，饭就不用吃了，一起喝杯茶聊几句就行。同时也发来一个地址，是江边的一个水吧。李艾迪心想唐宇正该不会是想把她推到江里吧？

李艾迪和唐宇正约的晚上八点，唐宇正开完会整理了一下就开车来到江边，李艾迪在水吧门口等着唐宇正，见到唐宇正以后说：你忙完了？

唐宇正笑笑。

李艾迪说：进去吧！

唐宇正说：在外面走走吧，聊几句就回去。

唐宇正说完走到前面，李艾迪跟了上来，两人走在滨江路上，双方都默不作声,李艾迪在静静等待着唐宇正开口。

唐宇正沉默了几分钟,停住脚步,李艾迪也停下来,唐宇正转身,露出了一脸的疲惫和无助,沉重地问:我是不是这辈子都不会有机会跟你再在一起了?

李艾迪把头转到一边,不回答。

唐宇正说:我知道,不会有这个机会。

李艾迪说:对不起。

唐宇正说:对不起有什么用,我一心想得到你,你却为了一个人甘愿放下姿态来找我帮助他,像是我成了你敌人。

李艾迪说:没有,不是的,我没那么想。

唐宇正说:我觉得自己很可悲,在你面前那么渺小。

李艾迪说:我没有觉得你渺小,只是觉得你现在的生活离我很远。

唐宇正说:那是因为你从来没有想走近我的生活,你只想跟别人在一起,哪怕他根本没有能力对你好!

李艾迪说:他不是别人,他是我男朋友。

唐宇正说:是,对的,你男朋友,可是我是为了你才给了他机会,我在为他的梦想买单,是因为我在意你。我明明恨他!却必须帮助他!因为我不想看到你难过!

李艾迪问:你为什么恨他?

唐宇正狠狠地说:因为他根本不能给你带来好的生活,还恬不知耻去追求自己的梦想!对你毫无责任心!

李艾迪也生气了,厉声说:请你不要这么说他,他是什么样的人我比你清楚!就算他能力没你强,没你有钱,我也愿意支持他。就算我跟他以后不在一起,也不可能是因为你的介入,我的感情不可能被物质左右。

唐宇正大声说:你有感情吗?你看到我在你面前小心翼翼生怕你多

心又想靠近你的纠结没有？为了能看你开心一下，我要把所有同学叫到一起聚会；为了胡晓艺能给你更好的环境，我违背意愿定了他来做我的项目。为了你心里能好受，我给他署名，可是你呢，你考虑我的感受没有？我不是求着他来的！是他闯进了我的生活里面，而我在意的人是你！

李艾迪说：你为什么总是听不明白我的话！我说了我们不可能，我甚至都不敢见你，就是怕你有其他念想！

唐宇正大声说：我有那么可怕吗！我是妖怪吗？你就那么排斥我反感我？我做错了什么让你那么对待我？

李艾迪也大声说：我们不是一类人，我不喜欢你身上那种俗气的味道！

李艾迪说完突然意识到自己说得过分了，这些话心里即便那么想也不能说出口，这一句话无疑像一把刀子扎进了唐宇正的心里。

唐宇正不说话了，看着李艾迪，李艾迪也不知所措，想跟唐宇正说一声对不起，但是现在说对不起也太迟了，自己真的不知道如何是好。唐宇正突然露出孩子一样的微笑，像是什么都不在乎了一样，对李艾迪温柔地说：那，这么晚了，你回家吧。我就不送你了，我还没吃晚饭呢。

李艾迪看了一眼唐宇正，像是另外一个人站在自己面前，神情和状态都完全不同了。李艾迪知道自己刺激了唐宇正，真正让他痛苦了。一个人的难过和痛苦到了一定的程度，反而会变得跟没事儿一样平静。李艾迪眼红了，鼻子一酸想哭，可是不知道自己为什么哭，又把眼泪憋了回去。

唐宇正轻轻拍了一下李艾迪，像老师安抚学生一样对李艾迪说：走吧，快回家了，别让家人担心！

李艾迪不知道唐宇正为什么突然会变成这样，是不是自己把他给弄疯了？走了几步又回头看看唐宇正，唐宇正又像个同学一样对着李艾迪挥手拜拜。

李艾迪猛然想起很多很多年前，跟唐宇正面对全校师生的流言蜚语一起回家的场景，在分道的路口，李艾迪想跟唐宇正多待一下，唐宇正却推了一下李艾迪，对她说：走吧，快回家了，别让家人担心！

李艾迪难受地流下眼泪来，唐宇正却头也不回地走了。李艾迪突然觉得，唐宇正这个人，也许对待所有人都是圆滑甚至阴险的，对待自己，却一直是真诚的。一个再世俗的人，也许心里都会留一小块净土，留给世界上的某一个人，哪怕这个人永远不会来到这片净土上看一眼，但是此刻，李艾迪看到了。

44

世俗里的人

胡晓艺带着一份蒜蓉小龙虾回到家,对李艾迪来说,蒜蓉味的小龙虾是她最喜爱的食物。胡晓艺想早一点打破这样的僵局,同处一室相互冷战的感觉实在是太糟糕了,自己完全没办法在这样的环境里继续写作。今天不能跟李艾迪再这样了,得把好消息告诉李艾迪,他的署名权又莫名其妙地被恢复了,这太奇怪了,为什么那个姓唐的那么瞧不上他,剥夺了编剧的基本权利,现在又没有任何征兆地把本身属于他的东西还了回来?但奇怪就让它奇怪去吧,刘瑛总不可能拿这个事开玩笑。多收的钱一定要退回去,不然铁定让别人觉得自己在占小便宜。

胡晓艺胡思乱想了一通,李艾迪还没有回来,胡晓艺有点担心,怕李艾迪不会不回来了吧?如果这样自己还真得请施玉玉出面来解释了。正当胡晓艺胡思乱想的时候,门开了,李艾迪回来了。胡晓艺主动迎上去给李艾迪拿拖鞋,嬉皮笑脸地把李艾迪请到饭桌前坐下。李艾迪在车库里尽了最大努力收拾好了情绪,不再想那条信息的事,也不再过问施玉玉到底是谁,因为有一个想法必须要让胡晓艺答应自己,虽然这会让胡晓艺痛苦。

李艾迪笑着看着胡晓艺,胡晓艺见李艾迪笑了,心里的石头终于落地了,李艾迪吃了两只小龙虾,胡晓艺又拿出了一个慕斯蛋糕,告诉李艾迪这是明天她的早饭,胡晓艺以为蛋糕出现李艾迪会更高兴,结果李艾迪收起了笑容,放下了手中的小龙虾,盯着胡晓艺眼睛里泛起了泪光。胡晓艺彻底梦了,不知道李艾迪到底怎么了,为什么会哭?

李艾迪轻声地说:我想跟你说件事。

胡晓艺点点头说:哦,行,你说。

李艾迪说:我知道这件事会让你很难受,但是还是想让你能答应我。

胡晓艺第一反应是完了,这准是要跟我分手了,他真没想到跟李艾迪的感情就在这里画下了句号了,胡晓艺不知道是该立刻挽留还是该暂时让李艾迪冷静一段时间。胡晓艺脑子里还没想出个所以然,就听到李艾迪说:这个剧本,你能不能不要写了,把钱还回去?

胡晓艺再次被惊吓住,不明白李艾迪为什么要提出这样的要求。

胡晓艺皱皱眉说:为什么?我不明白,你要我放弃这部剧本?

李艾迪说:嗯,是,放弃这一次。

胡晓艺问:到底是为什么?

李艾迪不想说出真实的原因,因为跟唐宇正的事自己从来没对胡晓艺说起过,现在如果要解释,很多事情都会牵扯出来。虽然自己一直拒绝着唐宇正,自己清清白白,但还是想把这件事彻底瞒下去。并且,还有一个原因,如果胡晓艺知道了自己所做的事,自尊心一定会受伤。

李艾迪说:我希望看到你能为我舍弃一次你的梦想。

胡晓艺说:这两件事不冲突啊,我并没有因为写这个剧本而冷落你。我不知道为什么你会有这个想法,我真的很意外。

李艾迪说:我知道你很看重你的追求,可是这个事现在已经让你不快乐,让我也不快乐。如果你有下次机会我一定支持你,无条件支持你。只是这次,我想你能答应我一次。

胡晓艺说:我今天得到了消息,我已经可以署名了,我很快乐。我本来以为跟你分享这个事你也会高兴,但是……你怎么会这样?

李艾迪不想再多说话,温柔地对胡晓艺说:答应我吧,好不好,以后我听你的话,不跟你闹,多理解你,你就答应我吧!

胡晓艺一心觉得李艾迪是在因为那条信息的事情来报复自己,要让自己难受一次,心里想着这几天被关在外面的委屈,升腾起了愤怒。

胡晓艺说:如果你觉得我让你生气了,我可以继续出去住,住到你释怀了我再回来,真的没必要让我做这样的选择。

李艾迪说:我没有因为任何事对你生气,我只是想你能放弃这一次。

我知道它对你多重要,但是我真的就希望你满足我一次,以后我会变得更懂事更大度,愿意为你做得更多。

胡晓艺的脸阴沉下来,把脸侧到另一边,赌气说:我答应你是不是你就满意了?

李艾迪说:我也会难过,但是就是想让你能为我做一次。

胡晓艺第一次觉得李艾迪心理有问题,这说的是什么话?简直让人难以理解。

胡晓艺大声喊了一声:好!

李艾迪吓了一跳,瞪着眼睛问:你是不是很愤怒。

胡晓艺露出了非常勉强的笑容说:是很绝望。

李艾迪说:绝望什么?

胡晓艺说:没想到,这就是我一直等待的结果,最后让我放弃的人是你。

李艾迪说:很多事你不了解,我不想解释,我想跟你好好地在一起。

胡晓艺说:我们现在就在一起,我们会越来越好的。

李艾迪听着胡晓艺压抑的声调说:你是对我失望了吗?

胡晓艺说:我只是对生活很失望而已。

胡晓艺这句话其实就是在表明自己对李艾迪的态度。

李艾迪委屈的眼泪流出来,看着胡晓艺说:我也是,我对生活也慢慢开始失望了。

胡晓艺说:我答应你了,我放弃,我放弃了。我累了,这几天太累了,我想早点休息。

胡晓艺说完起身进了卫生间,李艾迪在饭桌上对着小龙虾流泪,胡晓艺洗完澡进了卧室躺下,没再跟李艾迪说一句话。李艾迪没有进卧室,觉得自己的心已经累得不能再去想任何事,走到沙发前重重倒下来,想干脆让自己昏死过去算了。

李艾迪并不知道，曾经因为自己改变过人生轨迹的唐宇正，此刻的人生会因为李艾迪又改变一次。唐宇正在听了李艾迪那句话以后，内心冰冷到了极点，想起了很多年前那个晚上，在放学后回家分道的路口，李艾迪想多跟他说两句话，他也舍不得李艾迪，但还是克制自己，要李艾迪快回家，怕家人担心。此刻，这个已经长大的女孩却把自己当成了敌人，这是多么可悲的事。唐宇正悲情地学着当年的口吻，让李艾迪回家，没想到也唤起了李艾迪的回忆。李艾迪没有先离开，唐宇正却挥挥手说拜拜，李艾迪看着唐宇正走了，没了踪影才转身回家。

唐宇正上车后脸色阴沉下来，阴沉得自己都不知道多可怕，这一长段时间来积蓄的委屈和压抑让唐宇正失控了，唐宇正回忆着当年的情形，在繁华的城市里漫无目的地穿梭，加快车速往前飞奔，不知不觉驶离了主城，开上了高速。在一个弯道处，前面一辆货车挡住了视线，唐宇正的车一点没有减速，在弯道处车辆一下子失控飞出，撞到了隔离带上弹回了公路中央，车翻在路中间，唐宇正在猛烈的碰撞中叫了几声就昏了过去，在意识清醒的最后一刻，唐宇正仿佛看到那个放学后的夜晚，李艾迪被自己推走后，背影消失的那一条空巷子。

此时，李艾迪已经在沙发上睡着了。

第二天醒来，李艾迪发现胡晓艺竟然提前走了，不知道什么时候走的。胡晓艺醒来后麻木地轻声洗漱，然后悄悄出门，不想跟李艾迪再交流什么。李艾迪心里对胡晓艺也感到失望，起身去卫生间洗漱，看到镜子里憔悴不堪的自己，深感陌生。

胡晓艺开车去医院的路上，实在提不起精神，内心乱得完全无法跟人沟通，只好打电话给张敏说自己病了，今天不去医院了。然后开车直接去了老奚家，老奚大病未愈还在家里休养，见胡晓艺大上午来看望自己觉得很奇怪，一见胡晓艺满是故事的面容就知道胡晓艺肯定遇到了什么事儿。胡晓艺没有多说，只是说自己心情不好。两个人坐在阳台上沐浴着阳光，胡晓艺一动也不想动，老奚也不方便多动，两个人像古稀老人一样看着外面的世界。

胡晓艺问老奚：你在家这几天是这几年最清闲的时候吧？

老奚说：是啊，从来都没有那么轻松过，没想到是我病的时候才能享受生活。

胡晓艺说：我还不知道什么时候能真正享受一下生活，生活过得太累了。

老奚说：我这几天想通了一件事，让自己这么累都是自找的。

胡晓艺说：不是自找，是生活找你的麻烦，你躲不掉，有时候觉得生活挺残酷的。

老奚说：真实的残酷也比虚假的漂亮要好。

胡晓艺一个苦笑：病了几天把你病成哲学家了。

老奚说：换你病几天估计想法比我更深刻，反正，以后我不会那么拼了，我也不像你有那些个追求，努力提升点真实的幸福感比啥都实在。

胡晓艺说：我还是慢慢来吧！

这个阳光温暖明媚的上午，象征着夏天彻底来到这座城市的上午，唐宇正的生命在医院的急救室里得以延续。刘瑛得到了这个消息疯了一样奔向医院，在急救室外等待着消息。医生说唐宇正暂时脱离危险，但是非常虚弱，身体多处骨折，脏器受损，也许会有截肢的可能，让刘瑛通知唐宇正家属做好心理准备。刘瑛才因为唐宇正保住了命而松口气，听到医生的话一下子又提紧了精神，惊恐地看着医生。

刘瑛不知道该不该通知唐父，唐宇正的车祸让刘瑛也受到了打击。在刘瑛眼里，唐宇正更像自己培养起来的弟弟，对唐宇正虽然没有爱情，但是却有不一样的类似亲情的感觉。刘瑛在这个城市里是没有亲人的，唯一能交心的人、让自己看清一切的人就是唐宇正了。刘瑛暂时没有把事情告诉任何人，而是一定要等唐宇正清醒过来，否则这个消息传到公司会产生大乱，唐父是肯定无法承受这样的打击的，再加上唐宇正从此无法管控自己的部门，那些虎视眈眈最高权限的几个股东一定会趁机夺权。刘瑛谎称陪唐宇正去外地考察谈判一个项目，安排好了公司的事，在医院等待。

第二天晚上唐宇正终于清醒了一点，可以说话了，看到自己躺在医院的重症监护室里，却完全不记得发生了什么，等努力回想起了昨晚的事，长长地叹息了一声。刘瑛走进来，看见唐宇正醒来，急忙趴到床前轻轻叫唤了一声：宇正。

唐宇正很久没有听到刘瑛这么叫自己，好像是自己刚进公司，还是个孩子的时候，唐父把刘瑛带到办公室来，要刘瑛好好帮助自己，刘瑛那个时候就这么称呼自己。当自己正式成为了新部门的领导，刘瑛从此就改口叫唐总了。唐宇正露出笑容，轻轻地叫：刘瑛……姐。

刘瑛也太久没有听到唐宇正这样叫自己了，笑了一下，眼泪就掉下来，对唐宇正说：你吓死我了知不知道？你到底干什么去了？你要是出事了我怎么跟董事长交代？

唐宇正看着刘瑛惊慌失措的脸，想伸手去安抚刘瑛，却完全没有力气动弹。

唐宇正吃力地说：是我……是我不好。

刘瑛摸了摸唐宇正的脸：没事了，没事了，都没事了啊。

唐宇正一直露着笑脸，看着刘瑛说：还好，你没答应我爸，要不然……你更难过。

刘瑛说：都什么样了你还开玩笑！你给我快点好起来啊！

唐宇正像孩子一样点点头,眼里闪烁着泪光。

唐宇正轻声地说:你对我付出很多,我一直都知道。

刘瑛此刻觉得唐宇正是真正需要自己,除了自己,不会再有人那么照顾唐宇正了。刘瑛想起医生说唐宇正有截肢的可能,心疼地给唐宇正擦着眼泪。

刘瑛说:别去想别人了,你要是争气,我就答应你爸,跟你一起把企业做起来,你必须得给我健健康康的,听见没有?

唐宇正点点头,眼泪又从眼眶里溢出来。

刘瑛晚上没有回家,一直陪在唐宇正身边,唐宇正清醒没多久,身体太虚弱地又昏睡过去,半夜里醒来看到刘瑛在旁边的床上和衣而睡。唐宇正觉得身上痛极了,额头不断渗出汗水,但是心里却比之前任何时候都要轻松。唐宇正发现自己不再留恋李艾迪了,也不再痛恨胡晓艺了,甚至想起施玉玉的离开也觉得没什么了。唐宇正知道自己受了严重的伤,可能要恢复很久,以后可以全身心地投入工作,不会让父亲再为自己操劳。唐宇正看着刘瑛,觉得自己应该有个像刘瑛这样的妻子,当刘瑛抚摸着自己的脸颊,为自己流泪的时候,竟然感受到了那种心灵上的冲击和温暖。但是唐宇正不知道的是,自己从此以后将不再是一个健全的人了。

45

如是观

胡晓艺最终还是知道了唐宇正究竟是谁，知道了为什么唐宇正要千方百计刁难自己，给予自己冷眼和嘲讽过后又最终同意了还给自己署名的权利。

那天，刘瑛来医院找胡晓艺，胡晓艺在听刘瑛从头到尾讲述完这个故事的时候，内心受到了不小的冲击，不敢相信在自己的身边，看似一个又一个普通平凡的人竟然背后隐藏着那么深的人情渊源。

刘瑛讲完唐宇正的事，最后告诉胡晓艺，宇正已经彻底放下了，只是希望胡晓艺能好好对李艾迪。之前给胡晓艺带来的不便唐宇正很抱歉，他说这部剧如果能出来，胡晓艺是唯一的署名编剧，希望胡晓艺大人有大量，不要计较。

当刘瑛跟胡晓艺说这句话的时候，唐宇正已经失去了自己的一只手臂。因车祸碰撞而导致的左臂血管组织完全坏死，下臂必须要切除。唐宇正只能接受这个事实，做完截肢手术以后，唐宇正哭了一整晚，在刘瑛的怀抱里，唐宇正像个失恋的学生一样号啕不止，整个医院都能听见他的悲泣。第二天，唐宇正在床上躺了一天，不吃不喝，一言不发。然而第三天，唐宇正红肿的脸上露出了镇定和自然，用另外一只手打电话给自己的父亲，轻描淡写地告诉了父亲自己受伤了，一只手没了。唐父以为唐宇正在开玩笑，但是唐宇正笑中带泪告诉父亲自己大脑还好好的，以后还能继续做事业，会在刘瑛的帮助下让企业成功转型，唐父相信了，也惊呆了。除了唐父，还有在场所有股东和员工震惊得哑口无言，唐宇正选择召开了一次全体员工会议，想正面面对这一切，当唐宇正说完后，把视频打开，大家看到了在病床上的自己，还有身边红着眼睛的刘瑛。所有人起立为唐宇正鼓掌，唐父顿时老泪纵横。

那天，施玉玉也来了，来到唐宇正的床前，施玉玉立刻控制不住哭了起来，不停地给唐宇正道歉，说自己太对不起他。唐宇正对施玉玉说你是个特别优秀的女孩，以后必须过得比他更好，有任何困难就告诉他。施玉玉听了哭得停不下来，说自己愿意在医院好好照顾唐宇正，唐宇正却说不如你找个好工作，多给我发点红包，我更喜欢钱。施玉玉不知道为什么唐宇正在这个时候还能那么淡定自若地跟她开玩笑，她不明白唐宇正为何能那么坚强，一直以来她觉得依赖家庭的唐宇正是根本受不了任何打击的。

唐父做足了心理准备才来到医院，是股东们陪着唐父一起来的，走到病房门口，唐父还是不敢进去，定了定神之后走进门，唐宇正跟唐父对视着，唐宇正轻轻地叫了声：爸。

看到唐宇正的胳膊，唐父走过去把唐宇正搂在怀里，呜呜地哭起来，唐宇正拍打着父亲的肩膀说：好了好了，都过去了。

刘瑛站在旁边说：唐总，我考虑好了，我想以后好好照顾宇正。

唐父抬头看着刘瑛。

刘瑛又说：我不需要任何条件，我只希望宇正健康，不要再出事，我会跟他一起把公司做起来，您不用担心。

唐宇正赶紧摆出一副不正经的样子说：行啦，爸，你别听她的，她就是想嫁到咱们家来当阔太太，咱不让她阴谋得逞。刘瑛你就老老实实当我助理，该拿工资拿工资，该拿分红拿分红。哎，爸，说实话，刘瑛这能力，确实分红该提高点，咱们太小气了。

唐父又哭又笑着说：是是，你来定，你来定。

刘瑛像照顾两个小孩一样，拍拍唐父的肩膀，摸摸唐宇正的头，几个股东们在身边都默默不说话。

胡晓艺在办公室里静坐了一天，这段时间发生的事在自己脑海里翻涌着，现在豁然开朗了，任何事都有它的道理，都有它的因缘结果。世上的事好坏都已注定，唯有人性的抉择能改变事物的走向。胡晓艺已经知道了该怎么做。

晚上,胡晓艺回到家里,李艾迪过了一会儿也回来了。李艾迪不知道胡晓艺怎么决定的,不知道胡晓艺到底会不会答应自己,自己已经累了,不会再多解释一句,接下来顺其自然吧。让李艾迪意外的是,她一进门,等待已久的胡晓艺就告诉她,自己愿意放弃这一次机会,剧本不写了。

李艾迪问:你……想通了?

胡晓艺说:我没想通,但是觉得,不管怎么样,也不能让你为了我受委屈。

李艾迪不解地说:我能受什么委屈?

胡晓艺说:我是没想到,我只想完成一部剧本,却牵扯进来那么多情感纠葛。

李艾迪心里预料到什么,忐忑地问:我不明白,你是说什么?

胡晓艺笑起来说:你还想瞒我到什么时候?

李艾迪不安起来,想难道胡晓艺什么都知道了?可是,自己不说谁会告诉他,难道是唐宇正?

胡晓艺看着李艾迪不安的样子,笑着说:不重要了,我答应你,只希望你跟我在一起快乐一点,不想我的执着让你过得沉重,那不是你该承受的。

李艾迪说:你能不能告诉我,你知道了什么?

胡晓艺说:明天,你去看看他吧,他出车祸了。

李艾迪惊愕地看着胡晓艺,胡晓艺低下头,又抬起来对李艾迪一笑。

胡晓艺把刘瑛告诉自己的事全部说给了李艾迪听。一个平静的夜晚过后,天刚亮李艾迪就跟胡晓艺起床了,李艾迪对着镜子化了个淡妆,问胡晓艺自己好看不好看,胡晓艺点点头,说你一直都好看。

在路上，李艾迪非常紧张，坐在副驾上不安地看着窗外。等红绿灯的时候，胡晓艺轻轻捏了捏李艾迪的手，给了李艾迪一个温暖的笑容。

来到医院楼下，停车后，两人在车上沉默了一会。

胡晓艺说：你去吧，我就不上去了。好好陪他聊聊天，鼓励鼓励他，顺便也帮我说声谢谢。

李艾迪点点头，胡晓艺吻了吻李艾迪的额头，让李艾迪快上去。李艾迪拿着一束花，慢慢地开门下车，慢慢地跟随着人流进入电梯，慢慢地来到唐宇正的病房门口，轻轻敲了敲门，刘瑛过来开门，看到李艾迪，意外地朝着里面叫起来：宇正，你猜谁来了?!

李艾迪进入房间，看到病床上的唐宇正，旁边是一脸慈祥的唐父。唐宇正露出了灿烂的笑容看着李艾迪，两人对视没有说话，两人的眼睛都泪光闪闪。

唐宇正打破了僵局说：嗨，老同学。

李艾迪拿着花，也克制住眼泪，说：嗨。

唐宇正幻想过跟李艾迪结婚的样子，正如现在李艾迪站在自己面前这样淡雅芬芳，但如今唐宇正却觉得李艾迪最美的，永远是很多年前那个高中女孩的模样。

胡晓艺在医院附近的街道上游荡，他想多给李艾迪一点时间，让她好好跟唐宇正谈谈心，他们应该有太多话可以聊，也可能一句话都说不出。而自己的剧本呢？让命运来定吧，谁也说不清人生是什么样子，谁也看不透未来是什么面孔。就像当年自己想成为一名编剧和导演，最后竟然成为一个整形医生，看过那么多人改变后的样子，那些人在改变后迷失，在迷失中清醒，其中也不乏一直保持自我，率真而活的，让人羡慕和喜欢。

繁华的城市，拥挤的车流，胡晓艺漫步在街头，此时，过去见过的人经历过的面孔正一张一张飞速闪过胡晓艺的脑海,一件一件或喜或悲的事也如电影片段一般闪现而过。胡晓艺在现实和往事的交错中喃喃自语:一切有为法,如梦幻泡影,如露亦如电,应作如是观……

致读者

这部小说就这样匆忙地结束了。

这几个月里，我一边修改着一个电影剧本，一边处理着整形医院内的各种杂事，也不断为各种来咨询的顾客们解答疑问，同时在忙碌中见缝插针地写着这个故事。

这是一个虚构的故事，虽然里面的人物和片段可以在医院里和跟医院无关的生活中找到一点影子，渲染加工后成为小说里的情节。而实际上，生活里发生的很多事比故事里要更荒唐，完全没有逻辑可言。只有一点是一样的，不管是生活还是故事，总会有懂得感恩的善良之心和不知满足的私欲冲动对比碰撞，我自己也在这样的世界上在自己的人生里煎熬期盼，谨小慎微，摸索前行。

因为时间关系故事只能在这里停止了，不知道能不能让大家满意，里面的那些人物接下来还会发生什么改变，命运会有什么进展，谁也没办法预料，甚至很多想好的情节在我写作的过程中就变成了另一种情形。就像一开始，本来是要把它写成一部连续剧，结果先写成了小说，还被朋友建议出版，生活谁能说得清呢？

在六年前的夏天我出版了第一部小说，六年后的今天是自己的第二部，这几年见的人和事不少，但审视一下自己应该没太多变化，还算是个善良懂感恩的人吧！

最后想说的是，要是这个故事能让你感兴趣，能让你带着兴致从头看到这里，我会发自内心地感到欣慰并且感谢你。

张苏逸

2019年6月初